人类思想实验室

刘慈欣中短篇小说集

刘慈欣　著

科学普及出版社
·北　京·

图书在版编目（CIP）数据

人类思想实验室：刘慈欣中短篇小说集 / 刘慈欣著 .
-- 北京：科学普及出版社，2024.5
（科幻名家经典书系）
ISBN 978-7-110-10707-2

Ⅰ. ①人… Ⅱ. ①刘… Ⅲ. ①中篇小说 – 小说集 – 中
国 – 当代 ②短篇小说 – 小说集 – 中国 – 当代 Ⅳ. ① I247.7

中国国家版本馆 CIP 数据核字（2024）第 064335 号

策划编辑	王卫英
责任编辑	曹　璐
封面绘图	蒋　越
封面设计	北京中科星河文化传媒有限公司
正文设计	中文天地
责任校对	邓雪梅
责任印制	徐　飞

出　　版	科学普及出版社
发　　行	中国科学技术出版社有限公司发行部
地　　址	北京市海淀区中关村南大街 16 号
邮　　编	100081
发行电话	010–62173865
传　　真	010–62173081
网　　址	http://www.cspbooks.com.cn

开　　本	880mm×1230mm　1/32
字　　数	200 千字
印　　张	8.625
版　　次	2024 年 5 月第 1 版
印　　次	2024 年 5 月第 1 次印刷
印　　刷	北京长宁印刷有限公司
书　　号	ISBN 978-7-110-10707-2 / I·704
定　　价	69.80 元

前　言

立足现实，探索未来

2022 年 11 月 30 日，美国人工智能研究公司 OpenAI 推出人工智能聊天软件 ChatGPT，上线仅 5 天，注册用户人数就超过了 100 万。一时之间，关于 ChatGPT 和 AIGC 的讨论备受关注。很快，涵盖了生成应用和布局、搜索和数据分析、程序生成和分析、文本生成、内容创作、一般推理等功能的 AI 应用被用户无缝衔接于生活和工作中的各类场景。人们发现，和过去那些连最简单的指令都不能准确理解的 AI 工具相比，如今，以海量数据和迅猛发展的算力为基础的生成式 AI 正带来一场全新的技术革命，这将会给人类社会的生产方式、生活方式、组织方式带来颠覆性改变。

人们在体验科技带来的高效与便利的同时，也产生了前所未有的担忧。以人工智能技术为例，它能够提高生产效率，改善生活质量，推动社会进步和经济发展，但同时也存在一些问题和风险，比如，对就业市场的影响、用户隐私的泄露、信息的误导、道德伦理的挑战等。因此，人工智能技术的发展需要在科技进步和人类利益之间找到平衡点，社会各界在鼓励技术为人类带来便利和福祉的同时，也要寻找并建立相应的规范和监管机制，使技术在安全、合法、可控的范围内服务于人类。

而寻找技术进步与人类利益之间的平衡将涉及对社会环境、科技水平、文化制度等方方面面现实问题的考量。现实中我们很难在有限的时空范围内完成如此多变量的实验，科幻文学恰好通过构建虚拟的世界，帮助我们在想象中思考和论证不同的未来可能性，从而使我们更好地应对现实中的变化和未知。

"科幻名家经典书系"的推出旨在为大家提供立足现实、探索未来的视角。科幻名家的经典作品通常在反思现实、探索未来、展现文学价值及理解文化影响等方面具有深刻和卓越的表现。

"科幻名家经典书系"将成为以中国科幻文坛上具有重要影响力的作家作品为收录对象，展示中国科幻文学成就的系列图书。这一书系的作品遴选标准以"科幻名家"和"经典作品"为主。本书系所选择的科幻名家是在科幻文学领域具有较高的创作水平和广泛的影响力，并且其作品在科幻界和文学界都得到了认可和传颂的作家。这些作家通常包括获得过银河奖、星云奖等各类科幻奖项的作家，以被广大读者所熟知的中国科幻界的"四大天王"（王晋康、刘慈欣、韩松、何夕）为代表。

在遴选经典作品的过程中，我们将着重选择那些具有较高的文学价值、广泛的流传度和接受度的作品。这些作品通常具有鲜明的科幻主题、扣人心弦的故事情节，以及富有创意和想象力的文学风格。我们还将注重选择那些在不同时期和不同领域都有着广泛影响力的作品，以展示中国科幻文学的多样性和发展历程。此外，能够突出展示中国科幻文学某一历史时期特点的代表性作品也将被收录在本书系中。

科幻名家的经典作品对现实的意义不可忽视。在日新月异的科技时代，科幻作品提醒我们审视科技进步的利弊，引导读者思考科技发展的方向和限度。科幻作家基于社会、科技、环境等多重因素的思考，用文字描绘未来可能的走向。通过设定各种情节和科技手段，追问人类在多元且快速变化的现实世界里如何应对挑战。同时，作家还在作品中拓展了人类道德和伦理的边界，让读者更加关注人类行为的后果及其对自身发展的潜在威胁。

人们在面对充满不确定性的未来时，总希望可以有所参照，名家科幻作品中的创新与变革常常给人们以启示。这些作品将我们带入遥远的星球、未来的时空，探索科技进步和人类进化对社会、文明以及人类本质所产生的影响。科幻作家们通过他们的作品让我们思考人类在未来可能面临的挑战，并鼓励我们探索和研究未知的领域，寻求解决问题的新思路。

科幻名家的经典作品对于人类社会的发展具有潜在的深远影响，对于探讨人类自身的进步和发展、社会制度的完善，以及全球合作的必要性都提供了独到的视角。这种对未来的设想和洞察激励着科学家、工程师、哲学家，以及更广泛的读者们进行具有前瞻性的思考，以指导和推动人类社会的可持续发展。

通过"科幻名家经典书系"，读者可以感受到每一位科幻名家不仅是写作者，更是社会观察者和未来探索者，他们的作品将拓宽我们的视野，激发我们的思考，为构建一个更美好的明天提供灵感和动力。

编者

2023 年 8 月 12 日

推荐序

思想性——科幻的灵魂

什么是好的科幻？是讲述了一个好的故事，还是想象出一种新的存在，抑或是展示出某种思想？讲述故事，这是纯文学的拿手好戏，但这并非科幻文学与纯文学的区别所在。想象现实不可能存在之物，比如"鹦鹉螺"号，比如"时间机器"，比如《三体》中的"水滴""二向箔"，这些与科学相关的事物的确会带给读者惊奇的阅读体验。然而，更重要的是作品呈现出的思想。科幻作者是否对科学技术与人类文明之间的关系有着深刻而独到的思考，这从根本上决定了科幻作品的高度。换言之，思想性才是科幻的灵魂。

科幻是适合进行思想实验的文学载体。

什么是思想实验？这原本是一个物理概念，指的是用想象力进行实验，并不是在现实世界中进行的物化实验，比如爱因斯坦关于相对运动的思想实验。"追光实验"是狭义相对论的基础，爱因斯坦是这样展开思想实验的：想象自己在宇宙中追逐一条光线，假如以光速在光线旁边进行运动，那么就可以看到光线成为"在空间上不断振荡，但始终停滞不前的电磁场"。思想实验的实验对象并不是实在的物质，而是人类在大脑中设想的抽象物，人们通过思想实验对它进行研究。这就决定了思想实验具备科学性、逻辑性、革命性、启发性等特点，在人类探索自然、发现规律的过程中，它发挥了重要作用。

说回科幻，之所以说科幻是适合进行思想实验的载体，是因为构思科幻与建构思想实验有异曲同工之妙。

思想实验的建构是进行思想实验的关键环节，它绝非天马行空地建造空中楼阁，而是建立在被人们普遍接受的经验数据基础上，经过严密地逻辑分析。当然，这也离不开联想与创新，它通过提炼与重组等过程，创造出新的想象。科幻小说的创作，也会经历类似的过程——在尊重科学的基础上进行合理设想，同样要求具备科学元素、符合逻辑自洽，同时还要进行人文思考，表达自己对科技与文明的见解。在进行实验或是动笔创作前，要先确定解决什么问题，再进行宏观构思与细节设计，最后进行逻辑推演，得出结论。科幻的价值，很大程度上体现在它对科学技术与人类文明的思考，正如思想实验满足了人类对认知真理的需求。

对于思想实验而言，提出问题有时候比解决问题更为重要。对于科幻创作而言，能否对科学技术与人类文明之间的关系进行深刻而独到的思考，决定了科幻作品的思想境界，以及科幻作品的成败。纵观科幻小说史上的经典作品，很多都在思想上达到了一定的高度，比如阿瑟·克拉克的《2001：太空漫游》凭借着独特的想象力，以一种充满诗意同时又很宏大的方式，展现出人类文明与宇宙未知世界的关系，至今令人震撼不已。与此同时，作品对于人类与科技的关系的探讨，也仿佛来自未来的预警一般，给不断依赖机器的人类敲响警钟，使其成为后来作品致敬的对象。

在这个意义上，这本著名科幻作家刘慈欣的中短篇小说集取名为"人类思想实验室"恰如其分，因为收录的8篇中短篇小说作品都致力于进行思想实验，在思想上达到了一定的高度。

《朝闻道》（2002年），从小说标题就可以得知，是表现人类科学家对宇宙真理的探索。"朝闻道，夕死可矣"出自《论语·里仁》。这个"道"放到具体历史语境中理解，可能指的是"仁"或"仁政"，而在小说中，"道"则指向宇宙真理，对于渴求得知宇宙最终奥秘的人类科学家而言，真理比生命更为宝贵。《带上她的眼睛》（1999年）里，这个在本篇中未曾命名的"她"成为人类探索精神的象征。在地球的最深处，在闷热的控制舱里，她依靠一副中微子传感眼镜同地面世界保持联系，并在中微子通信设备能量耗尽后，独自坚守在地心深处。《地火》（2000年），目睹父辈作为煤矿工人的艰苦而危险的工作后，儿子试图用现代技术改造煤矿资源获取方式，将煤层中的煤在地下变为可燃气体，再钻井开采。尽管实验失败，引发地火，但一百多年后，这项技术终成现实，造福人类。《欢乐颂》（2005年），想象恢宏，来自宇宙的音乐家是一位恒星演奏家，竟然可以弹奏太阳。在这场音乐会的感召下，人类重新认识自我，而原本即将解散的联合国大会重获新生。《乡村教师》（2001年）里，在贫困的西北山区，癌症晚期的乡村教师给孩子们上了最后一课，希望用科学知识点亮他们的生命。18个山区孩子的数字复制体凭借这最后一课所讲授的牛顿三定律，为人类在残酷的宇宙生存竞争中赢得希望。《圆圆的肥皂泡》（2004年）中，建在荒漠上的西北丝路市，面临着因缺水而消亡的命运，圆圆研制的超级表面活性剂"飞液"吹出的泡泡给城市带来转机。无数的泡泡在空中形成"泡泡长城"，将南海和孟加拉湾的海洋湿气输送到大西北，形成完善的空中调水系统。《中国太阳》（2002 年），以农村小伙儿水娃的六个人生目标变化为线索，试图将人类的目光重新引向宇宙深处，使人类踏上理想与信仰的征程。《白垩纪往事》（2004 年），以非凡的想象力创造出神奇的世界，世界上体形最庞大和最渺小的两个物种——恐龙与蚂蚁，在合作与分裂的历史长流中，建立起紧密的互利共生关系。技术的进步并没有阻止它们被灭亡的命运，战争与威慑最终颠覆世界。

刘慈欣曾言："中国是一个充满着未来感的国度，中国的未来可能充满着挑战和危机，但从来没有像这样具有吸引力，这就给科幻小说提供了肥沃的土壤，使其在中国受到了空前的关注。"他在作品中所体现出来的思想性，也将在中国式现代化进程中发挥特殊的作用，用思想实验的方式表达对人类文明的未来思考。

中国科学技术出版社有限公司与清华大学联合培养博士后

北京元宇科幻未来技术研究院特聘研究员

彭超

2024 年 2 月 4 日

目录
Contents

朝闻道

爱因斯坦赤道

"有一句话我早就想对你们说,"丁仪对妻子和女儿说,"我心中的位置大部分都被物理学占据了,我只能努力挤出一个小角落给你们,对此我心里很痛苦,但也实在是没办法。"

他的妻子方琳说:"这话你对我说过两百遍了。"

10 岁的女儿文文说:"对我也说过一百遍了。"

丁仪摇摇头,说:"可你们始终没能理解我这话的真正含义,你们不懂得物理学到底是什么。"

方琳笑着说:"只要它的性别不是女就行。"

这时,他们一家三口正坐在一辆时速达 500 千米的小车上,行驶在一根直径 5 米的钢管中。这根钢管的长度约为 3 万千米,在北纬 45 度线上绕地球一周。

小车完全自动行驶,透明的车舱内没有任何驾驶设备。从车里看出去,钢管笔直地伸向前方,小车像是一颗在无限长的枪管中正在射出的子弹,前方的洞口似乎固定在无限远处,看上去针尖大小,一动不动。如果不是周围的管壁如湍急的流水般飞快掠过,他们肯定觉察不出车的运动。在小车启动或停止时,可以看到管壁上安装的数量巨大的仪器,还有无数等距离的箍圈。当车速提起来后,它们就在两旁浑然一体地掠过,看不清了。丁仪告诉她们,那些箍圈是用于产生强磁场的超导线圈,而悬在钢管正中的那条细管是粒子通道。

他们正行驶在人类迄今所建立的最大的粒子加速器中。这台环绕地球一周的加速器被称为"爱因斯坦赤道",借助它,物理学家们将实现 20 世纪那个"巨人肩上的巨人"最后的梦想:建立宇宙的大统一模型。

这辆小车本是加速器工程师们用于维修的,现在被丁仪用来带着全家进行环球旅行。这旅行是他早就答应妻子和女儿的,但她们万万没有想到要走这条路。整个旅行耗时 60 小时,在这环绕地球一周的行驶中,她们除了笔直的钢管,什么都没看到。不过,方琳和文文还是很高兴、很满足,至少在这两天多时间里,全家人难得地聚在一起。

旅行的途中也并不枯燥,丁仪不时指着车外飞速掠过的管壁对文文说:"我们现在正在驶过蒙古,看到大草原了吗?还有羊群……我们在经过日本,但只是擦过它的北角。看,朝阳照到积雪的国后岛上了,那可是今天亚洲迎来的第一抹阳光……我们现在在太平洋底了,真黑,什么都看不见。哦不,那边有亮光,暗红色的。嗯,看清了,那是洋底火山口,从它那里涌出的岩浆遇水很快便冷却了,所以那暗红色的光一闪一闪的,像海底平原上的篝火。文文,大陆正在这里生长啊……"

后来,他们又在钢管中驶过了美国全境,潜过了大西洋，从法国西海岸登上欧洲的土地，驶过意大利和巴尔干半岛，第二次进入俄罗斯，然后从里海回到亚洲，穿过哈萨克斯坦进入中国。现在，他们已走完最后的路程，回到了爱因斯坦赤道在塔克拉玛干沙漠中的起点——世界核子中心，这儿也是环球加速器的控制中心。

当丁仪一家从控制中心大楼出来时，外面已是深夜，广阔的沙漠静静地在群星下伸向远方，世界显得简单而深邃。

"好了，我们三个基本粒子，已经在爱因斯坦赤道中完成了一次加速试验。"丁仪兴奋地对方琳和文文说。

"爸爸，真的粒子要在这根大管子中跑这么一大圈，要多长时间？"文文指着他们身后的加速器管道问。那管道从控制中心两侧向东西两个方向延伸，没多远就消失在夜色中。

丁仪回答说："明天，加速器将首次以它最大的能量运行，在其中运行的每个粒子，将受到相当于一颗核弹的能量的推动，加速到接近光速。这时，每个粒子在管道中只需十分之一秒就能走完我们这两天多的环球旅程。"

方琳说："别以为你已经实现了自己的诺言，这次环球旅行是不算的！"

"对！"文文点点头，说，"爸爸以后有时间，一定要带我们在这长管子的外面沿着它走一圈，看看我们在管子里面到过的地方，那才叫真正的环球旅行呢！"

"不需要，"丁仪对女儿意味深长地说，"如果你睁开了想象力的眼睛，那这次旅行就足够了。你已经在管子中看到了你想看的一切，甚至更多！孩子，更重要的是，蓝色的海洋、红色的花朵、绿色的森林都不是最美的东西，真正的美用眼睛是看不到的，只有想象力才能看到它。与海洋、花朵、森林不同，它没有色彩和形状。只有当你用想象力和数学把整个宇宙在手中捏成一团儿，使它变成你的一个心爱的玩具，你才能看到这种美……"

丁仪没有回家，送走了妻女后，他回到了控制中心。控制中心里只有不多的几个值班工程师，在加速器建成又经过历时两年的紧张调试后，这里第一次这么宁静。

丁仪上到楼顶，站在高高的露天平台上。他看到下面的加速器管道像一条把世界一分为二的直线，他产生了一种感觉：夜空中的星星像无数只眼睛，它们的目光此时都聚焦在下面这条直线上。

丁仪回到下面的办公室，躺在沙发上睡着了，进入了一个理论物理学家的梦乡——

他坐在一辆小车里，小车停在爱因斯坦赤道的起点。小车启动，他感觉到了加速时强劲的推力。他在 45 度纬线上绕地球旋转，一圈又一圈，像轮盘赌上的骰子。随着速度趋近光速，急剧增加的质量使他的身体如一尊金属塑像般凝固了，当意识到这个身体中已蕴含了创世的能量，他有了一种帝王般的快感。在最后一圈，他被引入一条支路，冲进一个奇怪的地方。这里是虚无之地，他看到了虚无的颜色。虚无不是黑色，也不是白色，它的色彩就是无色彩，但也不是透明的。在这里，空间和时间都还是有待于他去创造的东西。他看到前方有一个小黑点，急剧扩大，那是另一辆小车，车上坐着另一个自己。当他们以光速相撞后，同时消失了，只在无际的虚空中留下一个无限小的奇点，这万物的种子爆炸开来，能量火球疯狂暴胀。当弥漫整个宇宙的红光渐渐减弱时，冷却下来的能量天空中，物质如雪花般出现了，开始是稀薄的星云，然后是恒星和星系群。在这个新生的宇宙中，丁仪拥有一个量子化的自我，可以在瞬间从宇宙的一端跃至另一端。其实他并没有跳跃，他同时存在于这两端，同时存在于这浩瀚宇宙中的每一点，他的自我像无际的雾气弥漫于整个太空，由恒星沙粒组成的银色沙漠在他的体内燃烧。他无所不在，同时又无所在。他知道自己的存在只是一个概率的幻影，这个多态叠加的幽灵渴望地环视着宇宙，寻找那能使自己坍缩为实体的目光。正找着，这目光就出现了，它来自遥远太空中浮现出来的两双眼睛。它们出现在一道由群星织成的银色帷幕后面，那双有着长长睫毛的美丽的眼睛是方琳的，那双充满天真和灵性的眼睛是文文的。这两双眼睛在宇宙中茫然扫视，最终没能觉察到这个量子自我的存在，波函数颤抖着，如微风扫过平静的湖面，但坍缩没有发生。正当丁仪陷入绝望之时，茫茫的星海扰动起来，群星汇成的洪流在旋转奔涌。当一切都平静下来时，宇宙间的所有星星构成了一只大眼睛，那只百亿光年大小的眼睛如钻石粉末在黑色的天鹅绒上撒出的图案，正盯着丁仪看。波函数在瞬间坍缩，如回放的焰火影片，他的量子存在凝聚在宇宙中微不足道的一点上。

他睁开双眼，回到了现实。

是控制中心的总工程师把他推醒的。丁仪睁开眼，看到核子中心的几位物理学家和技术负责人围着他躺的沙发站着，用看一个怪物的目光盯着他。

"怎么？我睡过了吗？"丁仪看看窗外，发现天已亮了，但太阳还未升起。

"不，出事了！"总工程师说。这时丁仪才知道，大家那诧异的目光不是冲着他的，而是由于刚出的那件事情。总工程师拉起丁仪，带他向窗口走去。丁仪刚走了两步就被人从背后拉住，回头一看，是一位叫松田诚一的日本物理学家——上届诺贝尔物理学奖获得者之一。

"丁博士，如果您在精神上无法承受马上要看到的东西，也不必太在意，我们现在可能是在梦中。"松田诚一说。他脸色苍白，抓着丁仪的手在微微颤抖。

"我刚从梦中醒来！"丁仪说，"发生了什么事？"

大家仍用那种怪异的目光看着他。总工程师拉起他继续朝窗口走去，当丁仪看到窗外的景象时，立刻对自己刚才的话产生了怀疑，眼前的现实突然变得比刚才的梦境更虚幻了。

在淡蓝色的晨光中，以往他熟悉的横贯沙漠的加速器管道消失了，取而代之的是一条绿色的草带，这条绿色大道沿东西两个方向伸向天边。

"再去看看中心控制室吧！"总工程师说。丁仪随着他们来到楼下的控制大厅，又受到了一次猝不及防的震撼：大厅中一片空旷，所有的设备都消失得无影无踪，原来放置设备的位置也长满了青草，那草是直接从防静电地板上长出来的。

丁仪发疯似的冲出控制大厅，奔跑着绕过大楼，站到那条取代加速器管道的草带上。看着它消失在太阳即将升起的东方地平线处，在早晨沙漠上寒冷的空气中，他打了个寒战。

"加速器的其他部分呢？"他问喘着气跟上来的总工程师。

"都消失了，地上、地下和海中的，全部消失了。"

"也都变成了草？"

"哦不，草只在我们附近的沙漠上有，其他部分只是消失了，地面和海底部分只剩下空空的支座，地下部分只留下空隧道。"

丁仪弯腰拔起了一束青草。这草在别的地方看上去一定很普通，但在这里就很不寻常：它完全没有红柳或仙人掌之类的耐旱沙漠植物的特点，看上去饱含水分、青翠欲滴，这样的植物只能生长在多雨的南方。丁仪搓碎了一根草叶，手指上沾满了绿色的汁液，一股淡淡的清香飘散开来。丁仪盯着手上的小草呆立了很长时间，最后说：

"看来，这真是梦了。"

东方传来一个声音："不，这是现实！"

真空衰变

在绿色草路的尽头，朝阳已升出了一半，它的光芒照花了人们的眼睛。在这光芒中，有一个人沿着草路向他们走来。开始他只是一个以日轮为背景的剪影，剪影的边缘被日轮侵蚀，显得变幻不定。当那人走近些后，人们看到他是一名中年男子，穿着白衬衣和黑裤子，没打领带。再近些，他的面孔也可以看清了，这是一张兼具亚洲和欧洲人特点的脸，这在这个地区并没有什么不寻常，但人们绝不会把他误认为是当地人。他的五官太端正了，端正得有些不现实，像某些公共标志上表示人类的一个图符。当他再走近些时，人们也不会把他误认为是这个世界的人了——他并没有走路，他一直两腿并拢笔直地站着，鞋底紧贴着草地飘浮而来。在距他们两三米处，来人停了下来。

"你们好，我以这个外形出现是为了我们之间能更好地交流，不管各位是否认可我的人类形象，我已经尽力了。"来人用英语说，他的话音一如其面孔，极其标准而无特点。

"你是谁？"有人问。

"我是这个宇宙的排险者。"

回答中两个含义深刻的字眼立刻深入了物理学家们的脑海："这个""宇宙"。

"您和加速器的消失有关吗？"总工程师问。

"它在昨天夜里被蒸发了，你们计划中的试验必须被制止。作为补偿，我送给你们这些草，它们能在干旱的沙漠上以很快的速度生长蔓延。"

"可这些都是为了什么呢？"

"这个加速器如果真以最大功率运行，能将粒子加速到10的20次方吉电子伏特，这接近宇宙大爆炸的能量，可能会给我们的宇宙带来灾难。"

"什么灾难？"

"真空衰变。"

听到这回答，总工程师扭头看了看身边的物理学家们，他们都沉默不语，紧锁眉头思考着什么。

"还需要进一步解释吗？"排险者问。

"不，不需要了。"丁仪轻轻地摇摇头说。物理学家们本以为排险者会说出一个人类完全无法理解的概念，但没想到，他说出的东西人类的物理学界早在 20 世纪 80 年代初就想到了，只是当时大多数人都认为那不过是一个新奇的假设，与现实毫无关系，以至于现在几乎被遗忘了。

真空衰变的概念最初出现在 1980 年《物理评论》杂志的一篇论文中，作者是西德尼·科尔曼和弗兰克·德卢西亚。早在这之前，狄拉克就指出，我们宇宙中的真空可能是一种伪真空。在那似乎空无一物的空间里，幽灵般的虚粒子在短得无法想象的瞬间出现又消失，这瞬息间创生与毁灭的活剧在空间的每一点上无休止地上演，我们所说的真空实际上是一个沸腾的量子海洋，这就使得真空具有一定的能级。科尔曼和德卢西亚的新思想在于：他们认为某种高能过程可能产生出另一种状态的真空，这种真空的能级比现有的真空低，甚至可能出现能级为零的"真真空"。这种真空的体积开始可能只有一个原子大小，但它一旦形成，周围相邻的高能级真空就会向它的能级跌落，变成与它一样的低能级真空。这就使得低能级真空的体积迅速扩大，形成一个球体。这个低能级真空球的扩张速度很快就能达到光速，球中的质子和中子将在瞬间衰变，使球内的物质世界全部蒸发，一切归于毁灭……

"……以光速膨胀的低能级真空球将在 0.03 秒内毁灭地球，5 个小时内毁灭太阳系，4 年后毁灭最近的恒星，10 万年后毁灭银河系……没有什么能阻止球体的膨胀，随着时间的推移，整个宇宙都难逃劫难。"排险者说。他的话正好接上了大多数人的思维，难道他能看到人类的思想？！排险者张开双臂，做出一个囊括一切的姿势："如果把我们的宇宙看作一个广阔的海洋，我们就是海中的鱼儿。我们周围这无边无际的海水是那么清澈透明，以至于我们忘记了它的存在。现在我要告诉你们，这不是海水，是液体炸药，一粒火星就会引发毁灭一切的大灾难。作为宇宙排险者，我的职责就是在这些火星燃到危险的温度前扑灭它。"

丁仪说："这大概不太容易，我们已知的宇宙有 200 亿光年半径，即使对于你们这样的超级文明，这也是一个极其广阔的空间。"

排险者笑了笑。这是他第一次笑，这笑同样毫无特点："没有你想的那么复杂。你们已经知道，我们目前的宇宙，只是大爆炸焰火的余烬，恒星和星系不过是仍然保持着些许温热的飘散的烟灰罢了。这是一个低能级的宇宙，你们看到的类星体之类的高能天体只存在于遥远的过去，在目前的自然宇宙中，最高级别的能量过程，如大质量物体坠入黑洞，其能级也比大爆炸低许多数量级。在目前的宇宙中，发生创世级别的能量过程的唯一机会，只能来自其中的智慧文明探索宇宙终极奥秘的努力，这种努力会把大量的能量聚焦到一个微观点上，使这一点达到创世能级。所以，我们只需要监视宇宙中进化到一定程度的文明世界就行了。"

松田诚一问："那么，你们是从何时起开始注意到人类的呢？普朗克时代吗？"

排险者摇摇头。

"那么是牛顿时代？也不是？！不可能远到亚里士多德时代吧？"

"都不是。"排险者说，"宇宙排险系统的运行机制是这样的：它首先通过散布在宇宙中的大量传感器监视已有生命出现的世界，当发现这些世界中出现有能力产生创世能级能量过程的文明时，传感器就发出警报。我这样的排险者在收到警报后，将亲临那些世界，监视其中的文明。除非这些文明真要进行创世能级的试验，否则我们是绝不会对其进行任何干预的。"

这时，在排险者的头部左上方出现了一个黑色的正方形，约两米见方，正方形呈深不见底的漆黑状，仿佛现实被挖了一个洞。几秒后，那黑色的空间中出现了一个蓝色的地球影像。排险者指着影像说："这就是放置在你们世界上方的传感器拍下的地球影像。"

"这个传感器是在什么时候放置于地球的？"有人问。

"按你们的地质学纪年，在古生代末期的石炭纪。"

"石炭纪？！""那就是……3亿年前了！"……人们纷纷惊呼。

"这……太早了些吧？"总工程师敬畏地问。

"早吗？不，是太晚了，当我们第一次到达石炭纪的地球，看到在广阔的冈瓦纳古陆上，皮肤湿滑的两栖动物在原生松林和沼泽中爬行时，真吓出了一身冷汗。在这之前相当长的岁月里，这个世界都有可能突然进化出技术文明，所以，传感器应该在古生代开始时的寒武纪或奥陶纪就放置在这里。"

地球的影像向前推来，充满了整个正方形。镜头在各大陆间移动，让人想到一双警惕地巡视的眼睛。

排险者说："你们现在看到的影像是在更新世末期拍摄的，距今37万年，对我们来说，几乎是在昨天了。"

地球表面的影像停止了移动，那双眼睛的视野固定在非洲大陆上。这块大陆正处于地球黑夜的一侧，看上去仿佛是一个由稍亮些的大洋三面围绕的大墨块。显然大陆上的什么东西吸引了这双眼睛的注意，焦距拉长，非洲大陆向前扑来，很快占据了整个画面，仿佛观察者正在飞速冲向地球表面。陆地黑白相间的色彩渐渐在黑暗中显示出来，白色的是第四纪冰期的积雪，黑色部分很模糊，是森林还是布满乱石的平原，只能由人想象了。镜头继续拉近，一个雪原充满了画面，显示图像的正方形现在全变成白色了，是那种夜间雪地的灰白色，带着暗暗的淡蓝。在这雪原上有几个醒目的黑点，很快可以看出那是几个人影，接着可以看出他们的身形都有些驼背，寒冷的夜风吹起他们长长的披肩乱发。图像再次变黑，一个人仰起的面孔占满了画面。在微弱的光线里无法看清这张面孔的细部，只能看出他的眉骨和颧骨很高，嘴唇长而薄。镜头继续拉近到似乎已不可能再近的距离，一双深陷的眼睛充满了画面，黑暗中的瞳仁中有一些银色的光斑，那是映在其中的变形的星空。

图像定格，一声尖厉的鸣叫响起，排险者告诉人们，预警系统报警了。

"为什么？"总工程师不解地问。

"这个原始人仰望星空的时间超过了预警阈值，他已对宇宙表现出了充分的好奇。到此为止，已在不同的地点观察到了十起这样的超限事件，符合报警条件。"

"如果我没记错的话，你前面说过，只有当有能力产生创世能级能量过程的文明出现时，预警系统才会报警。"

"你们看到的不正是这样一个文明吗？"

人们面面相觑，一片茫然。

排险者露出那毫无特点的微笑，说："这很难理解吗？当生命意识到宇宙奥秘的存在时，距它最终解开这个奥秘就只有一步之遥了。"看到人们仍不明白，他接着说，"比如地球生命，用了 40 多亿年时间才第一次意识到宇宙奥秘的存在，但那一时刻距你们建成爱因斯坦赤道只有不到 40 万年时间，而这一进程最关键的加速期只有不到 500 年时间。如果说那个原始人对宇宙的几分钟凝视是看到了一颗宝石，那么其后你们所谓的整个人类文明，不过是弯腰去拾它罢了。"

丁仪若有所悟地点点头："要说也是这样，那个伟大的望星人！"

排险者接着说："以后我就来到了你们的世界，监视着文明的进程，像是守护着一个玩火的孩子。周围被火光照亮的宇宙使这'孩子'着迷，他不顾一切地让火越烧越旺，直到现在，宇宙已有被这火烧毁的危险。"

丁仪想了想，终于提出了人类科学史上最关键的问题："这就是说，我们永远不可能得到大统一模型，永远不可能探知宇宙的终极奥秘？"

科学家们呆呆地盯着排险者，像一群在最后审判日里等待宣判的灵魂。

"智慧生命有多种悲哀，这只是其中之一。"排险者淡淡地说。

松田诚一声音颤抖地问："作为更高一级的文明，你们是如何承受这种悲哀的呢？"

"我们是这个宇宙中的幸运儿，我们得到了宇宙的大统一模型。"

科学家们心中的希望之火又重新开始燃烧。

丁仪突然想到了另一种恐怖的可能："难道说，真空衰变已被你们在宇宙的某处触发了？"

排险者摇摇头："我们是用另一种方式得到的大统一模型，这一时说不清楚，以后我可能会详细地讲给你们听。"

"我们不能重复这种方式吗？"

排险者继续摇头："时机已过，这个宇宙中的任何文明都不可能再重复它。"

"那请把宇宙的大统一模型告诉人类！"

排险者还是摇头。

"求求你，这对我们很重要。不，这就是我们的一切！"丁仪冲动地去抓排险者的胳膊，但他的手毫无感觉地穿过了排险者的身体。

"知识密封准则不允许这样做。"

"知识密封准则？"

"这是宇宙中文明世界的最高准则之一，它不允许高级文明向低级文明传递知识——我们把这种行为叫知识的管道传递，低级文明只能通过自己的探索来得到知识。"

丁仪大声说："这是一个不可理解的准则。如果你们把大统一模型告诉所有渴求宇宙最终奥秘的文明，他们就不会试图通过创世能级的高能试验来得到它，宇宙不就安全了吗？"

"你想得太简单了。这个大统一模型只是这个宇宙的，当你们得到它后就会知道，还存在着无数其他的宇宙，你们接着又会渴求得到制约所有宇宙的超统一模型。而大统一模型在技术上的应用会使你们拥有产生更高能量过程的手段，你们会试图用这种能量过程击穿不同宇宙间的壁垒，不同宇宙间的真空存在着能级差，这就会导致真空衰变，同时毁灭两个或更多的宇宙。知识的管道传递还会对接收它的低级文明产生其他更直接的不良后果甚至灾难，其原因大部分你们目前还无法理解，所以知识密封准则是绝对不允许违反的。这个准则所说的知识不仅是宇宙的深层秘密，它是指所有你们不具备的知识，包括各个层次的知识——假设人类现在还不知道牛顿三定律或微积分，我也同样不能传授给你们。"

科学家们沉默了。在他们眼中，已升得很高的太阳熄灭了，一切都陷入黑暗之中，整个宇宙顿时变成一个巨大的悲剧。这悲剧之大、之广他们一时还无法把握，只能在余生不断地受其折磨。事实上，他们知道，余生已无意义。

松田诚一瘫坐在草地上，说了一句后来成为名言的话："在一个不可知的宇宙里，我的心脏懒得跳动了。"

他的话道出了所有物理学家的心声。他们目光呆滞，欲哭无泪。就这样不知过了多长时间，丁仪突然打破沉默："我有一个办法，既可以使我得到大统一模型，又不违反知识密封准则。"

排险者对他点点头："说说看。"

"你把宇宙的终极奥秘告诉我，然后毁灭我。"

"给你三天时间考虑。"排险者说。他的回答不假思索，十分迅速，紧接着丁仪的话。

丁仪欣喜若狂："你是说这可行？"

排险者点点头。

真理祭坛

人们是这么描述那个巨大的半球体的真理祭坛的：它直径50米，底面朝上，球面向下，放置在沙漠中，远看像一座倒放的山丘。

这个半球体是排险者用沙子筑成的，当时沙漠中出现了一股巨大的龙卷风，风中那高大的沙柱最后凝聚成这个东西。谁也不知道他是用什么东西使大量的沙子聚合成这样一个精确的半球形状的，其强度使它球面朝下放置都不会解体。但这样的放置方式使半球体很不稳定，在沙漠中的阵风里，它有明显的摇晃。

据排险者说，在他的那个遥远世界里，这样的半球体是一个论坛，在那个文明的上古时代，学者们就聚集在上面讨论宇宙的奥秘。由于这样放置的半球体有不稳定性，论坛上的学者们必须小心地使他们的位置均匀地分布，否则半球体就会倾斜，使上面的人都滑下来。排险者一直没有解释这个半球体论坛的含义，人们猜测，它可能是暗示宇宙的非平衡态和不稳定。

在半球体的一侧，还有一条沙子构筑的长长的坡道，通过它可以从下面走上祭坛。在排险者的世界里，这条坡道是不需要的。在纯能化之前的上古时代，他的种族是一种长着透明双翼的生物，可以直接飞到论坛上。这条坡道是专为人类修筑的，他们中的300多人将通过它走上真理祭坛，用生命换取宇宙的奥秘。

三天前，当排险者答应了丁仪的要求后，事情的发展令世界恐慌。在短短一天时间内，有几百人提出了同样的要求。这些人中除世界核子中心的其他科学家外，还有来自世界各国的学者。开始只有物理学家，后来报名者的专业越出了物理学和宇宙学，出现了数学、生物学等其他基础学科的科学家，甚至还有经济学和史学这类非自然科学的学者。这些要求用生命来换取真理的人，都是他们所在学科的"刀锋"，是科学界精英中的精英，其中诺贝尔奖获得者就占了一半，可以说，在真理祭坛前聚集了人类科学的精华。

真理祭坛前其实已不是沙漠了，排险者在三天前种下的草迅速蔓延，那条草带已宽了两倍，它那已变得不规则的边缘已伸到了真理祭坛下面。在这绿色的草地上聚集了上万人，除了这些即将献身的科学家，还有世界各大媒体的记者以及科学家们的亲人和朋友——两天两夜无休止的劝阻和哀求已使他们心力交瘁，精神都处于崩溃的边缘，但他们还是决定在这最后的时刻做最后的努力。与他们一同做这种努力的还有数量众多的各国政界的代表，其中包括十多位国家元首，他们也想竭力留住自己国家的科学精英。

"你怎么把孩子带来了？"丁仪盯着方琳问。在他们身后，毫不知情的文文正在草地上玩耍，她是这群表情阴沉的人中唯一的快乐者。

"我要让她看着你死。"方琳冷冷地说。她脸色苍白，双眼无目标地平视着远方。

"你认为这能阻止我？"

"我不抱希望，但能阻止你女儿将来像你一样。"

"你可以惩罚我，但孩子……"

"没人能惩罚你，你也别把即将发生的事情伪装成一种惩罚，你正走在通向自己梦中天堂的路上！"

丁仪直视着爱人的双眼说："琳，如果这是你的真实想法，那么你终于从最深处认识了我。"

"我谁也不认识，现在我的心中只有仇恨。"

"你当然有权恨我。"

"我恨物理学！"

"可如果没有它，人类现在还是丛林和岩洞中愚钝的动物。"

"但我现在并不比它们快乐多少！"

"但我快乐，也希望你能分享我的快乐。"

"那就让孩子也一起分享吧，当她亲眼看到父亲的下场，长大后至少会远离物理学！"

"琳，你已从最深处认识了物理学。看，这两天你真正认识了多少东西！如果你早点儿理解这些，我们就不会有现在的悲剧了。"

那几位国家元首则在真理祭坛上努力劝说着排险者，让他拒绝那些科学家的要求。

美国总统说："先生——我可以这么称呼您吗？我们的世界里最出色的科学家都在这里了，您真想毁灭地球的科学吗？"

排险者说："没有那么严重，另一批科学精英会很快涌现出来并补上他们的位置。对宇宙奥秘抱有探索欲望是所有智慧生命的本性。"

"既然同为智慧生命，您就忍心杀死这些学者吗？"

"这是他们自己的选择，生命是他们自己的，他们当然可以用它来换取自己认为崇高的东西。"

"这个用不着您来提醒我们！"俄罗斯总统激动地说，"用生命来换取崇高的东西对人类来说并不陌生，在20世纪的一场战争中，我的国家就有2000多万人这么做了。但现在的事实是，那些科学家的生命什么都换不到！只有他们自己能得知那些知识，这之后，您只给他们10分钟的生存时间！

他们对终极真理的探索已成为一种地地道道的变态行为，这您是清楚的！"

"我清楚的是，他们是这个星球上仅有的正常人。"

元首们面面相觑，然后都困惑地看着排险者，表示他们不明白他的意思。

排险者伸开双臂拥抱天空："当宇宙的和谐之美一览无遗地展现在你面前时，生命只是一个很小的代价。"

"但他们看到这种美后只能再活10分钟！"

"就是没有这10分钟，仅仅经历看到那终极之美的过程，也是值得的。"

元首们又互相看了看，都摇头苦笑。

"随着文明的进化，像他们这样的人会渐渐多起来的。"排险者指指真理祭坛下的科学家们，说，"最后，当生存问题完全解决，当爱情因个体的异化和融合而消失，当艺术因过分的精致和晦涩而毫无意义，对宇宙终极美的追求便成为文明存在的唯一寄托，他们的这种行为方式也就符合了整个世界的基本价值观。"

元首们沉默了一会儿，试着理解排险者的话。美国总统突然哈哈大笑起来："先生，您在耍我们，您在耍弄整个人类！"

排险者露出一脸困惑："我不明白……"

日本首相说："人类还没有笨到你想象的程度，你话中的逻辑错误连小孩子都明白！"

排险者显得更加困惑了："我看不出这有什么逻辑错误。"

美国总统冷笑着说："1万亿年后，我们的宇宙肯定充满了高度进化的文明，照您的意思，对终极真理的这种变态的追求欲望将成为整个宇宙的基本价值观，那时全宇宙的文明将一致同意用超高能的试验来探索囊括所有宇宙的超统一模型，不惜在这种试验中毁灭包括自己在内的一切？您想告诉我们这种事会发生？！"

排险者盯着元首们，长时间不说话，那怪异的目光使他们不寒而栗。他们中有人似乎悟出了什么："您是说……"

排险者举起一只手制止他说下去，然后向真理祭坛的边缘走去。在那里，他用响亮的声音对所有人说："你们一定很想知道我们是如何得到这个宇宙的大统一模型的，现在可以告诉你们了。"

"很久很久以前，我们的宇宙比现在小得多，而且很热。恒星还没有出现，但已有物质从能量中沉淀出来，形成弥漫在发着红光的太空中的星云。这时生命已经出现了，那是一种力场与稀薄的物质共同构成的生物，其个体看上去很像太空中的龙卷风。这种星云生物的进化速度快得像闪电，很快产生了遍布全宇宙的高度文明。当星云文明对宇宙终极真理的渴望达到顶峰时，全宇宙的所有世界一致同意：冒着真空衰变的危险进行创世能级的试验，以探索宇宙的大统一模型。

"星云生物操纵物质世界的方式与现今宇宙中的生命完全不同，由于没有足够多的物质可供使用，他们的个体便自己进化为自己想要的东西。在最后的决定做出后，某些世界中的一些个体飞快地进化，把自己进化为加速器的一部分。最后，上百万个这样的星云生物排列起来，组成了一台能把粒子加速到创世能级的高能加速器。加速器启动后，暗红色的星云中出现了一个发出耀眼蓝光的灿烂光环。

"他们深知这个试验的危险，所以在试验进行的同时把得到的结果用引力波发射了出去，引力波是唯一能在真空衰变后存留下来的信息载体。

　　"加速器运行了一段时间后，真空衰变发生了，低能级的真空球从原子大小以光速膨胀，转眼间扩大到天文尺度，内部的一切蒸发殆尽。真空球的膨胀速度大于宇宙的膨胀速度，虽然经过了漫长的时间，最后还是毁灭了整个宇宙。

　　"漫长的岁月过去了，在空无一物的宇宙中，被蒸发的物质缓慢地重新沉淀凝结，星云又出现了，但宇宙一片死寂，直到恒星和行星出现，生命才在宇宙中重新萌发。而这时，早已毁灭的星云文明发出的引力波还在宇宙中回荡，实体物质的重新出现使它迅速衰减，但就在它完全消失以前，被新宇宙中最早出现的文明接收到了，它所带的信息被破译，从这远古的试验数据中，新文明得到了大统一模型。他们发现，建立模型最关键的数据是在真空衰变前万分之一秒左右产生的。

　　"让我们的思绪再回到那个毁灭中的星云宇宙。由于真空球以光速膨胀，球体之外的所有文明世界都处于光锥视界之外，不可能预知灾难的到来，在真空球到达之前，这些世界一定在专心地接收着加速器产生的数据。在他们收到足够建立大统一模型的数据后的万分之一秒，真空球毁灭了一切。但请注意一点：星云生物的思维频率极高，万分之一秒对他们来说是一段相当长的时间，所以他们有可能在生命的最后时刻推导出了大统一模型。当然，这也可能只是我们的一种自我安慰，更有可能的是，他们最后什么也没推导出来。星云文明掀开了宇宙的面纱，但他们自己没来得及瞥一眼宇宙那终极的美就毁灭了。更为可敬的是，开始试验前他们可能已经想到了这种结果，但仍然决定牺牲自己，把那些包含着宇宙终极秘密的数据传给遥远未来的文明。

"现在你们应该明白，对宇宙终极真理的追求，是文明的最终目标和归宿。"

排险者的讲述使真理祭坛上下的所有人陷入长久的沉思中，不管这个世界对他最后那句话是否认同，有一点可以肯定：它将对今后人类思想和文化的进程产生重大影响。

美国总统首先打破沉默说："您为文明描述了一幅阴暗的前景，难道生命这漫长进程中所有的努力和希望，都是为了那飞蛾扑火的一瞬间？"

"飞蛾并不觉得阴暗，它至少享受了短暂的光明。"

"人类绝不可能接受这样的人生观！"

"这完全可以理解。在我们这个真空衰变后重生的宇宙中，文明还处于萌芽阶段，各个世界都有自己的生活方式，追求着不同的目标，对大多数世界来说，对终极真理的追求并不具有至高无上的意义，为此而去冒毁灭宇宙的危险，对宇宙中大多数生命是不公平的。即使在我自己的世界中，也并非所有的成员都愿意为此牺牲一切。所以，我们自己没有继续进行探索超统一模型的高能试验，并在整个宇宙中建立了排险系统。但我们相信，随着文明的进化，总有一天，宇宙中的所有世界都会认同文明的终极目标。其实，就是现在，就是在你们这样一个婴儿文明中，也已经有人认同了这个目标。好了，时间快到了，如果各位不想用生命换取真理，就请你们下去，让那些想这么做的人上来。"

元首们走下真理祭坛，来到那些科学家面前，进行最后的努力。

法国总统说："能不能这样，把这事稍往后放一放？让我陪着大家去体验另一种生活，放松自己，比如在黄昏的鸟鸣中看着夜幕降临大地，在银色的月光下听着怀旧的音乐，喝着美酒想着你心爱的人……这时你们就会发现，终极真理并不像你们想的那么重要，与你们追求的虚无缥缈的宇宙和谐之美相比，这样的美更让人陶醉。"

一位物理学家冷冷地说："所有的生活都是合理的，我们没必要互相理解。"

法国总统还想说什么，美国总统已失去了耐心："好了，不要对牛弹琴了！您还看不出来这是怎样一群毫无责任心的人？还看不出这是怎样一群骗子？他们声称为全人类的利益而研究，其实只是拿社会的财富满足自己的欲望，满足他们对那种玄虚的宇宙和谐美的变态欲望，这和拿公款玩乐有什么区别！"

丁仪挤上前来拍拍他的肩膀，笑着说："总统先生，科学发展到今天，终于有人对它的本质进行了比较准确的定义。"

旁边的松田诚一说："我们早就承认这点，并反复声明，但一直没人相信我们。"

交　换

生命和真理的交换开始了。

第一批 8 位数学家沿着长长的坡道向真理祭坛上走去。

这时，沙漠上没有一丝风，仿佛大自然屏住了呼吸，寂静笼罩着一切，刚刚升起的太阳把他们的影子长长地投在沙漠上，那几条长影是这个凝固的世界中唯一能动的东西。

数学家们的身影消失在真理祭坛上，下面的人们看不到他们了。所有的人都凝神听着，他们首先听到祭坛上传来排险者的声音，在死一般的寂静中这声音很清晰：

"请提出问题。"

接着是一位数学家的声音："我们想看到费尔玛和哥德巴赫两个猜想的最后证明。"

"好的，但证明很长，时间只够你们看关键的部分，其余用文字说明。"

排险者是如何向科学家们传授知识的，这对人类来说一直是个谜。在远处的监视飞机上拍下的图像中，科学家们都仰起头看着天空，而他们看的方向上空无一物。一个被普遍接受的说法是，外星人用某种思维波把信息直接输入他们的大脑中。但实际情况比那要简单得多：排险者把信息投射在天空中，在真理祭坛上的人看来，整个地球的天空变成了一个显示屏，而在祭坛之外的角度什么都看不到。

一个小时过去了，真理祭坛上有个声音打破了寂静，有人说："我们看完了。"

接着是排险者平静地回答："你们还有 10 分钟的时间。"

真理祭坛上隐隐传来了多个人的交谈声，只能听清只言片语，但能清楚地感受到那些人的兴奋和喜悦，像是一群在黑暗的隧道中跋涉了一年的人突然看到了洞口的光亮。

"……这完全是全新的……""……怎么可能……""……我以前在直觉上……""……天啊，真是……"

当 10 分钟就要结束时，真理祭坛上响起了一个清晰的声音："请接受我们 8 个人真诚的谢意。"

真理祭坛上闪起一片强光。强光消失后，下面的人们看到 8 个等离子体火球从祭坛上升起，轻盈地向高处飘升。它们的光度渐渐减弱，由明亮的黄色变成柔和的橘红色，最后一个接一个地消失在蓝色的天空中，整个过程悄无声息。从监视飞机上看，真理祭坛上只剩下排险者站在圆心。

"下一批！"他高声说。

在上万人的凝视下，又有 11 个人走上了真理祭坛。

"请提出问题。"

"我们是古生物学家，想知道地球上恐龙灭绝的真正原因。"

古生物学家们开始仰望长空，但所用的时间比刚才数学家们短得多，很快有人对排险者说："我们知道了，谢谢！"

"你们还有 10 分钟。"

"……好了，七巧板对上了……""……做梦也不会想到那方面去……""……难道还有比这更……"

然后强光出现又消失，11 个火球从真理祭坛上飘起，很快消失在沙漠上空。

……

一批又一批的科学家走上真理祭坛，完成了生命和真理的交换，在强光中化为美丽的火球飘逝而去。

一切都在庄严与宁静中进行。真理祭坛下面，预料中生离死别的景象并没有出现，全世界的人们静静地看着这壮丽的景象，心灵被深深地震慑了，人类在经历着一场有史以来最大的灵魂洗礼。

一个白天的时间不知不觉过去了，太阳已在西方地平线处落下了一半，夕阳给真理祭坛洒上了一层金辉。物理学家们开始走向祭坛，他们是人数最多的一批，有 86 人。就在这一群人刚刚走上坡道时，从日出时一直持续到现在的寂静被一个童声打破了。

"爸爸！"文文哭喊着从草坪上的人群中冲出来，一直跑到坡道前，冲进那群物理学家中，抱住了丁仪的腿，"爸爸，我不让你变成火球飞走！"

丁仪轻轻抱起了女儿，问她："文文，告诉爸爸，你能记起来的最让自己难受的事是什么？"

文文抽泣着想了几秒，说："我一直在沙漠里长大，最……最想去动物园。上次爸爸去南方开会，带我去了那边的一个大大的动物园，可刚进去，你的电话就响了，说工作上有急事。那是个野生动物园，小孩儿一定要大人们带着才能进去，我也只好跟你回去了，后来你再也没时间带我去。爸爸，这是最让我难受的事，回来的飞机上我一直在哭。"

丁仪说："但是，好孩子，那个动物园你以后肯定有机会去，妈妈以后会带文文去的。爸爸现在也在一个大动物园的门口，那里面也有爸爸做梦都想看到的神奇的东西，而爸爸如果这次不去，以后真的再也没机会了。"

文文用泪汪汪的大眼睛呆呆地看了爸爸一会儿，点点头，说："那……那爸爸就去吧。"

方琳走过来，从丁仪怀中抱走了女儿，眼睛看着前面矗立的真理祭坛说："文文，你爸爸是世界上最坏的爸爸，但他真的很想去那个动物园。"

丁仪两眼看着地面，用近乎祈求的声调说："是的，文文，爸爸真的很想去。"

方琳用冷冷的目光看着丁仪说："冷血的基本粒子，去完成你最后的碰撞吧，记住，我绝不会让你女儿成为物理学家的！"

这群人正要转身走去，另一个女性的声音使他们又停了下来。

"松田君，你要再向上走，我就死在你面前！"

说话的是一位娇小美丽的日本姑娘，她此时站在坡道起点的草地上，把一支银色的小手枪顶在自己的太阳穴上。

松田诚一从那群物理学家中走了出来，走到姑娘的面前，直视着她的双眼说："泉子，还记得北海道那个寒冷的早晨吗？你说要出道题考验我是否真的爱你，你问我，如果你的脸在火灾中被烧得不成样子，我该怎么办。我说我将忠贞不渝地陪伴你一生。你听到这回答后很失望，说我并不是真的爱你，如果我真的爱你，就会弄瞎自己的双眼，让一个美丽的泉子永远留在心中。"

泉子拿枪的手没有动，但美丽的双眼噙满了泪水。

松田诚一接着说："所以，亲爱的，你深知美对一个人生命的重要。现在，宇宙终极之美就在我面前，我能不看她一眼吗？"

"你再向上走一步我就开枪！"

松田诚一对她微笑了一下，轻声说："泉子，天上见。"然后转身和其他物理学家一起沿坡道走向真理祭坛。

身后清脆的枪声和柔软的躯体倒地的声音都没能使他回头。

物理学家们走上了真理祭坛那圆形的顶面，在圆心处，排险者微笑着向他们致意。突然间，映着晚霞的天空消失了，地平线处的夕阳消失了，沙漠和草地都消失了，真理祭坛悬浮于无际的黑色太空中，这是创世前的黑夜，没有一颗星星。排险者挥手指向一个方向，物理学家们看到在遥远的黑色深渊中有一颗金色的星星，开始它小得难以看清，后来由一个亮点渐渐增大，开始具有面积和形状，他们看出那是一个向这里飘来的旋涡星系。星系很快增大，显出它磅礴的气势。距离更近一些后，他们发现星系中的恒星都是数字和符号，它们组成的方程式构成了这金色星海中的一排排波浪。

宇宙大统一模型缓慢而庄严地从物理学家们的上空移过。

……

当86个火球从真理祭坛上升起时，方琳眼前一黑，倒在草地上。

她隐约听到文文的声音："妈妈，那些哪个是爸爸？"

最后一个上真理祭坛的人是斯蒂芬·霍金。他的电动轮椅沿着长长的坡道慢慢向上移动，像一只在树枝上爬行的昆虫。他那仿佛已抽去骨骼的绵软身躯瘫陷在轮椅中，像一支在高温中变软且即将熔化的蜡烛。

轮椅终于开上了祭坛，在空旷的圆面上开到了排险者面前。这时，太阳已经落下了一段时间，暗蓝色的天空中有零星的星星出现，祭坛周围的沙漠和草地模糊了。

"博士，您的问题？"排险者问。对霍金，他似乎并没有表示出比对其他人更多的尊重，他面带毫无特点的微笑，听着博士轮椅上的扩音器中发出的呆板的电子声音："宇宙的目的是什么？"

天空中没有答案出现。排险者脸上的微笑消失了，他的双眼中掠过了一丝不易觉察的恐慌。

"先生？"霍金问。

仍是沉默。天空仍是一片空旷，在地球的几缕薄云后面，宇宙的群星正在涌现。

"先生？"霍金又问。

"博士，出口在您后面。"排险者说。

"这是答案吗？"

排险者摇摇头："我是说您可以回去了。"

"你不知道？"

排险者点点头说："我不知道。"这时，他的面容第一次不再是一个人类符号，一片悲哀的黑云罩上这张脸，这悲哀表现得那样生动和富有个性，以至于谁也不怀疑他是一个人，而且是一个最平常因而最不平常的普通人。

"我怎么知道？"排险者喃喃地说。

尾　声

15年之后的一个夜晚，在已被变成草原的昔日的塔克拉玛干沙漠上，有一对母女正在交谈。母亲40多岁，但白发已过早地出现在她的双鬓，从那饱经风霜的双眼中透出的，除了忧伤，就是疲倦。女儿是一位苗条的少女，大而清澈的双眸中映着晶莹的星光。

母亲在柔软的草地上坐下来，两眼失神地看着模糊的地平线说："文文，你当初报考你爸爸母校的物理系，现在又要攻读量子引力专业的博士学位，妈都没拦你。你可以成为一名理论物理学家，甚至可以把这门学科当作自己唯一的精神寄托，但，文文，妈求你了，千万不要越过那条线啊！"

文文仰望着灿烂的银河，说："妈妈，你能想象，这一切都来自 200 亿年前一个没有大小的奇点吗？宇宙早就越过那条线了。"

方琳站起来，抓着女儿的肩膀说："孩子，求你别这样！"

文文双眼仍凝视着星空，一动不动。

"文文，你在听妈妈说话吗？你怎么了？"方琳摇晃着女儿。

文文的目光仍被星海吸住收不回来，她盯着群星问："妈妈，宇宙的目的是什么？"

"啊……不——"方琳彻底崩溃了，又跌坐在草地上，双手捂着脸抽泣着，"孩子，别，别这样！"

文文终于收回了目光，蹲下来扶着妈妈的双肩，轻声问道："那么，妈妈，人生的目的是什么？"

这个问题像一块冰，使方琳灼热的心立刻冷了下来。

她扭头看了女儿一眼，然后看着远方深思。15 年前，就在她看着的那个方向，曾矗立过真理祭坛，再早些，爱因斯坦赤道曾穿过沙漠。

微风吹来，草海上泛起道道波纹，仿佛是星空下无际的骚动的人海，向整个宇宙无声地歌唱着。

"不知道，我怎么知道呢？"方琳喃喃地说。

带上她的眼睛

连续工作了两个多月，我实在累了，便请求主任给我两天假，想出去短暂旅游一下，散散心。主任答应了，条件是我再带一双眼睛去。我也答应了，于是他带我去拿眼睛。眼睛放在控制中心走廊尽头的一个小房间里，现在还剩下十几双。

主任递给我一双眼睛，指指前面的大屏幕，把眼睛的主人介绍给我。她好像是一个刚毕业的小姑娘，呆呆地看着我，在肥大的太空服中更显娇小，一副可怜兮兮的样子，显然刚刚体会到太空不是她在大学图书馆中想象的浪漫天堂，某些方面甚至可能比地狱还稍差些。

"麻烦您了，真不好意思。"她连连向我鞠躬。这是我听到过的最轻柔的声音，我想象着这声音从外太空飘来，像一阵微风吹过轨道上那些庞大粗陋的钢结构，使它们立刻变得像橡皮泥一样软。

"一点儿都不，我很高兴有个伴儿的。你想去哪儿？"我豪爽地说。

"什么？您自己还没决定去哪儿？"她看上去很高兴，但我立刻感到两个异样的地方：其一，外太空与地面通信都有延时，即使是在月球，延时也有两秒，在小行星带上的延时更长，但她的回答几乎让人感觉不到延时。这就是说，她现在在近地轨道，从那里回地面不用中转，费用和时间都不需要多少，没必要托别人带眼睛去度假。其二，是她身上的太空服。作为航天个人装备工程师，我觉得这种太空服很奇怪：在服装上看不到防辐射系统，放在她旁边的头盔的面罩上也没有强光防护系统；我还注意到，这套服装的隔热和冷却系统异常发达。

"她在哪个空间站？"我扭头问主任。

"先别问这个吧。"主任的脸色很阴沉。

"别问好吗？"屏幕上的她也说，还是那副让人心软的小可怜样儿。

"你不会是被关禁闭了吧？"我开玩笑说。因为她所在的舱室十分窄小，显然是一个航行体的驾驶舱，各种复杂的导航系统此起彼伏地闪烁着，但没有窗子，也没有观察屏幕，只有一支在她头顶打转的失重的铅笔说明她是在太空中。听了我的话，她和主任似乎都愣了一下，我赶紧说："好，我不问自己不该知道的事了，你还是决定我们去哪儿吧。"

这个决定对她很艰难，她的双手握在胸前，双眼半闭着，似乎是在决定生存还是死亡，或者认为地球在我们这次短暂的旅行后就要爆炸了。我不由笑出声来。

"哦，这对我来说不容易，您要是看过海伦·凯勒的《假如给我三天光明》的话，就能明白这多难了！"

"我们没有三天，只有两天。在时间上，这个时代的人都是穷光蛋。但比那个20世纪的盲人幸运的是，我和你的眼睛在3小时内可以到达地球的任何一个地方。"

"那就去我们起航前去过的地方吧！"她告诉了我那个地方，于是我带着她的眼睛去了。

草　原

　　这是高山与平原、草原与森林的交界处，距我工作的航天中心有 2000 多千米，乘电离层飞机只用了 15 分钟就到了。面前的塔克拉玛干，经过几代人的努力，已由沙漠变成了草原，又经过几代强有力的人口控制，这儿再次变成了人迹罕至的地方。现在，大草原从我面前一直延伸到天边，背后的天山覆盖着暗绿色的森林，几座山顶还有银色的雪冠。我掏出她的眼睛戴上。

　　所谓眼睛，就是一副传感眼镜。当你戴上它时，你所看到的一切图像会由超高频信息波发射出去，被远方的另一个戴同样传感眼镜的人接收到，于是那人就能看到你所看到的一切，就像你带着那人的眼睛一样。

　　现在，长年在月球和小行星带工作的人已有上百万，他们回地球度假的费用是惊人的。于是，吝啬的宇航局就设计了这玩意儿，使每个生活在外太空的宇航员在地球上都有了另一双眼睛，由地球上真正能去度假的幸运儿带上这双眼睛，让身处外太空的那个思乡者分享他的快乐。这个小玩意儿开始被当作笑柄，但后来由于用它"度假"的人能得到可观的补助，竟流行开来。最尖端的技术被采用，这人造眼睛越做越精致，现在，它竟能通过采集戴着它的人的脑电波，把他（她）的触觉和味觉一同发射出去。多带一双眼睛去度假成了宇航系统地面工作人员从事的一项公益活动。当然，由于度假中的隐私等问题，并不是每个人都乐意再带双眼睛，但我这次无所谓。

我对眼前的景色大发感叹，但从她的眼睛中，我听到了一阵轻轻的抽泣声。

"上次离开后，我常梦到这里，现在回到梦里来了！"她细细的声音从她的眼睛中传出来，"我现在就像从很深很深的水底冲出来呼吸到空气，我太怕封闭了。"

我真的听到她在做深呼吸。

我说："可你现在并不封闭，同你周围的太空比起来，这草原太小了。"

她沉默了，似乎连呼吸都停止了。

"啊，当然，太空中的人还是封闭的。20世纪的一个叫耶格尔的飞行员曾有一句话，是描述飞船中的宇航员的，说他们像……"

"罐头里的肉。"

我们都笑了起来。她突然惊叫："呀，花，有花啊！上次我来时没有的！"是的，辽阔的草原上到处点缀着星星点点的小花。"能近些看看那朵花吗？"我蹲下来看，"呀，真美耶！能闻闻它吗？不，别拔下它！"我只好半趴到地上闻，一缕淡淡的清香，"啊，我也闻到了，真像一首隐隐传来的小夜曲呢！"

我笑着摇摇头。这是一个闪电变幻、疯狂追逐的时代，女孩子们都浮躁到了极点，像这样见花落泪的"林妹妹"真是太少了。

"我们给这朵小花起个名字好吗？嗯……叫它梦梦吧。我们再看看那一朵好吗？它该叫什么呢？嗯，叫小雨吧。再看那一朵，啊，谢谢，看它的淡蓝色，它的名字应该是月光……"

我们就这样一朵朵地看花，闻花，然后再给它们起名字。她陶醉于其中，没完没了，忘记了一切。我对这套小女孩的游戏实在厌烦了，到我坚持停止时，我们已给上百朵花起了名字。

一抬头，我发现已走出了好远，便回去拿丢在后面的背包。当我拾起草地上的背包时，又听到了她的惊叫："天啊，你把小雪踩住了！"我扶起那朵白色的野花，觉得很可笑，就用两只手各捂住一朵小花，问她："它们都叫什么？长什么样儿？"

"左边那朵叫水晶，也是白色的，它的茎上有分开的三片叶儿；右边那朵叫火苗，粉红色，茎上有四片叶子，上面两片是单的，下面两片连在一起。"

她说的都对，我有些感动了。

"你看，我和它们都互相认识了。以后漫长的日子里，我会好多次一遍遍地想它们每一个的样儿，像背一本美丽的童话书。你那儿的世界真好！"

"我这儿的世界？要是你再这么孩子气地多愁善感下去，那些挑剔的太空心理医生会让你永远待在地球上。"

我在草原上无目标地漫步，很快来到一条隐没在草丛中的小溪旁。我迈过去，继续向前走。她叫住了我，说："我真想把手伸到小溪里。"我蹲下来把手伸进溪水，一股清凉流遍全身。她的眼睛用超高频信息波把这感觉传给远在太空中的她，我又听到了她的感叹。

"你那儿很热吧？"我想起了她那窄小的驾驶舱和隔热系

统异常发达的太空服。

"热，热得像……地狱。呀，天啊，这是草原的风！"这时我刚把手从水中拿出来，微风吹在湿手上凉丝丝的，"不，别动，这真是天国的风呀！"我把双手举在草原的微风中，直到手被吹干。然后，应她的要求，我又在溪水中把手打湿，再举到风中把天国的感觉传给她。我们就这样又消磨了很长时间。

我再次上路后，沉默地走了一段，她又轻轻地说："你那儿的世界真好。"

我说："我不知道，灰色的生活把我这方面的感觉都磨钝了。"

"怎么会呢？这世界能给人多少感觉啊！谁要能说清这些感觉，就如同说清大雷雨有多少雨点一样。看天边那大团的白云，银白银白的，我觉得它们好像是固态的，像发光玉石构成的高山。下面的草原，倒像是气态的，好像所有的绿草都飞离了大地，成了一片绿色的云海。看！当那片云遮住太阳又飘开时，草原上光和影的变幻是多么气势磅礴啊！看看这些，你真的感受不到什么吗？"

……

我带着她的眼睛在草原上转了一天。她渴望看草原上的每一朵野花、每一棵小草，看草丛中跃动的每一缕阳光，渴望听草原上的每一种声音。一条突然出现的小溪、小溪中的一条小鱼，都会令她激动不已；一阵不期而至的微风、风中一缕绿草的清香，都会让她落泪……我感到，她对这个世界的情感已丰富到病态的程度。

日落前，我走到了草原中一间孤零零的白色小屋，那是为旅游者准备的一间小旅店，似乎好久没人光顾了，只有一个迟钝的老式机器人照看着旅店里的一切。我又累又饿，可晚饭只吃到一半，她又提议我们立刻去看日落。

"看着晚霞渐渐消失，夜幕慢慢降临森林，就像在听一首宇宙间最美的交响曲。"她陶醉地说。

我暗暗叫苦，但还是拖着沉重的双腿去了。

草原的落日确实很美，但她对这种美倾泻的情感使这一切蒙上了一种异样的色彩。

"你很珍视这些平凡的东西。"回去的路上我对她说，这时夜色已很深，星星满天。

"你为什么不呢？这才像在生活。"她说。

"我，还有其他的大部分人，不可能做到这样。在这个时代，得到太容易了。物质的东西自不必说，蓝天绿水的优美环境、乡村和孤岛的宁静都可以毫不费力地得到；甚至以前人们认为最难寻觅的爱情，在虚拟现实网上至少也可以暂时体会到。所以人们不再珍视什么了，面对着一大堆伸手可得的水果，他们把拿起的每一个咬一口就扔掉。"

"但也有人面前没有这些水果。"她低声说。

我感觉自己刺痛了她，但不知为什么。后面回去的路上，我们都没再说话。

这天夜里，梦境中，我看到了她，穿着太空服在那间小驾驶舱中，眼里含着泪，向我伸出手来喊："快带我出去，我怕封闭！"我惊醒了，发现她真在喊我，我是戴着她的眼睛仰躺着睡的。

"请带我出去好吗？我们去看月亮，月亮该升起来了！"

我脑袋发沉，迷迷糊糊，很不情愿地起了床。到外面后，发现月亮真的刚升起来，草原上的夜雾使它有些发红。月光下的草原也在沉睡，有无数萤火虫的幽光在朦朦胧胧的草海上浮动，仿佛是草原的梦在显形。

我伸了个懒腰，对着夜空说："喂，你是不是从轨道上看到月光照到这里了？告诉我你的飞船的大概方位，说不定我还能看到呢，我肯定它是在近地轨道上。"

她没有回答我的话，而是轻轻哼起了一首曲子。一小段旋律过后，她说："这是德彪西的《月光》。"说完又接着哼下去，陶醉于其中，完全忘记了我的存在。《月光》的旋律同月光一起从太空降落到草原上。我想象着太空中的那个娇弱的女孩，她的上方是银色的月球，下面是蓝色的地球，小小的她从中间飞过，把音乐融入月光……

直到一个小时后我回去躺到床上，她还在哼着音乐，但是不是德彪西的我就不知道了。那轻柔的乐声一直在我的梦中飘荡。

不知过了多久，音乐变成了呼唤，她又叫醒了我，还要出去。

"你不是看过月亮了吗？"我生气地说。

"可现在不一样了。记得吗？刚才西边有云的，现在那些云可能飘过来了，月亮正在云中时隐时现呢。想想草原上的光和影，多美啊，那是另一种音乐。求你带上我的眼睛出去吧！"

我十分恼火，但还是出去了。云真的飘过来了，月亮在云中穿行，草原上大块的光斑在缓缓浮动，如同大地深处浮现的远古的记忆。

"你像是来自 18 世纪的多愁善感的诗人，完全不适合这个时代，更不适合当宇航员。"我对着夜空说，然后摘下她的眼睛，挂到旁边一棵红柳的枝上，"你自己看月亮吧，我真的得睡觉去了，明天还要赶回航天中心，继续我那毫无诗意的生活呢。"

她的眼睛中传出了她细细的声音，我听不清她在说什么，径自回去了。

我醒来时天已大亮，阴云已布满了天空，草原笼罩在蒙蒙的小雨中。她的眼睛仍挂在红柳枝上，镜片蒙上了一层水雾。我小心地擦干镜片，戴上它。原以为她看了一夜月亮，现在还在睡觉，但我从她的眼睛中听到了她低低的抽泣声，我的心一下子软下来。

"真对不起，我昨晚实在太累了。"

"不，不是因为你，呜呜，天从3点半就阴了，5点多又下起雨……"

"你一夜都没睡？"

"……呜呜，下起雨，我，我看不到日出了，我好想看草原的日出，呜呜，好想看的，呜……"

我的心像是被什么东西融化了，脑海中浮现出她眼泪汪汪、小鼻子一抽一抽的样儿，眼睛竟有些湿润。不得不承认，在过去的一天一夜里，她教会了我某种东西，一种说不清的东西，像月夜中草原上的光影一样朦胧。由于她，以后我眼中的世界与以前会有些不同了。

"草原上总还会有日出的，以后我一定会再带你的眼睛来，或者，带你本人来看，好吗？"

她不哭了，突然，她低声说："听……"

我没听见什么，但紧张起来。

"这是今天的第一声鸟叫，雨中也有鸟呢！"她激动地说，那口气如同听到庄严的世纪钟声一样。

"落日" 6 号

又回到了灰色的生活和忙碌的工作中，以上的经历我很快就淡忘了。很长时间后，当我想起洗那些旅行时穿的衣服时，在裤脚上发现了两三颗草籽。同时，在我的意识深处，也有一颗小小的种子留了下来。在我孤独寂寞的精神沙漠中，那颗种子已长出了令人难以察觉的绿芽。虽然是无意识的，但当一天的劳累结束后，我已能感觉到晚风吹到脸上时那淡淡的诗意，鸟儿的鸣叫已能引起我的注意，我甚至黄昏时站在天桥上，看着夜幕降临城市……世界在我的眼中仍是灰色的，但星星点点的嫩绿在其中出现，并在增多。当这种变化发展到让我觉察出来时，我又想起了她。

也是无意识的，在闲暇时甚至睡梦中，她身处的环境常在我的脑海中出现，那封闭窄小的驾驶舱、奇怪的隔热太空服……后来这些东西在我的意识中都隐去了，只有一样东西凸现出来，那就是在她头顶上打转的失重的铅笔。不知为什么，一闭上眼睛，这支铅笔总在我的眼前飘浮。终于有一天，我走进航天中心高大的门厅，一幅见过无数次的巨大壁画把我吸引住了，壁画上是从太空中拍摄的蔚蓝色的地球。那支飘浮的铅笔又在我的眼前出现了，同壁画叠印在一起，我又听到了她的声音："我怕封闭……"一道闪电在我的脑海里出现。

除了太空，还有一个地方会失重！

我发疯似的跑上楼，猛砸主任办公室的门。他不在，我心有灵犀地知道他在哪儿，就飞跑到存放眼睛的那个小房间。他果然在里面，正看着大屏幕。她在大屏幕上，还在那个封闭的驾驶舱中，穿着那件"太空服"。画面凝固着，是以前录下来的。"是为了她来的吧？"主任说，眼睛还看着屏幕。

　　"她到底在哪儿？"我大声问。

　　"你可能已经猜到了，她是'落日'6号的领航员。"

　　一切都明白了，我无力地跌坐在地毯上。

　　"落日工程"原计划发射十艘飞船，它们是"落日"1号到"落日"10号，但计划由于"落日"6号的失事而中断了。"落日工程"是一次标准的探险航行，它的航行程序同航天中心的其他航行几乎一样。

　　唯一不同的是，"落日"飞船不是飞向太空，而是潜入地球深处。

　　第一次太空飞行一个半世纪后，人类开始了向相反方向的探险，"落日"系列地航飞船就是这种探险的首次尝试。

　　4年前，我在电视中看到过"落日"1号发射时的情景。那时正是深夜，吐鲁番盆地的中央出现了一个如太阳般耀眼的火球，火球的光芒使新疆夜空中的云层变成了绚丽的朝霞。当火球暗下来时，"落日"1号已潜入地层。大地被烧红了一大片，这片圆形的发着红光的区域中央，是一个岩浆的湖泊，赤热的岩浆沸腾着，激起一根根雪亮的浪柱……那一夜，远至乌鲁木齐，都能感到飞船穿过地层时传到大地上的微微震动。

　　"落日工程"的前五艘飞船都成功地完成了地层航行，

安全返回地面。其中，"落日"5号创造了迄今为止人类在地层中航行深度的纪录：海平面下3100千米。"落日"6号不打算突破这个纪录。因为据地球物理学家的结论，在地层3400～3500千米深处，存在着地幔和地核的交界面，学术上把它叫作"古登堡不连续面"，一旦通过这个交界面，便进入了地球的液态铁镍核心，那里物质密度骤然增大，"落日"6号的设计强度是不允许它在如此大的密度中航行的。

"落日"6号的航行开始很顺利，飞船只用了2个小时便穿过了地壳和地幔的交界面——莫霍不连续面，并在大陆板块漂移的滑动面上停留了5个小时，然后开始了在地幔中3000多千米的漫长航行。宇宙航行是寂寞的，但宇航员们能看到无垠的太空和壮丽的星群；而地航飞船上的地航员们，只能凭感觉触摸飞船周围不断向上移去的高密度物质。从飞船上的全息后视电视中能看到这样的情景：炽热的岩浆刺目地闪亮着，翻滚着，随着飞船的下潜，在船尾飞快地合拢起来，瞬间充满了飞船通过的空间。有一名地航员回忆：他们一闭上眼睛，就看到了飞快合拢并压下来的岩浆，这个幻象使航行者意识到压在他们上方那巨量的并不断增厚的物质的存在，一种地面上的人难以理解的压抑感折磨着地航飞船中的每一个人，他们都受到这种封闭恐惧症的袭击。

"落日"6号出色地完成着航行中的各项研究工作。飞船的速度大约是每小时15千米，飞船需要航行200小时才能到达预定深度。但在飞船航行了150小时40分钟时，警报出现了。从地层雷达的探测中得知，航行区的物质密度由每立方厘米6.3克猛增到每立方厘米9.5克，物质成分由硅酸盐类突然变为以铁镍为主的金属，物质状态也由固态变为液态。尽管"落日"6 号当时只到达了 2200 多千米的深度，可目前所有的迹象却残酷地表明，他们闯入了地核！后来得知，这是地幔中一条通向地核的裂隙，地核中的高压液态铁镍充满了这条裂隙，使得在"落日"6 号的航线上古登堡不连续面向上延伸了近 1000 千米！飞船立刻紧急转向，企图冲出这条裂隙，不幸就在这时发生了：由中子材料制造的船体顶住了突然增加到每平方厘米 1600 吨的巨大压力，但是，飞船分为前部烧熔发动机、中部主舱和后部推进发动机三大部分，当飞船在远大于设计密度和设计压力的液态铁镍中转向时，烧熔发动机与主舱结合部断裂。从"落日"6 号用中微子通信发回的画面中我们看到，已与船体分离的烧熔发动机在一瞬间被发着暗红光的液态铁镍吞没了。地航飞船的烧熔发动机用超高温射流为飞船切开航行方向的物质，没有它，只剩下一台推进发动机的"落日"6 号在地层中是寸步难行的。地核的密度很惊人，但构成飞船的中子材料密度更大，液态铁镍对飞船产生的浮力小于它的自重。于是，"落日"6 号便向地心沉下去。

人类登月后，用了一个半世纪才有能力航行到土星。在地层探险方面，人类也要用同样的时间才有能力从地幔航行到地核。现在的地航飞船误入地核，就如同 20 世纪中叶的登月飞船偏离月球，迷失于外太空，获救的希望是丝毫不存在的。

好在"落日"6 号主舱的船体是可靠的，船上的中微子通信系统仍和地面控制中心保持着完好的联系。以后的一年中，"落日"6 号航行组坚持工作，把从地核中得到的大量宝贵资料发送到地面。他们被裹在几千千米厚的物质中，这里别说空气和生命，就连空间都没有，周围是温度高达 5000 摄氏度、压力可以在一秒内把碳变成金刚石的液态铁镍！它们密密地挤在"落日"6 号的周围，密得只有中微子才能穿过，"落日"6 号是处于一个巨大的炼钢炉中！在这样的世界里，《神曲》中的《地狱篇》像是在描写天堂了；在这样的世界里，生命算什么？仅仅能用脆弱来描写它吗？

沉重的心理压力像毒蛇一样噬咬着"落日"6 号地航员们的神经。一天，船上的地质工程师从睡梦中突然跃起，竟打开了他所在的密封舱的绝热门！虽然这只是四道绝热门中的第一道，但瞬间涌入的热浪立刻把他烧成了一缕青烟。指令长在一个密封舱飞快地关上了绝热门，避免了"落日"6 号的彻底毁灭。但他自己被严重烧伤，在写完最后一页航行日志后死去了。

从那以后，在这个星球的最深处，在"落日"6 号上，只剩下她一个人了。

现在，"落日"6 号内部已完全处于失重状态，飞船已下沉到 6800 千米深处，那里是地球的最深处，她是第一个到达地心的人。

她在地心的世界是那个活动范围不到 10 平方米的闷热的驾驶舱。飞船上有一副中微子传感眼镜，这个装置使她同地面世界多少保持着一些感性的联系。但这种如同生命线的联系不能长时间延续下去，飞船里中微子通信设备的能量很快就要耗尽，现有的能量已不能维持传感眼镜的超高速数据传输，这种联系在三个月前就中断了，具体时间是在我从草原返回航天中心的飞机上，当时我已把她的眼睛摘下来放到旅行包中。

那个没有日出的细雨蒙蒙的草原早晨，竟是她最后看到的地面世界。

后来，"落日"6号同地面只能保持着语音和数据通信，而这种联系也在一天深夜中断了，她被永远孤独地封闭于地心中。

"落日"6号的中子材料外壳足以抵抗地心的巨大压力，而飞船上的生命循环系统还可以运行50至80年，她将在这不到10平方米的地心世界里度过自己的余生。

我不敢想象她同地面世界最后告别的情形，但主任让我听的录音出乎我的意料。这时来自地心的中微子波束已很弱，她的声音时断时续，但这声音很平静。

"……你们发来的最后一份补充建议已经收到。今后，我会按照整个研究计划努力工作的。将来，可能是几代人以后吧，也许会有地心飞船找到'落日'6号并同它对接，有人会再次进入这里，但愿那时我留下的资料会有用。请你们放心，我会在这里安排好自己的生活的。我现在已适应这里，不再觉得狭窄和封闭了，整个世界都围着我呀，我闭上眼睛就能看见上面的大草原，还可以清楚地看见每一朵我起了名字的小花呢。再见。"

透明地球

在以后的岁月中，我到过很多地方，每到一处，我都喜欢躺在那里的大地上。我曾经躺在海南岛的海滩上、阿拉斯加的冰雪上、俄罗斯的白桦林中、撒哈拉的沙漠里……每当此时，地球在我脑海中就变得透明了，在我下面6800千米深处，在这巨大的水晶球中心，我看到了停泊在那里的"落日"6号地航飞船，感受到了从几千千米深的地球中心传出的她的心跳。我想象着金色的阳光和银色的月光透射到这个星球的中心，我听到了那里传出的她吟唱的《月光》，还听到她那轻柔的话音：

"……多美啊，那是另一种音乐……"

有一个想法安慰着我：不管走到天涯还是海角，我离她都不会再远了。

地　火

　　父亲的生命已走到了尽头，他用尽力气呼吸，比他在井下扛起 200 多斤的铁支架时用的力气都大得多。他的脸惨白，双目凸出，嘴唇因窒息而呈深紫色，仿佛有一条无形的绞索正在脖子上慢慢绞紧。他那艰辛一生的所有淳朴的希望和梦想都已消失，现在他生命的全部渴望就是多吸进一点点空气。但父亲的肺，就像所有患三期硅肺病的矿工的肺一样，成了一块由网状纤维连在一起的黑色的灰块，再也无法把吸进的氧气输送到血液中。组成那个灰块的煤粉是父亲在 25 年中从井下一点点吸入的，是他这一生采出的煤中极小极小的一部分。

　　刘欣跪在病床边，父亲气管发出的尖啸声一下下割着他的心。突然，他感觉到这尖啸声中有些杂音，他意识到这是父亲在说话。

　　"什么，爸爸？你说什么呀，爸爸？"

　　父亲凸出的双眼死盯着儿子，那垂死呼吸中的杂音更急促地重复着……

　　刘欣又声嘶力竭地叫着。

　　杂音没有了，呼吸也变弱了，最后成了一下一下轻轻的抽搐，然后一切都停止了，父亲那双已无生命的眼睛焦急地看着儿子，仿佛急切地想知道他是否听懂了自己最后的话。

刘欣进入了一种恍惚状态，他不知道妈妈怎样晕倒在病床前，也不知道护士怎样从父亲的鼻孔中取走输氧管，他只听到那段杂音在脑海中回响，每个音节都刻在他的记忆中，像刻在唱片上一样清晰。后来的几个月，他一直都处在这种恍惚状态中，那杂音日日夜夜在脑海中折磨着他，最后他觉得自己也窒息了，不让他呼吸的就是那段杂音，他要想活下去，就必须弄明白它的含义！直到有一天，也是久病的妈妈对他说，他已大了，该撑起这个家了，别去念高中了，去矿上接爸爸的班吧。他恍惚着拿起父亲的饭盒，走出家门，在1978年冬天的寒风中向矿上走去，向父亲的二号井走去。他看到了黑黑的井口，好像一只眼睛看着他，通向深处的一串防爆灯是那只眼睛的瞳仁，那是父亲的眼睛。那杂音急促地在他脑海中响起，最后变成一声惊雷，他猛然听懂了父亲最后的话：

"不要下井……"

二十五年后

刘欣觉得自己的奔驰车在这里很不协调，很扎眼。现在矿上建起了一些高楼，路边的饭店和商店也多了起来，但一切都笼罩在一种灰色的不景气之中。

车到了矿务局，刘欣看到局办公楼前的广场上黑压压地坐了一大片人。刘欣穿过坐着的人群向办公楼走去，在这些身着工作服和便宜背心的人当中，西装革履的他再次感到了自己同周围一切的不协调。人们无言地看着他走过，无数的目光像钢针般穿透他身上的 2000 美元一套的名牌西装，令他浑身发麻。

在局办公楼前的大台阶上，他遇到了李民生——他的中学同学，现在是地质处的主任工程师。这人还是 20 年前那副瘦猴样儿，脸上又多了一副憔悴的倦容，抱着的那卷图纸似乎是很沉重的负担。

"矿上有半年发不出工资了，工人们在静坐。"寒暄后，李民生指着办公楼前的人群说，同时上下打量着他，那目光像看一个异类。

"有了大秦铁路，前两年国家又实行限产，还是没好转？"

"有过一段好转，后来又不行了，这行业就这么个样子，我看谁也没办法。"李民生长叹了一口气，转身走去，好像刘欣身上有什么东西使他想快些离开，但刘欣拉住了他。

"帮我一个忙。"

李民生苦笑着说："20 多年前在市一中，你饭都吃不饱，还不肯要我们偷偷放在你书包里的饭票，可现在，你是最不需要谁帮忙的时候了。"

"不，我需要。能不能找到地下一小块煤层？很小就行，储量不要超过 3 万吨，关键，这块煤层要尽量孤立，同其他煤层间的联系越少越好。"

"这个……应该行吧。"

"我需要这煤层和周围详细的地质资料，越详细越好。"

"这个也行。"

"那我们晚上细谈。"刘欣说，李民生转身又要走，刘欣再次拉住了他，"你不想知道我打算干什么？"

"我现在只对自己的生存感兴趣，同他们一样。"他朝静坐的人群偏了一下头，转身走了。

沿着被岁月磨蚀的楼梯拾级而上，刘欣看到楼内的高墙上沉积的煤粉像一幅幅巨型的描绘雨云和山脉的水墨画，那幅《毛主席去安源》的巨幅油画还挂在那里，画很干净，没有煤粉，但画框和画面都显示出了岁月的沧桑。画中人那深邃沉静的目光在 20 多年后又一次落到刘欣的身上，他终于有了回家的感觉。

来到二楼，局长办公室还在 20 年前的那个地方，那两扇大门后来包了皮革，后来皮革又破了。推门进去，刘欣看到局长正伏在办公桌上看一张很大的图纸，白了一半的头发对着门口。走近了看，那是一张某个矿的掘进进尺图，局长似乎没有注意窗外楼下静坐的人群。

"你是部里那个项目的负责人吧？"局长问，他只是抬了一下头，然后仍低下头去看图纸。

"是的，这是个很长远的项目。"

"呵，我们尽力配合吧，但眼前的情况你也看到了。"局长抬起头来把手伸向他，刘欣又看到了李民生脸上的那种憔悴的倦容，握住局长的手时，他感觉到两根变形的手指，那是早年一次井下工伤造成的。

"你去找负责科研的张副局长，或去找赵总工程师也行，我没空，真对不起了，等你们有一定结果后我们再谈。"局长说完又把注意力集中到图纸上去了。

"您认识我父亲，您曾是他队里的技术员。"刘欣说出了他父亲的名字。

局长点点头："好工人，好队长。"

"您对现在煤炭工业的形势怎么看？"刘欣突然问，他觉得只有尖锐地切入正题才能引起局长的注意。

"什么怎么看？"局长头也没抬地问。

"煤炭工业是典型的传统工业、落后工业和夕阳工业，它劳动密集，工人的工作条件恶劣，产出效率低，产品运输要占用巨量运力……煤炭工业曾是英国工业的一个重要组成部分，但英国在10年前就关闭了所有的煤矿！"

"我们关不了。"局长说，仍未抬头。

"是的，但我们要改变！彻底改变煤炭工业的生产方式！否则，我们永远无法走出现在这种困境，"刘欣快步走到窗前，指着窗外的人群，"煤矿工人，千千万万的煤矿工人，他们的命运难以有根本的改变！我这次来……"

"你真正下过井吗？"局长打断他。

"没有。"一阵沉默后，刘欣又说，"父亲死前不让我下。"

"你做到了。"局长说。他伏在图纸上，看不到他的表情和目光，刘欣刚才那种针刺的感觉又回到身上。他觉得很热，这个季节，他的西装和领带只适合有空调的房间，这里没有空调。

"您听我说，我有一个目标、一个梦，这梦在我父亲死的时候就有了，为了我的那个梦、那个目标，我上了大学，又出国读了博士……我要彻底改变煤炭工业的生产方式，改变煤矿工人的命运。"

"简单些，我没空儿。"局长把手向后指了一下，刘欣不知道他是不是指的窗外那静坐的人群。

"只要一小会儿，我尽量简单些说。煤炭工业的生产方式是：在极差的工作环境中，用密集的劳动、很低的效率，把煤从地下挖出来，然后占用大量铁路、公路和船舶的运力，把煤运输到使用地点。然后再把煤送到煤气发生器中，产生煤气；或送入发电厂，经磨煤机研碎后送进锅炉燃烧……"

"简单些，直截了当些。"

"我的想法是：把矿井变成一个巨大的煤气发生器，使煤层中的煤在地下就变为可燃气体，然后用开采石油或天然气的地面钻井的方式开采这些可燃气体，并通过专用管道把这些气体输送到使用点。用煤量最大的火力发电厂的锅炉也可以燃烧煤气。这样，矿井将消失，煤炭工业将变成一种同现在完全两样的崭新的现代化工业！"

"你觉得自己的想法很新鲜？"

刘欣不觉得自己的想法新鲜，同时他也知道，这位局长——矿业学院 20 世纪 60 年代的高才生、国内最权威的采煤专家之一，也不会觉得新鲜。局长当然知道，煤的地下气化在几十年前就是一个世界性的研究课题，这几十年中，数不清的研究所和跨国公司开发出了数不清的煤气化催化剂，但至今煤的地下气化仍是一个梦，一个人类做了将近一个世纪的梦，原因很简单：那些催化剂的价格远大于它们产生的煤气的价格。

"您听着：我不用催化剂就可以做到煤的地下气化！"

"怎么个做法呢？"局长终于推开了眼前的图纸，似乎很专心地听刘欣说下去，这给了刘欣一个很大的鼓舞。

"把地下的煤点着！"

一阵长时间的沉默，局长直直地看着刘欣，同时点上一支烟，兴奋地示意他说下去。但刘欣的兴奋劲儿一下子降了下来，他已经看出了局长热情和兴奋的实质。在这日日夜夜艰难而枯燥的工作中，局长终于找到了一个短暂的放松消遣的机会：一个可笑的傻瓜来免费表演了。刘欣只好硬着头皮说下去。

"开采是通过在地面向煤层的一系列钻孔实现的，钻孔用现有的油田钻机就可以实现。这些钻孔有以下用途：一是向煤层中布放大量的传感器；二是点燃地下煤层；三是向煤层中注水或水蒸气；四是向煤层中通入助燃空气；五是导出气化煤。

"地下煤层被点燃并同水蒸气接触后，将发生以下反应：碳同水生成一氧化碳和氢气，碳同水生成二氧化碳和氢气，然后碳同二氧化碳生成一氧化碳，一氧化碳同水又生成二氧化碳和氢气。最后的结果是将产生一种类似于水煤气的可燃气体，其中的可燃成分是50%的氢气和30%的一氧化碳，这就是我们得到的气化煤。

"传感器将煤层中各点的燃烧情况和一氧化碳等可燃气体的产生情况通过次声波信号传回地面，这些信号汇总到计算机中，生成一个煤层燃烧场的模型。根据这个模型，我们就可以从地面通过钻孔控制燃烧场的范围和深度，并控制其燃烧的程度。具体的方法是通过钻孔注水抑制燃烧，或注入高压空气或水蒸气加剧燃烧，这一切都是计算机根据燃烧场模型的变化自动进行的，它使整个燃烧场处于最佳的水煤混合不完全燃烧状态，保持最高的产气量。您最关心的当然是燃烧范围的控制，我们可以在燃烧蔓延的方向上打一排钻孔，注入高压水，形成地下水墙阻断燃烧；在火势较猛的地方，还可以采用大坝施工中的水泥高压灌浆帷幕来阻断燃烧……您在听我说吗？"

窗外传来一阵喧闹声，吸引了局长的注意力。刘欣知道，他的话在局长脑海中产生的画面肯定和自己想象中的不一样。局长当然清楚点燃地下煤层意味着什么：现在，地球上各大洲都有很多燃烧着的煤矿，中国就有几座。去年，刘欣在新疆第一次见到了地火。在那里，极目望去，大地和丘陵寸草不生，空气中涌动着充满硫黄味的热浪，这热浪使周围的一切像在水中一样晃动，仿佛整个世界都被放在烤架上。入夜，刘欣看到大地上一道道幽幽的红光，这红光是从地上无数裂缝中透出的。刘欣走近一道裂缝探身向里看去，立刻倒吸了一口冷气，这像是地狱的入口。那红光从很深处透上来，幽暗幽暗的，但能感觉到它强烈的热力。再抬头看看夜幕下这透出道道红光的大地，刘欣一时觉得地球像一块被薄薄的地层包裹着的火炭！陪他来的是一个强壮的叫阿古力的维吾尔族汉子，他是中国唯一一支专业煤层灭火队的队长，刘欣这次来的目的就是要把他招聘到自己的实验室中。

"离开这里我还有些舍不得，"阿古力用生硬的汉话说，"我从小就看着这些地火长大，它们在我眼中成了世界必不可少的一部分，像太阳、星星一样。"

"你是说，从你出生时这火就烧着？"

"不，刘博士，这火从清朝时就烧着！"

当时刘欣呆立着，在这黑夜中的滚滚热浪里打了个寒战。

阿古力接着说："与其说我答应去帮你，还不如说是去阻止你，听我的话，刘博士，这不是闹着玩儿的，你在干魔鬼干的事呢！"

......

这时窗外的喧闹声更大了，局长站起身来向外走去，同时对刘欣说："年轻人，我真希望用部里投资在这个项目上的那6000万干些别的，你也看到了，需要干的事太多了，再见。"

刘欣跟在局长身后来到办公楼外面，看到静坐的人更多了，一位领导在对群众喊话，刘欣没听清他在说什么，刘欣的注意力被人群一角的情景吸引了。他看到了那里有一大片轮椅，这个年代，人们不会在别的地方见到这么多的轮椅。后面，轮椅还在源源不断地出现，每个轮椅上都坐着一位因工伤截肢的矿工……

刘欣感到透不过气来，他扯下领带，低着头急步穿过人群，钻进自己的汽车。他无目的地开车乱转，脑子一片空白。不知转了多长时间，他刹住车，发现自己来到一座小山的山顶上。他小时候常到这里来，从这儿可以俯瞰整个矿山，他呆呆地站在那儿，又不知过了多长时间。

"都看到些什么？"一个声音响起，刘欣回头一看，李民生不知什么时候站在了他身后。

"那是我们的学校。"刘欣向远方指了一下，那是一所很大的、中学和小学在一起的矿山学校，校园内的大操场格外醒目，在那儿，他们埋葬了自己的童年和少年。

"你自以为记得过去的每一件事。"李民生在旁边的一块石头上坐下来，有气无力地说。

"我记得。"

"那个初秋的下午，太阳灰蒙蒙的，我们在操场上踢足球，突然大家都停下来，呆呆地盯着教学楼上的大喇叭……

记得吗？"

"喇叭里传出哀乐，过了一会儿张建军光着脚跑过来说，毛主席去世了……"

"我们骂他说：'你这个小反革命！'然后，狠揍了他一顿。他哭叫着说，那是真的，向毛主席保证是真的！我们没人相信，扭着他往派出所送……"

"但我们的脚步渐渐慢下来，校门外也响着哀乐，仿佛天地间都充满了这种黑色的声音……"

"以后这20多年中，这哀乐一直在我脑海里响着。最近，在这哀乐声中，尼采光着脚跑过来说，上帝死了。"李民生惨然一笑，"我信了。"

刘欣猛地转身盯着他童年的朋友："你怎么变成这个样子了？我不认识你了！"

李民生猛地站起身，也盯着刘欣，同时用一只手指着山下黑灰色的世界："那矿山怎么变成这个样子了？你还认识它吗？"他又颓然坐下，"那个时代，我们的父辈是多么骄傲的一群，伟大的煤矿工人是多么骄傲的一群！就说我父亲吧，他是八级工，一个月能挣120元！毛主席时代的120元啊！"

刘欣沉默了一会儿，想转移话题："家里人都好吗？你爱人，她叫……什么珊来着？"

李民生又苦笑了一下："现在连我都几乎忘记她叫什么了。去年，她对我说去出差，向单位请年休假，扔下我和女儿，不见了踪影。两个多月后她来了一封信，信是从加拿大寄来的，她说再也不愿和一个煤黑子一起葬送人生了。"

"有没有搞错？你是高级工程师啊！"

"都一样，"李民生对着下面的矿山划拉了一大圈，"在她们眼里都一样，煤黑子。呵，还记得我们是怎样立志当工程师的吗？"

"那年创高产，我们去给父亲送饭，那是我们第一次下井。在那黑乎乎的地方，我问父亲和叔叔们，你们怎么知道煤层在哪儿？怎么知道巷道向哪个方向挖？特别是，你们在深深的地下从两个方向挖洞，怎么能准准地碰到一块儿？"

"你父亲说，孩子，谁都不知道，只有工程师知道。我们上井后，他指着几个把安全帽拿在手中、围着图纸看的人说，看，他们就是工程师。当时在我们眼中，那些人就是不一样，至少，他们脖子上的毛巾白了许多……"

"现在我们实现了儿时的愿望，当然说不上什么辉煌，但总得尽责任做些什么，要不岂不是自己背叛自己？"

"闭嘴吧！"李民生愤怒地站了起来，"我一直在尽责任，一直在做着什么，倒是你，成天就生活在梦中！你真的认为你能让煤矿工人从矿井深处走出来？能让这矿山变成气田？就算你的那套理论和试验都成功，又能怎么样？你计算过那玩意儿的成本吗？还有，你用什么来铺设几万千米的输气管道？要知道，我们现在连煤的铁路运费都付不起了！"

"为什么不从长远看？几年、几十年以后……"

"见鬼去吧！我们现在连几天以后的日子都没着落呢！我说过，你是靠做梦过日子的，从小就是！当然，在北京六铺炕那幢安静的旧大楼① 中，你这梦自可以做，我不行，我在现实中！"李民生转身要走，"哦，我来是告诉你，局长已安排我们处配合你们的试验，工作是工作，我会尽力的。三

_____

① 国家煤炭设计院所在地。

天后我给你试验煤层的位置和详细资料。"说完，他头也不回地就走了。

刘欣呆呆地看着他出生并度过了童年和少年时代的矿山，他看到了竖井高大的井架，井架顶端巨大的卷扬轮正转动着，把看不见的大罐笼送入深深的井下；他看到一排排轨道电车从他父亲工作过的井口出入；他看到选煤楼下，一列火车正从一长排数不清的煤斗下缓缓开出；他看到了电影院和球场，在那里他度过了童年最美好的时光；他看到了矿工澡堂高大的建筑，只有在煤矿才有这样大的澡堂，在那宽大澡池被煤粉染黑的水中，他居然学会了游泳！是的，在那远离大海和大河的地方，他是在那儿学会的游泳！他的目光移向远方，看到了高大的矸石山，那是上百年来从采出的煤中拣出的黑石堆成的山，看上去比周围的山都高大，矸石中的硫黄因遇到雨水而发热，正冒出一阵阵青烟……这里的一切都被岁月罩上了一层煤粉，整个矿山呈黑灰色，这是刘欣童年的颜色，这是他生命的颜色。他闭上双眼，听着下面矿山发出的声音，时光在这里仿佛停止了流动。

啊，爸爸的矿山，我的矿山……

这是离矿山不远的一个山谷，白天可以看到矿山的烟雾和蒸汽从山后升起，夜里可以看到矿山灿烂的灯火在天空中映出的光晕，矿山的汽笛声也清晰可闻。现在，刘欣、李民生和阿古力站在山谷的中央，看到这里很荒凉，远处山脚下有一个牧人赶着一群瘦山羊慢慢走过。这个山谷下面，就是刘欣要做地下气化煤开采试验的那片孤立的小煤层，这是李民生和地质处的工程师们花了一个月的时间，从地质处资料室那堆积如山的地质资料中找到的。

"这里离主采区较远，所以地质资料不太详细。"李民生说。

"我看过你们的资料，从现有资料上看，试验煤层距大煤层至少有 200 米，还是可以的。我们要开始干了！"刘欣兴奋地说。

"你不是搞煤矿地质专业的，对这方面的实际情况了解更少，我劝你还是慎重一些。再考虑考虑吧！"

"不是什么考虑，现在试验根本不能开始！"阿古力说，"我也看过资料，太粗了！勘探钻孔间距太大，还都是 20 世纪 60 年代初搞的。应该重新进行勘探，必须确切证明这片煤层是孤立的，试验才能开始。我和李工搞了一个勘探方案。"

"按这个方案完成勘探需要多长时间？还要追加多少投资？"

李民生说："按地质处现有的力量，时间至少一个月；投资没细算过，估计……怎么也得 200 万左右吧。"

"我们既没时间也没钱干这事儿。"

"那就向部里请示！"阿古力说。

"部里？部里早就有一帮家伙想搞掉这个项目了！上面急于看到结果，我再回去要求延长时间和追加预算，岂不是自投罗网！直觉告诉我不会有太大问题的，就算我们冒个小险吧。"

"直觉？冒险？把这两个东西用到这件事上？刘博士，你知道这是在什么上面动火吗？这还是小险？"

"我已经决定了！"刘欣断然地把手一劈，独自向前走去。

"李工，你怎么不制止这个疯子？我们可是达成过一致

地
火
—
059

看法的！"阿古力对李民生质问道。

"我只做自己该做的。"李民生冷冷地说。

山谷里有300多人在工作，他们中除物理学家、化学家、地质学家和采矿工程师外，还有一些让人意想不到的专业人员：有阿古力率领的一支10多人的煤层灭火队，还有来自任丘油田的两个完整的石油钻井班，以及几名负责建立地下防火帷幕的建筑工程师和工人。这个工地上，除几台高大的钻机和成堆的钻杆外，还可以看到成堆的袋装水泥和搅拌机，高压泥浆泵轰鸣着将水泥浆注入地层中，还有成排的高压水泵和空气泵，以及蛛丝般错综复杂的各色管道……

工程已进行了两个月，他们已在地下建立了一圈总长2000多米的灌浆帷幕，把这片小煤层围了起来。这本是一项水电工程中的技术，用于大坝基础的防渗，刘欣想到用它建立地下的防火墙，高压注入的水泥浆在地层中凝固，形成一道地火难以穿透的严密屏障。在防火帷幕包围的区域中，钻机打出了近百个深孔，每个都直达煤层。每个孔口都连接着一根管道，这根管道又分成三根支管，连接到不同的高压泵上，它们可分别向煤层中注入水、水蒸气和高压空气。

最后的一项工作是放"地老鼠"，这是人们对燃烧场传感器的称呼。这种由刘欣设计的神奇玩意儿并不像老鼠，倒很像一颗小炮弹。它有20厘米长，头部有钻头，尾部有驱动轮。当"地老鼠"被放进钻孔中时，它能凭借钻头和驱动轮在地层中移动上百米，自动移到指定位置。它们都能在高温高压下工作，在煤层被点燃后，它们用可穿透地层的次声波通信把所在位置的各种参数传给主控计算机。现在，他们已在这片煤层中放入了上千个"地老鼠",其中有一半放置在防火帷幕之外,以监测可能透过帷幕的地火。

在一间宽大的帐篷中,刘欣站在一面投影屏幕前,屏幕上显示出防火帷幕圈,计算机根据收到的信号用闪烁光点标出了所有"地老鼠"的位置,它们密密地分布着,整个屏幕看上去像一幅天文星图。

一切都已就绪,两根粗大的点火电极被从帷幕圈中央的一个钻孔中放下去,电极的电线直接通到刘欣所在的大帐篷中,接到一个有红色大按钮的开关上。这时,所有的工作人员都各就各位,兴奋地等待着。

"你最好再考虑一下,刘博士,你干的事太可怕了,你不知道地火的厉害!"阿古力对刘欣说。

"好了,阿古力,从你到我这儿来的第一天,就到处散布恐慌情绪,还告我的状,一直告到煤炭部,但公平地说,你在这个工程中是做了很大贡献的,没有你这一年的工作,我不敢贸然试验。"

"刘博士,别把地下的魔鬼放出来!"

"你觉得我们现在还能放弃吗?"刘欣笑着摇摇头,然后转向站在旁边的李民生。

李民生说:"根据你的吩咐,我们第六遍检查了所有的地质资料,没有问题。昨天晚上我们还在某些敏感处又加了一层帷幕。"他指了指屏幕上帷幕圈外的几个小线段。

刘欣走到点火电极的开关前,当把手指放到红色按钮上时,他停了一下,闭起了双眼像在祈祷,他的嘴动了动,只有离他最近的李民生听清了他说的两个字。

"爸爸……"

红色按钮按下了，没有任何声音和闪光，山谷还是原来的山谷，但在地下深处，在上万伏的电压下，点火电极在煤层中迸发出雪亮的高温电弧。投影屏幕上，放置点火电极的位置出现了一个小红点，红点很快扩大，像滴在宣纸上的一滴红墨水。刘欣动了一下鼠标，屏幕上换了一个画面，显示出计算机根据"地老鼠"发回的信息生成的燃烧场模型。那是一个洋葱状的不断扩大的球体，洋葱的每一层代表一个等温层。高压空气泵在轰鸣，助燃空气从多个钻孔汹涌地注入煤层，燃烧场像一个被吹起的气球一样扩大着……一小时后，控制计算机启动了高压水泵，屏幕上的燃烧场像被刺破了的气球一样，形状变得扭曲、复杂起来，但体积并没有缩小。

刘欣走出了帐篷，外面太阳已落下山，各种机器的轰鸣声在黑下来的山谷中回荡。300多人都聚集在外面，他们围着一个直立的喷口，那喷口有一个油桶粗。人们为刘欣让开一条路，他走上了喷口下的小平台。平台上已有两个工人，其中一人看到刘欣到来，便开始旋动喷口的开关轮，另一位用打火机点燃了一个火把，把它递给刘欣。随着开关轮的旋动，喷口中响起了一阵气流的嘶鸣声，这嘶鸣声急剧增大，像一个喉咙嘶哑的巨人在山谷中怒吼。在四周，300多张紧张期待的脸在火把的光亮中时隐时现。刘欣又闭上双眼，再次默念了那两个字：

"爸爸……"

然后，他把火把伸向喷口，点燃了人类第一口燃烧气化煤井。

轰的一声，一根巨大的火柱腾空而起，猛蹿至十几米高。那火柱紧接喷口的底部呈透明的纯蓝色，向上很快变成刺眼的黄色，再向上渐渐变红。它在半空中发出低沉强劲的呼声，离得最远的人都能感觉到它汹涌的热力；周围的群山被它的光芒照得通亮，远远望去，黄土高原上出现了一盏灿烂的天灯！

人群中走出一个头发花白的人，他是局长，他握住刘欣的手说："接受我这个思想僵化的落伍者的祝贺吧，你搞成了！不过，我还是希望尽快把它灭掉。"

"您到现在还不相信我！它不能灭掉，我要让它一直燃着，让全国和全世界都看看！"

"全国和全世界已经看到了，"局长指了指身后蜂拥而上的电视台记者，"但你要知道，试验煤层和周围大煤层的最近距离不到200米。"

"可在这些危险的位置，我们连打了三道防火帷幕，还有好几台高速钻机随时处于待命状态，绝对没有问题的！"

"我不知道，只是很担心。这是部里的工程，我无权干涉，但任何一项新技术，不管看上去多成功，都有潜在的危险，这几十年中在煤炭行业里，这种危险我见了不少，这可能是我思想僵化的原因吧，我真的很担心……不过，"局长再次把手伸给了刘欣，"我还是谢谢你，你让我看到了煤炭工业的希望，"他又凝望了火柱一会儿，"你父亲会很高兴的！"

以后的两天，又点燃了两个喷口，使火柱达到了三根。这时，试验煤层的产气量按标准供气压力计算，已达每小时50万立方米，相当于上百台大型煤气发生炉的产气量。

对地下煤层燃烧场的调节全部由计算机完成，燃烧场的面积严格控制在帷幕圈总面积的三分之二，且界限稳定。应矿方的要求，刘欣多次做了燃烧场控制试验，他在计算机上用鼠标画一个圈圈住燃烧场，然后按住鼠标把这个圈缩小，随着外面高压泵轰鸣声的改变，在一个小时内，实际燃烧场的面积退到缩小的圈内。同时，在距离大煤层较近的危险方向上，又增加了两道长 200 多米的防火帷幕。

刘欣没有太多的事可做，他把所有的时间都花在接受记者采访和对外联络上。国内外的许多大公司蜂拥而至，对这个项目提出了合作和庞大的投资意向，其中包括像杜邦和埃克森这样的巨头。

第三天，一个煤层灭火队员找到刘欣，说他们队长要累垮了。这两天，阿古力带领灭火队发疯似的一遍遍地搞地下灭火演习；他还自作主张，租用国家遥感中心的一颗卫星监视这一地区的地表温度；他自己已连着三夜没睡觉，晚上在帷幕圈外面远远近近地转，一转就是一夜。

刘欣找到阿古力，看到这个强壮的汉子消瘦了许多，双眼红红的。"我睡不着，"他说，"一合眼就做噩梦，看到大地上到处喷着这样的火柱子，像一片火的森林……"

刘欣说："租用遥感卫星是一笔很大的开销，虽然我觉得没必要，但既然已做了，我尊重你的决定。阿古力，我以后还是很需要你的，虽然我觉得你的煤层灭火队不会有太多的事可做，但再安全的地方也是需要消防队的。你太累了，先回北京去休息几天吧。"

"我现在离开？你疯了！"

"你在地火上面长大，对它形成了一种根深蒂固的恐惧感。现在，我们还控制不了新疆煤矿地火那么大的燃烧场，但我们很快就能做到的！我打算在新疆建立第一个投入商业化运营的气化煤田，到时候，那里的地火将在我们的控制中，你家乡的土地将布满美丽的葡萄园。"

"刘博士，我很敬重你，这也是我跟你干的原因，但你总是高估自己。对于地火，你还只是孩子呢！"阿古力苦笑着，摇着头走了。

灾难是在第五天降临的。当时天刚亮，刘欣被推醒了，看到面前站着阿古力。他气喘吁吁，双眼发直，像得了热病，裤腿都被露水打湿了。他把一张激光打印机打出的照片举到刘欣眼前，举得那么近，都快挡住刘欣的双眼了。那是一幅卫星发回的红外假彩色温度遥感照片，像一幅色彩斑斓的抽象画，刘欣看不懂，迷惑地望着他。

"走！"阿古力大吼一声，拉着刘欣的手冲出帐篷。刘欣跟着他向山谷北面的一座山上攀去，一路上，刘欣越来越迷惑。首先，这是最安全的一个方向，在这个方向上，试验煤层距大煤层有上千米远；其次，阿古力现在领他走得也太远了，他们已接近山顶，帷幕圈远远落在下面，在这儿能出什么事呢？到达山顶后，刘欣喘息着正要质问，却见阿古力把手指向山另一边更远的地方。刘欣放心地笑了，笑阿古力神经过敏。顺着阿古力所指的方向望去，矿山尽收眼底，在矿山和这座山之间，有一段平缓的山坡，在山坡的低处有一块绿色的草地，阿古力指的就是那块草地。放眼望去，矿山和草地像往常一样平静，但顺着阿古力手指的方向看了好一会儿后，刘欣终于发现了草地有些异样：在草地上出现了一个圆，圆内的绿色比周围略深一些，不仔细看根本无法察觉。刘欣的心猛然抽紧了，他和阿古力向山下跑去，向草地上那个暗绿色的圆跑去。

跑到那里后，刘欣跪到草地上仔细看圆内的草，并把它们同圆外的相比较，发现这些草已蔫软，倒伏在地，像被热水泼过一样。刘欣把手按到草地上，明显地感觉到了来自地下的热力。在圆区域的中心，有一缕蒸汽在刚刚出现的阳光中缓缓升起……

经过一上午的紧急钻探，又施放了上千个"地老鼠"，刘欣终于确定了一个噩梦般的事实：大煤层着火了。燃烧的范围一时还无法确定，因为"地老鼠"在地下的行进速度只有每小时十几米，但大煤层比试验煤层深得多，它的燃烧热量已透至地表，说明已燃烧了相当长的时间，火场已很大了。

事情有些奇怪，在燃烧的大煤层和试验煤层之间的1000米土壤和岩石带完好无损，地火是在这上千米隔离带的两边烧起来的，以至于有人提出大煤层的火同试验煤层没有什么关系。但这只是个安慰，连提出这个意见的人自己也不太相信这个说法。随着勘探的深入，事情终于在深夜搞清楚了——

从试验煤层中伸出了八条狭窄的煤带，这些煤带最窄处只有半米，很难察觉。其中五条煤带被防火帷幕截断，而有三条煤带向下延伸，刚好爬过了帷幕的底部。这三条"煤蛇"中的两条中途中断了，但有一条一直通向千米外的大煤层。这些煤带实际是被煤填充的地层裂缝，这些裂缝都与地表相通，为燃烧准备了良好的供氧，于是，那条煤带成了连接试验煤层和大煤层的一根导火索。

这三条煤带都没有在李民生提供的地质资料上标明。事实上，这种狭长的煤带在煤矿地质上是极其罕见的，大自然

066

开了一个残酷的玩笑。

"我没有办法,孩子得了尿毒症,要不停地做透析,这个项目的酬金对我太重要了!所以我没有尽全力阻止你……"李民生脸色苍白,回避着刘欣的目光。

现在,他们和阿古力三人站在隔开两片地火的那座山峰上,这又是一个早晨,矿山和山峰之间的草地已全部变成了深绿色,而昨天他们看到的那个圆形区域现在已成了焦黄色!蒸汽在山下弥漫,矿山已看不清楚了。

阿古力对刘欣说:"我在新疆的煤矿灭火队和大批设备已乘专机到达太原,很快就到这里了。全国其他地区的力量也在向这儿集中。从现在的情况看,火势很凶,蔓延飞快!"

刘欣默默地看着阿古力,好大一会儿才低声问:"还有救吗?"

阿古力轻轻地摇摇头。

"你就告诉我,还有多大的希望?如果封堵供氧通道,或注水灭火……"

阿古力又摇摇头:"我有生以来一直在灭火,可地火还是烧毁了我的家乡。我说过,在地火面前,你只是个孩子。你不知道地火是什么,在那深深的地下,它比毒蛇更光滑,比幽灵更莫测,它想去哪儿,凡人是拦不住的。这里的地下有巨量的优质无烟煤,是这魔鬼渴望了上亿年的东西。现在你把魔鬼放出来了,它将拥有无穷的能量和力量,这里的地火将比新疆的大百倍!"

刘欣抓住这个维吾尔族汉子的双肩绝望地摇晃着:"告诉我还有多大希望?求求你说真话!"

"百分之零。"阿古力轻轻地说,"刘博士,你此生很难赎清自己的罪了。"

局大楼里召开了紧急会议，与会的除矿务局主要领导和五个矿的矿长外，还有包括市长在内的市政府的一群忧心忡忡的官员。会上首先成立了应急指挥中心，中心总指挥由局长担任，刘欣和李民生都是领导小组的成员。

"我和李工将尽自己最大努力做好工作，但还是请大家明白，我们现在都是罪犯。"刘欣说。李民生在一边低头坐着，一言不发。

"现在还不是讨论责任的时候，只干，别多想。"局长看着刘欣说，"知道最后这五个字是谁说的吗？你父亲。那时我是他队里的技术员，有一次为了达到当班的产量指标，我不顾他的警告，擅自扩大了采掘范围，结果造成工作面大量进水，队里二十几个工友被水困在巷道的一角。当时大家的头灯都灭了，也不敢用打火机，一怕瓦斯爆炸，二怕消耗氧气，因为水已把这里全封死了。黑得伸手不见五指，你父亲这时告诉我，他记得上面是另一条巷道，顶板好像不太厚。然后我就听到他用镐挖顶板，我们几个也都摸到镐，跟着他在黑暗中挖了起来。氧气越来越少，我开始感到胸闷头晕，还有那黑暗，那是地面上的人见不到的绝对的黑暗，只有镐头撞击顶板的火星在闪烁。当时对我来说，活着真是一种折磨，是你父亲支撑着我，他在黑暗中反复对我说那五个字：只干，别多想。不知挖了多长时间，当我就要在窒息中昏迷时，顶板被挖塌了一个洞，上面巷道里防爆灯的光亮透射进来……后来你父亲告诉我，他根本不知道顶板有多厚，但那时人只能是：只干，别多想。这么多年，这五个字在我脑子中越刻越深，现在我替你父亲把它传给你了。"

会上，从全国各地紧急赶到的专家们很快制订了灭火方案。可供选择的手段不多，只有三个：一是隔绝地下火场的氧气；二是用灌浆帷幕切断火路；三是向地下火场大量注水灭火。这三个措施同时进行，但第一个方法早就被证明难以奏效，因为通向地下的供氧通道极难定位，就是找到了，也很难堵死；第二个方法只对浅煤层火场有效，且速度太慢，赶不上地下火势的迅速蔓延；最有希望的只剩第三个灭火方法了。

消息仍然被封锁，灭火工作在悄悄进行。从任丘油田紧急调来的大功率钻机在人们好奇的目光中穿过煤城的公路，军队开进了矿山，天空中出现了盘旋的直升机……一种不安的情绪笼罩着矿山，各种谣言开始像野火一样蔓延。

大型钻机在地下火场的火头上一字排开，钻孔完成后，上百台高压水泵开始向冒出青烟和热浪的井孔中注水。注水量是巨大的，以至于矿山和城市生活区全部断水，社会的不安和骚动进一步加剧。但注水结果令人鼓舞，在指挥中心的大屏幕上，红色火场的前锋面出现了一个个以钻孔为中心的暗色圆圈，标志着注水在急剧降低火场温度。如果这一排圆圈连接起来，就有希望截断火势的蔓延。

但这使人稍稍安慰的局势并没有持续多长时间。在高大的钻塔旁边，来自油田的钻井队队长找到了刘欣。

"刘博士，有三分之二的井位不能再钻了！"他在钻机和高压泵的轰鸣声中大喊。

"你开什么玩笑？我们现在必须在火场上大量增加注水孔！"

"不行！那些井位的井压都在急剧增大，再钻下去要井喷的！"

"你胡说！这儿不是油田，地下没有高压油气层，怎么会井喷？"

"你懂什么？我要停钻撤人了！"

刘欣愤怒地抓住队长满是油污的衣领："不行！我命令你钻下去！不会有井喷的！听到了吗？不会！"

话音未落，钻塔方向传来了一声巨响，两人转头望去，只见沉重的钻孔封瓦裂成两半飞了出来，一股黄黑色的浊流嘶鸣着从井口喷出，浊流中，折断的钻杆七零八落地飞出。在人们的惊叫声中，那股浊流的色调渐渐变浅，这是其中泥沙含量减少的缘故所致。接着，它变成了雪白色，人们明白了，这是注入地下的水被地火加热后变成的高压蒸汽！刘欣看到了司钻的身体，被挂在钻塔高高的顶端，在白色的蒸汽冲击下疯狂地摇晃，时隐时现。而钻台上的另外三个工人已不见踪影！

更恐怖的一幕出现了，那条白色巨龙的头部脱离了地面，渐渐升起，最后升到了钻塔上，仿佛横空出世的一个白发魔鬼，而这魔鬼同地面的井口之间，除了破损的井架竟空无一物！此时只能听到那可怕的啸声，以至于几个年轻工人以为井喷停了，犹豫着向钻台迈步，但刘欣死死抓住了他们中的两个，高喊："不要命了！过热蒸汽！"

在场的工程师们很快明白了眼前这奇景的含义，但让其他人理解并不容易。同人们的常识相反，水蒸气是看不到的，人们看到的白色只是水蒸气在空气中冷凝后结成的微小水珠。而水在高温高压下会形成可怕的过热蒸汽，其温度高达 400 至 500 摄氏度！它不会很快冷凝，所以现在只能在钻塔上方才能看到它显形。这样的蒸汽平常只在火力发电厂的高压汽轮机中存在，它一旦从高压输气管中喷出（这样的事故不止一次发生），可以在短时间内穿透一堵砖墙！人们惊恐地看到，刚才潮湿的井架在无形的过热蒸汽中很快被烤干了，几根悬在空中的粗橡胶管像蜡做的一样被熔化！这魔鬼蒸汽冲击着井架，发出让人头皮发麻的巨响……

地下注水已不可能了，即使可能，注入地下火场中的水的助燃作用也已大于灭火作用。

应急指挥中心的全体成员来到距地火前沿最近的三矿四号井井口前。

"火场已逼近这个矿的采掘区，"阿古力说，"如果火头到达采掘区，矿井巷道将成为地火强有力的供氧通道，那时地火火势将猛增许多倍……情况就是这样。"他打住了话头，不安地望着局长和三矿矿长，他知道采煤人最忌讳的是什么。

"现在井下情况怎么样？"局长不动声色地问。

"八个井的采煤和掘进工作都在正常进行，这主要是为了安定着想。"矿长回答。

"全部停产，井下人员立即撤出，然后……"局长停了下来，沉默了两三秒。

人们觉得这两三秒很长很长。

"封井。"局长终于说出了那两个最让采煤人心碎的字。

"不！不行！"李民生失声叫道，然后才发现自己还没想好理由，"封井……封井……社会马上就会乱起来，还有……"

"好了。"局长轻轻挥了一下手，他的目光说出了一切：我知道你的感觉，我也一样，大家都一样。

李民生抱头蹲到地上，他的双肩在颤抖，但哭不出声来。矿山的领导者和工程师们面对井口默默地站着，宽阔的井口像一只巨大的眼睛看着他们，就像20多年前看着年幼的刘欣一样。

他们在为这座百年老矿致哀。

不知过了多长时间，局总工程师低声打破沉默："井下的设备，看看能弄出多少就弄出多少。"

"那么，"矿长说，"组织爆破队吧。"

局长点点头："时间很紧，你们先干，我同时向部里请示。"

局党委书记说："不能用工兵吗？用矿工组成的爆破队……怕要出问题。"

"考虑过，"矿长说，"但现在到达的工兵只有一个排，即使爆破一个井，人力也远远不够，再说他们也不熟悉井下爆破作业。"

……

距火场最近的四号井最先停产，当井下矿工一批批乘电轨车上到井口时，发现上百人的爆破队正围在一堆钻杆旁边等待着什么。人们上去打听，但爆破队的矿工们也不知道自己要干什么，他们只是接到命令带着钻孔设备集合。突然，人们的注意力都被吸引到一个方向，一个车队正在朝井口开来。第一辆卡车上坐满了持枪的武警士兵，跳下车来为后面的卡车围出了一块停车场。后面有十一辆卡车，它们停下后，篷布很快被掀开，露出了下面整齐码放的黄色木箱。矿工们惊呆了，他们知道那是什么。

整整十卡车，是每箱24千克装的硝酸铵二号矿井炸药，总重约有 50 吨。最后一辆较小的卡车上有几捆用于绑药条的竹条，还有一大堆黑色塑料袋，矿工们知道那里面装的是电雷管。

刘欣和李民生刚从一辆车的驾驶室里跳下来，就看到刚任命的爆破队队长——一个长着络腮胡的壮汉，手里拿着一卷图纸迎面走来。

"李工，这是让我们干什么？"队长问，同时展开图纸。

李民生指点着图纸，手微微发抖："三条爆破带，每条长 35 米，具体位置在下面那张图上。爆孔分直径 150 毫米和 75 毫米两种，装药量分别是每米 28 千克和每米 14 千克，爆孔密度……"

"我问你要我们干什么？"

在队长那喷火的双眼的逼视下，李民生无声地低下了头。

"弟兄们，他们要炸毁主巷道！"队长转身冲人群高喊。矿工人群中一阵骚动，接着如一堵墙一样围逼上来。武警士兵组成半圆形人墙阻止人群靠近卡车，但在那势不可当的黑色人海的挤压下，警戒线弯曲变形，很快就要被冲破了。这一切都是在阴沉的气氛中发生的，只听到脚步的摩擦声和拉枪栓的声响。在最后关头，人群停止了涌动，矿工们看到局长和矿长出现在一辆卡车的踏板上。

"我 15 岁就在这口井干了，你们要毁了它？"一个老矿工高喊，他脸上那刀刻般的皱纹在厚厚的煤灰下也很清晰。

"炸了井，往后的日子怎么过？"

"为什么炸井？"

"现在矿上的日子已经很难了，你们还折腾什么？"

……

人群炸开了，愤怒的声浪一阵高过一阵，在那落满煤灰的黑脸的海洋中，白色的牙齿十分醒目。局长冷静地等待着，人群在愤怒的声浪中又骚动起来，在即将再次失控时，他才开始说话。

"大家往那儿看。"他的手向井口旁边的一个小山丘指去。他的声音不高，却使愤怒的声浪立刻平静下来，所有的人都朝他指的方向看去。

那座小山丘顶上立着一根黑色的煤柱子，有两米多高，粗细不一。有一圈落满煤尘的石栏杆围着那根煤柱。

"大家都管那东西叫老炭柱，但你们知道吗？它刚立起来的时候并不是一根柱子，而是一块四四方方的大煤块。那是 100 多年前，清朝的张之洞总督在建矿典礼上立起的。它是被这百多年的风风雨雨蚀成一根柱子了。这百多年，我们这个矿山经历了多少风风雨雨、多少大灾大难，谁还能记得清呢？这时间不短啊同志们，四五辈人啊！这么长时间，我们总该记下些什么，总该学会些什么。如果实在什么也记不下，什么也学不会，总该记下和学会一样东西，那就是——"局长对着黑色的人海挥起双手，"天，塌不下来！"

人群在空气中凝固了，似乎连呼吸都已停止。

"中国的产业工人，中国的无产阶级，没有比我们历史更长的了，没有比我们经历的风雨和灾难更多的了。煤矿工人的天塌了吗？没有！我们这么多人现在能站在这儿看那老炭柱，就是证明。我们的天塌不了！过去塌不了，将来也塌不了！

"说到难，有什么稀罕啊！同志们，我们煤矿工人什么时候容易过？从老祖宗辈儿算起，我们什么时候有过容易日子啊！你们再扳着指头算算，中国的、世界的，工业有多少种，工人有多少种，哪种比我们更难？没有，真的没有。难有什么稀罕？不难才怪，因为我们不但要顶起天，还要撑起地啊！怕难，我们早断子绝孙了！

"但社会和科学都在发展，很多有才能的人在为我们想办法，这办法现在想出来了，我们有希望完全改变自己的生活，我们要走出黑暗的矿井，在太阳底下，在蓝天底下采煤了！煤矿工人，将成为最让人羡慕的职业！这希望刚刚出现，不信，就去看看南山沟那几根冲天的大火柱！但正是这个努力，引发了一场灾难，关于这个，我们会对大家有个详细的交代，现在大家只需明白，这可能是煤矿工人的最后一难了，这是为我们美好明天付出的代价，就让我们抱成一团度过这一难吧。我还是那句话，多少辈人都过来了，天塌不下来！"

人群默默地散去后，刘欣对局长说："现在，我算真正认识了您和我父亲，我死而无憾。"

"只干，别多想。"局长拍拍刘欣的肩膀，又在那里攥了一下。

四号井主巷道爆破工程开始一天后，刘欣和李民生并肩走在主巷道里，脚步发出空洞的回响。他们正走过第一条爆破带，昏暗的顶灯下，可以看到高高的巷道顶上密布的爆孔，引爆电线如彩色的瀑布从上面泻下来，在地上堆成一堆。

李民生说："以前我总觉得自己讨厌矿井，恨矿井，恨它吞掉了自己的青春。但现在才知道，我已同它融为一体了，恨也罢，爱也罢，它就是我的青春了。"

"我们不要太折磨自己了，"刘欣说，"我们毕竟干成了一些事，不算烈士，就算阵亡吧。"

他们沉默下来，同时意识到，他们谈到了死。

这时，阿古力从后面气喘吁吁地跑过来。"李工，你看！"他指着巷道顶说。他指的是几根粗大的帆布管子，那是井下通风管，现在它们瘪下来了。

"天啊，什么时候停的通风？"李民生大惊失色。

"两个小时了。"

李民生用对讲机很快叫来了通风科科长和两名通风工程师。

"没法恢复通风了，李工，下面的通风设备——鼓风机、马达、防爆开关，甚至部分管路，都拆了呀！"通风科科长说。

"可恶！谁让你们拆的，找死啊！"李民生一反常态，破口大骂起来。

"李工，这是怎么讲话嘛！谁让拆？封井前尽可能多地转移井下设备可是局里的意思，停产安排会你我都是参加了的！我们的人没日没夜干了两天，拆上来的设备有上百万元，就落你这一顿臭骂？再说井都封了，还通什么风！"

李民生长叹一口气，直到现在事情的真相还没有公布，因而出现了这样的协调问题。

"这有什么？"通风科的人走后，刘欣问，"通风不该停吗？这样不是还可以减少向地下的氧气流量？"

"刘博士，你真是个理论的巨人、行动的矮子，一接触到实际，你就什么都不懂了，真像李工说的，你只会做梦！"

阿古力说。自煤层失火以来，他对刘欣就一直没有客气过。

李民生解释："这里的煤层是瓦斯高发区，通风一停，瓦斯在井下很快聚集，地火到达时可能引起大爆炸，其威力有可能把封住的井口炸开，至少有可能炸出新的供氧通道。不行，必须再增加一条爆破带！"

"可，李工，上面第二条爆破带才只干到一半，第三条还没开工，地火距南面的采区已很近了，把原计划的三条做完都怕来不及啊！"

"我……"刘欣小心地说，"我有个想法不知行不行。"

"哈，这可是，用你们的话怎么说，破天荒了！"阿古力冷笑着说，"刘博士还有拿不准的事儿？刘博士还有需问别人才能决定的事儿？"

"我是说，现在这最深处的一条爆破带已做好，能不能先引爆这一条？这样一旦井下发生爆炸，至少还有一道屏障。"

"要行早这么做了。"李民生说，"爆破规模很大，引爆后，巷道里的有毒气体和粉尘长时间散不去，让后面的施工无法进行。"

地火的蔓延速度比预想的快，施工领导小组决定只打两条爆破带就引爆，尽快从井下撤出施工人员。天快黑时，大家正在离井口不远的生产楼中，围着图纸研究如何利用一条支巷最短距离地引出起爆线，李民生突然说："听！"

一声低沉的响声隐隐约约从地下传上来，像大地在打嗝。几秒后又是一声。

"是瓦斯爆炸，地火已到采区了！"阿古力紧张地说。

"不是说还有一段距离吗？"

没人回答。刘欣的"地老鼠"传感器已用完，现有落后的探测手段很难准确把握地火的位置和推进速度。

"快撤人！"

李民生拿起对讲机，但任凭他如何大喊，都没有回答。

"我上井前看见张队长干活儿时怕碰坏对讲机，把它和导线放一块儿了，下面几十台钻机同时干，声儿很大！"一个爆破队的矿工说。

李民生跳起来冲出生产楼，安全帽也没戴，叫了一辆电轨车，以最快速度向井下开去。当电轨车在井口消失前的一瞬间，追出来的刘欣看到李民生在向他招手，还在向他笑，他很长时间没笑过了。

地下又传来几声"打嗝"声，然后平静下来。

"刚才的一阵爆炸，能不能把井下的瓦斯消耗掉？"刘欣问身边的一名工程师，对方惊奇地看了他一眼。

"消耗？笑话，它只会把煤层中更多的瓦斯释放出来！"

果然，一声冲天巨响，仿佛是地球在脚下爆炸了，井口立刻淹没于一片红色火焰之中。气浪把刘欣高高抛起，世界在他眼中疯狂旋转，同他一起飞落的是纷乱的石块和枕木。刘欣还看到了电轨车的一节车厢从井口的火焰中飞出来，像一粒被吐出的果核。刘欣被重重地摔到地上，碎石在他身边纷纷掉下，他觉得每一块碎石上都有血……刘欣又听到了几声沉闷的巨响，那是井下炸药被引爆的声音。失去知觉前，他看到井口的火焰消失了，代之以滚滚的浓烟……

一年以后

刘欣仿佛行走在地狱中。整个天空都是黑色的烟云，太阳是一个刚刚能看见的暗红色圆盘。由于尘粒摩擦产生静电，烟云中不时出现幽幽的闪电，每当此时，地火之上的矿山就在青光中凸现出来，那图景一次次烙印在他的脑海中。烟尘是从矿山的一个个井口中冒出的，每个井口都吐出一根烟柱，那烟柱的底部映着地火狰狞的暗红光芒，向上渐渐变成黑色，如天地间一条条扭动的怪蛇。

公路是滚烫的，沥青路面熔化了，每走一步几乎要扯下刘欣的鞋底。路上挤满了逃难的人流和车辆，闷热的空气中充满了硫黄味，还不时有雪花状的灰末从空中落下，每个人都戴着呼吸面罩，身上落满了白灰。道路拥挤不堪，全副武装的士兵在维持秩序，一架直升机穿行在烟云中，在空中用高音喇叭劝告人们不要惊慌……疏散移民的工作在冬天就开始了，本计划在一年时间内完成，但现在地火势头突然变猛，只得紧急加快进程。一切都乱了，法院对刘欣的开庭一再推迟，以至于今天早上他所在的候审间一时没人看管了，他迷迷糊糊地走了出来。

公路以外的地面干燥开裂，裂纹又被厚厚的灰尘填满，脚踏上去扬起团团尘雾；一个小池塘，冒出滚滚蒸汽，黑色的水面上浮满了鱼和青蛙的尸体；现在是盛夏，可见不到一点儿绿色，地面上的草全部枯黄了，埋在灰尘中；树也都是死的，有些还冒出青烟，已变成木炭的枝丫像怪手一样伸向昏暗的天空。所有的建筑都已人去楼空，有些从窗子中冒出浓烟。刘欣看到了老鼠，它们被地火的热力从穴中赶出，数量惊人，大群大群地涌过路面……刘欣向矿山深处走去，地火的热力愈发强劲，这热力从他的脚踝沿身体升腾上来。空气更加闷热污浊，即使戴上面罩也难以呼吸。地火的热量在地面上并不均匀，刘欣本能地避开灼热的地面，但能走的路越来越少了。地火热力突出的区域，建筑物燃起了大火，火海中不时响起建筑物倒塌的巨响……刘欣已走到井区，他走过一个竖井，那竖井已变成了地火的烟道，高大的井架被烧得通红，热流冲击井架发出让人头皮发麻的尖啸，滚滚热浪逼得他不得不远远绕行。选煤楼被浓烟吞没了，后面的煤山已燃烧了多日，成了一块发出红光和火苗的巨大火炭……

这里已看不到一个人了，刘欣的脚已烫起了泡，身上的汗几乎流干，他呼吸艰难，几乎濒临休克，但他的意识是清醒的。他用生命最后的能量向最后的目标走去。那个井口喷出的地火的红色光芒召唤着他，他到了，他笑了。

刘欣转身朝井口对面的生产楼走去，还好，虽然从顶层的窗口中冒出浓烟，但楼还没有着火。他走进开着的楼门，拐入一间宽大的班前更衣室。地火的红光从窗外照进来，映红了这里的一切，包括那一排衣箱。刘欣沿着这排衣箱走去，仔细辨认上面的号码，很快他找到了要找的那个。关于这衣箱，他想起了儿时的一件事：那时父亲刚调到这个采煤队当队长，这是最野的一个队，出名地难带，那些野小子根本没把父亲放在眼里。本来嘛，看他在班前会上那可怜样儿，怯生生地要求大家把一个掉了的衣箱门钉上去，当然没人理他，小伙子们只顾在边上甩扑克、说脏话。父亲只好说，那你们给我找几个钉子我自己钉吧，有人扔给他几个钉子。父亲说，再找个锤吧，这次真没人理他了。但接着，小伙子们突然鸦雀无声，他们目瞪口呆地看着父亲用大拇指把那些钉子一根根轻松地摁进木头中去！事情有了改变，小伙子们很快站成一排，敬畏地听着父亲的班前讲话……

现在，这箱子没锁，刘欣拉开门后发现里面的衣物居然还在！他又笑了，心里想象着这20多年来用过父亲衣箱的那些矿工的模样。他把里面的衣服取出来，首先穿上厚厚的工作裤，再穿上同样厚的工作衣。这套衣服上涂满了厚厚的油泥，发出一股浓烈的、刘欣并非不熟悉的汗味和油味，这味道使他真正镇静下来，进入一种类似幸福的状态中。接着他穿上胶靴，拿起安全帽，把放在衣箱最里面的矿灯拿出来，用袖子擦干灯上的灰，把它卡到帽檐上。他又找电池，但没有找到，只好另开了一个衣箱，找到了。他把那块笨重的矿灯电池用皮带系到腰间，突然想到电池还没充电，毕竟矿上完全停产一年了。但他记得灯房的位置，就在更衣室对面，他小时候不止一次在那儿看到灯房的女工们把冒着白烟的硫酸喷到电池上充电。但现在不行了，灯房笼罩在硫酸的黄烟之中。他庄重地戴上有矿灯的安全帽，走到一面布满灰尘的镜子面前，在那红光闪动的镜子中，他看到了父亲。

"爸爸，我替您下井了。"刘欣笑着说，然后转身走出楼，向喷着地火的井口大步走去……

后来有一名直升机驾驶员回忆说，他当时低空飞过二号井，在那一带做最后的巡视，好像看到井口有一个人影。那人影在井内地火的红光中呈一个黑色的剪影，那人好像在向井下走去，但一转眼，那井口又只有火光，别的什么都看不见了。

一百二十年后

（一个初中生的日记）

过去的人真笨，过去的人真难。

地
火

081

知道我这印象是怎么来的吗？今天我参观了煤炭博物馆。给我印象最深的是一件事：

居然有固体的煤炭！

我们首先穿上了一身奇怪的衣服，那衣服有一个头盔，头盔上有一盏灯，那灯通过一根导线同挂在我们腰间的一个很重的长方形物体连着。我原以为那是一台计算机（也太大了些），谁想到那竟是这盏灯的电池！这么大的电池，能驱动一辆高速赛车的，却只用来点亮这盏小小的灯。我们还穿上了高高的雨靴，老师告诉我们，这是早期矿工的井下服装。有人问"井下"是什么意思，老师说："你们很快就会知道的。"

我们上了一列运行在小铁轨上的铁车，有点儿像早期的火车，但小得多，上方有一根电线为车供电。车开动起来，很快钻进一个黑黑的洞口中。里面真黑，只有上方不时掠过一盏暗暗的小灯，我们头上的灯发出的光很弱，只能看清周围人的脸。风很大，在我们耳边呼啸，我们好像在向一个深渊坠下去。艾娜尖叫起来，讨厌，她就会这样叫。

"同学们，我们下井了！"老师说。

不知过了多长时间，车停了，我们由较为宽大的隧洞进入了它的一个分支，这条洞又窄又小，要不是戴着头盔，我的脑袋早就碰起好几个包了。我们头灯的光圈来回晃着，但什么都看不清楚，艾娜和几个女孩子又叫着说害怕。

过了一会儿，我们眼前的空间开阔了一些，这里有许多根柱子支撑着顶部。在对面，我又看到许多光点，也是我们头盔上的这种灯发出的。走近一看，发现那里有许多人在工作，他们有的人在用一种钻杆很长的钻机在洞壁上打孔，那钻机不知是用什么驱动的，发出的声音让人头皮发麻。有的人在用铁锹把看不清楚的黑色东西铲到轨道车上和传送皮带上，不时有一阵尘埃扬起，把他们隐没其中，头灯在尘埃中划出一道道光柱……

"同学们，我们现在所在的地方叫采煤工作面，你们看到的是早期矿工工作的景象。"

有几个矿工向我们这方向走来，我知道他们都是全息图像，便没有让路。几个矿工的身体和我互相穿过，我把他们看得一清二楚，感到很吃惊。

"老师，那时的中国煤矿全部雇用黑人吗？"

"为了回答这个问题，我们将真实地体验一下当时采煤工作面的空气，注意，只是体验，所以请大家从右衣袋中拿出呼吸面罩戴上。"

我们戴好面罩后，又听到老师的声音："孩子们注意，这是真实的，不是全息影像！"

一片黑尘飘过来，我们的头灯也散射出了道道光柱，我惊奇地看着光柱中密密的尘粒在纷飞闪亮。这时艾娜又惊叫起来，像合唱的领唱，好几个女孩子也跟着她大叫起来，再后来，竟有男孩的声音加入！我扭头想笑他们，但看到他们的脸时自己也叫出声来，所有人也都成了黑人，只有呼吸面罩盖住的一小部分是白的。这时我又听到一声尖叫，立刻汗毛直立——这是老师在叫！

"天啊，斯亚！你没戴面罩！"

斯亚真没戴面罩，他同那些全息矿工一样，成了最地道的黑人。"您在历史课上反复强调，学这门课的关键在于对过去时代的感觉，我想真正感觉一下。"他说着，黑脸上的白牙一闪一闪的。

警报声不知从什么地方响起，不到一分钟，一辆水滴状微型悬浮车无声地停到我们中间，这种现代的东西出现在这里真是煞风景。从车上下来两个医护人员，现在真正的煤尘已被完全吸收，只剩下全息影像"煤尘"还飘浮在周围，所以医生在穿过"煤尘"时雪白的服装一尘不染。他们拉住斯亚往车里走。

"孩子，"一个医生盯着他说，"你的肺已受到很严重的损伤，至少要住院一个星期，我们会通知你家长的。"

"等等！"斯亚叫道，手里抖动着那个精致的全隔绝内循环面罩，"100 多年前的矿工也戴这东西吗？"

"不要废话，快去医院！你这孩子也太不像话了！"老师气急败坏地说。

"我和先辈同样是人，为什么……"

斯亚没说完就被硬塞进车里。"这是博物馆第一次出这样的事故，您要对此事负责的！"一个医生上车前指着老师严肃地说。悬浮车同来时一样无声地开走了。

我们继续参观，沮丧的老师说："井下的每一项工作都充满危险，且需消耗巨大的体力。随便举个例子，这些铁支柱，在这个工作面的开采工作完成后，都要回收，这项工作叫放顶。"

我们看到一个矿工用铁锤击打支架中部的一个铁销，使支架折为两段，取下，然后把它扛走了。我和一个男孩试着去搬躺在地上的一个支架，才知道它重得要命。"放顶是一项很危险的工作，因为在撤走支架的过程中，工作面顶板随时都会塌落……"

这时，我们头顶发出不祥的摩擦声，我抬起头来，在头灯的光圈中看到头顶刚撤走支架的那部分岩石正在张开一个口子。我还没来得及反应，它就塌了下来，大块岩石的全息影像穿透了我的身体落到地上，发出一声巨响，尘埃腾起遮住了一切。

"这个井下事故叫作冒顶。"老师的声音在旁边响起，"大家注意，伤人的岩石不只是来自上部……"

话音未落，我们旁边的一面岩壁竟垂直着向我们扑来，岩壁冲出相当的距离后才化为一堆岩石砸下来，好像有一个巨大的手掌从地层中把它推出来一样。岩石的全息影像把我们埋没了，一声巨响后我们的头灯全灭了，在一片黑暗和女孩儿们的尖叫声中，我又听到了老师的声音。

"这个井下事故叫瓦斯突出。瓦斯是一种气体，它被封闭在岩层中，有巨大的气压。刚才我们看到的景象，就是工作面的岩壁抵挡不住这种压力，被它推出的情景。"

所有人的头灯又亮了，大家长出了一口气。这时，我听到了一个奇怪的声音，有时高亢，如万马奔腾，有时低沉，好像几个巨人在耳语。

"孩子们注意，洪水来了！"

正当我们迷惑之际，不远处的一个巷道口喷出了一道粗大汹涌的洪流，整个工作面很快淹没在水中。我们看着混浊的水升到膝盖上，然后又没过了腰部，水面反射着头灯的光芒，在顶上的岩石上映出一片模糊的亮纹。水面上漂浮着被煤粉染黑的枕木，还有矿工的安全帽和饭盒……当水到达我的下巴时，我本能地长吸一口气，然后就全部没在水中了，只能看到自己头灯的光柱照出的一片混沌的昏黄和下方不时升上的一串水泡。

"井下的洪水有多种来源，可能是地下水，也可能是矿井打通了地面的水源，无论是哪一种，它都比地面洪水对人生命的威胁大得多。"老师的声音在水下响着。

水的全息影像在瞬间消失了，周围的一切又恢复了原样。这时，我看到了一个奇怪的东西，像一个肚子鼓鼓的大铁蛤蟆，很大很重，我指给老师看。

"那是防爆开关，因为井下的瓦斯是可燃气体，防爆开关可避免一般开关产生的电火花。这关系到我们就要看到的最可怕的井下危险……"

又一声巨响，但同前两次不一样，这次似乎是从我们体内发出，冲破我们的耳膜来到外面。来自四方的强大冲击压缩着我的每一个细胞，在一股灼人的热浪中，我们都淹没于一片红色的光晕里，这光晕是周围的空气发出的，充满了井下的每一寸空间。不多时，红光迅速消失，一切都陷入无边的黑暗中……

"很少有人真正看到瓦斯爆炸，因为在井下遇到它的人很难生还。"老师的声音像幽灵般在黑暗中回荡。

"过去的人来这样可怕的地方，到底为了什么？"艾娜问。

"为了它。"老师举起一块黑石头，在我们头灯的光柱中，它的无数小平面闪闪发光。就这样，我第一次看到了固体的煤炭。

"孩子们，我们刚才看到的是20世纪中叶的煤矿，后来，出现了一些新的机械和技术，比如液压支架和切割煤层的大型机器等，这些设备在那个世纪的后20年进入矿井，使井下的工作条件有了一些改善，但煤矿仍是一个工作环境恶劣且充满危险的地方，直到……"

以后的事情就索然无味了。老师给我们讲气化煤的历史，说这项技术是在80年前全面投入应用的，那时，世界石油即将告罄，各大国为争夺仅有的油田陈兵中东，世界大战一触即发，是气化煤技术拯救了世界……这我们都知道，没意思。

我们接着参观现代煤矿，有什么稀奇的，不就是我们每天看到的从地下接出并通向远方的许多大管子嘛！不过我倒是第一次进入了那座中控大楼，看到了燃烧场的全息图，真大！还看了看监测地下燃烧场的中微子传感器和引力波雷达，还有激光钻机……也没意思。

老师在回顾这座煤矿的历史时说，100多年前，这里被失控的地火烧毁过，那火烧了18年才扑灭。那段时期，我们这座美丽的城市草木生烟，日月无光，人民流离失所。失火的原因有多种说法，有人说是一次地下武器试验造成的，也有人说与当时的绿色和平组织有关。

我们不必留恋所谓的过去的好时光，那个时候生活充满艰险和迷惘；我们也不必为今天的时代过分沮丧，因为今天，也总有一天会被人们称作是——过去的好时光。

过去的人真笨，过去的人真难。

欢乐颂

音乐会

为最后一届联合国大会闭幕举行的音乐会是一场阴郁的音乐会。

自本世纪初某些恶劣的先例出现之后，各国都对联合国采取了一种更加实用的态度，认为将它作为实现自己利益的工具是理所当然的，进而对《联合国宪章》都有了自己更为实用的理解。中小国家纷纷挑战常任理事国的权威，而每一个常任理事国都认为自己在这个组织中应该有更大的权威，结果是联合国丧失了一切权威……当这种趋势发展了 10 年后，所有的拯救努力都已失败。人们一致认为，联合国和它所代表的理想主义都不再适用于今天的世界，是摆脱它们的时候了。

最后一届联合国大会是各国首脑到得最齐的一届，他们要为联合国举行一场最隆重的葬礼，这场在联合国大厦外的草坪上举行的音乐会是这场葬礼的最后一项活动。

太阳已落下去好一会儿了，这是昼与夜最后交接的时刻，也是一天中最迷人的时候。这时，让人疲倦的现实的细节已被渐浓的暮色所掩盖，夕阳最后的余晖把世界最美的一面映照出来，草坪上充满嫩芽的气息。

联合国秘书长最后到来。在走进草坪时，他遇到了今晚音乐会的主要演奏者之一克莱德曼，并很高兴地与对方谈起来。

"您的琴声使我陶醉。"他微笑着对钢琴王子说。

克莱德曼穿着他喜欢的那身雪白的西装，看上去很不安："如果真是这样，我万分欣喜，但据我所知，对请我来参加这样的音乐会，人们有些看法……"

其实不仅仅是看法，教科文组织的总干事，同时是一名艺术理论家，公开说克莱德曼顶多是街头艺人的水平，他的演奏是对钢琴艺术的亵渎。

秘书长抬起一只手制止他说下去："联合国不能像古典音乐那样高高在上，如同您架起古典音乐通向大众的桥梁一样，它应该把人类最崇高的理想播撒到每个普通人心中，这是今晚请您来的原因。请相信，我曾在非洲炎热肮脏的贫民窟中听到过您的琴声，那时我有种在阴沟里仰望星空的感觉，真的使我陶醉。"

克莱德曼指了指草坪上的元首们："我觉得这里充满了家庭的气氛。"

秘书长也向那边看了一眼："至少在今夜的这块草坪上，乌托邦还是现实的。"

秘书长走进草坪，来到了观众席的前排。本来，在这个美好的夜晚，他打算把自己政治家的第六感关闭，做一个普通的听众，但这不可能做到。在走向这里时，他的第六感注意到了一件事：正在同美国总统交谈的中国国家主席抬头看了一眼天空。这本来是一个十分平常的动作，但秘书长注意到他仰头观看的时间稍长了一些，也许只长了一两秒，但秘书长注意到了。当秘书长在同前排的国家元首依次握手致意后坐下时，旁边的中国主席又抬头看了一眼天空，这证实了他刚才的猜测。国家元首的举止看似随意，实际上都暗含深意。在正常情况下，后面这个动作是绝对不会出现的，美国总统也注意到了这一点。

"纽约的灯火使星空暗淡了许多，华盛顿的星空比这里更灿烂。"美国总统说。

中国主席点点头，没有说话。

美国总统接着说："我也喜欢仰望星空，在变幻不定的历史进程中，我们这样的职业最需要一个永恒稳固的参照物。"

"这种稳固只是一种幻觉。"中国主席说。

"为什么这么说呢？"

中国主席没有回答，指着空中刚刚出现的群星说："您看，那是南十字座，那是大犬座。"

美国总统笑着说："您刚刚证明了星空的稳固。在10000年前，如果这里站着一位原始人，他看到的南十字座和大犬座的形状一定与我们现在看到的完全一样，这些星座的名字可能就是他们首先想出来的。"

"不，总统先生，事实上，昨天这里的星空都可能与今天的不同。"中国主席第三次仰望星空，他脸色平静，但眼中严峻的目光使秘书长和美国总统都暗暗紧张起来。他们也抬头看看天，这是他们见过无数次的宁静星空，并没有什么异样，他们都询问式地看着中国主席。

"我刚才指出的那两个星座，应该只能在南半球看到。"

中国主席说。他没有再次向他们指出那些星座，也没有再看星空，而是沉思着平视前方。

秘书长和美国总统迷惑地看着中国主席。

"我们现在看到的，是地球另一面的星空。"中国主席平静地说。

"您……开玩笑？"美国总统差点儿失声惊叫起来，但他控制住了自己，声音反而比刚才更低了。

"看，那是什么？"秘书长指指天顶说，为了不惊动其他人，他的手只举到与眼睛平齐的位置。

"当然是月亮。"美国总统向正上方看了一眼答道，但看到旁边的中国主席缓缓地摇了摇头，于是他又抬头看，这次他对自己的判断产生了怀疑：初看去，天空正中那个半圆形的东西很像半盈的月亮，但它呈蔚蓝色，仿佛是白昼的蓝天退去时被粘下了一小片。美国总统仰头仔细观察天空中的那个蓝色半圆，一旦集中注意力，他那敏锐的观察力就表现出来了。他伸出一根手指，用它作为一把尺子量着这个蓝月亮，说："它在扩大。"

三人都仰头目不转睛地盯着看，不再顾及是否惊动了别人。两边和后面的国家元首们都注意到了他们的动作，有更多的人抬头向那个方向看，露天舞台上乐队调试乐器的声音戛然而止。

这时已经可以肯定，那个蓝色的半球不是月亮，因为它的直径已膨胀到月亮直径的两倍左右，它处在黑暗中的另一半也显现出来，呈暗蓝色。在明亮的半球上可以看清一些细节，人们发现它的表面并非全部是蓝色，还有一些黄褐色的区域。

"天啊，那不是北美洲吗?！"有人惊叫。他是对的，人们看到了那熟悉的大陆形状，此时它正处在球体明亮与黑暗的交界处，不知是否有人想到，这与他们现在所处的位置一致。接着，人们又认出了亚洲大陆，认出了北冰洋和白令海峡……

"那是……是地球！"

美国总统收回了手指。这时，天空中蓝色球体的膨胀不借助参照物也能看出来了，它的直径现在至少三倍于月球直径了！开始，人们都觉得它像天空中被急速吹胀的一个气球，但人群中的又一声惊呼立刻改变了人们的这个联想。

"它在掉下来！"

这话给人们看到的景象提供了一个合理的解释。不管是否正确，他们都立刻对眼前发生的事有了新的感觉——天空中的另一个地球正在向他们砸下来！那个蓝色球体在逼近，它已占据了三分之一的天空，其表面的细节可以看得更清楚了：黄褐色的陆地上布满了山脉的皱纹，一片片云层好像是紧贴着大陆的残雪，云层在大地上投下的影子给它们镶上了一圈黑边；北极也有一层白色，它们的某些部分闪闪发光，那不是云，是冰层；在蔚蓝色的海面上，有一个旋涡状的物体懒洋洋地转动着，雪白雪白的，看上去柔弱而美丽，像一朵贴在晶莹蓝玻璃瓶壁上的白绒花，那是一处刚刚形成的台风……当那蓝色的巨球占据了一半天空时，几乎在同一时刻，人们的感觉再次发生了奇妙的变化。

"天啊，我们在掉下去！"

这感觉的颠倒是在一瞬间发生的。这个占据了半个天空的巨球表面突然产生了一种高度，人们感觉到脚下的大地已不存在，自己处于高空中，正向那个地球掉下去，掉下去……那个地球的表面可以看到更多细节了，在明暗交界线黑暗一侧的不远处，视力好的人可以看到一条微弱的荧光带，那是美国东海岸城市的灯光，其中较为明亮的一小团荧光就是纽约，是他们所在的地方。来自天空的地球迎面扑来，很快占据了三分之二的天空，两个地球似乎转眼间就要相撞了，人群中传出一两声惊叫声，许多人恐惧地闭上了双眼。

就在这时，一切突然静止，天空中的地球不再下落，或者说脚下的地球不再向它下坠。这个占据了三分之二天空的巨球静静地悬在上方，大地笼罩在它那蓝色的光芒中。

这时，市区传来喧闹声，骚乱开始出现了。但草坪上的人们毕竟是人类中在意外事故面前神经最坚强的一群，面对这噩梦般的景象，他们很快控制住自己的惊慌，默默思考着。

"这是一个幻象。"联合国秘书长说。

"是的，"中国主席说，"如果它是实体，应该能感觉到它的引力效应，我们离海这么近，这里早就被潮汐淹没了。"

"远不是潮汐的问题了，"俄罗斯总统说，"两个地球的引力足以互相撕碎对方了。"

"事实上，物理定律不允许两个地球这么待着！"日本首相说，他接着转向中国主席，"那个地球出现前，你谈到了我们上方出现了南半球的星空，这与现在发生的事有什么联系吗？"他这么说，等于承认刚才偷听了别人的谈话，但现在也顾不了这么多了。

"也许我们马上就能得到答案！"美国总统说，他这时正拿着一部手机说着什么，旁边的国务卿告诉大家，美国总统正在与国际空间站联系。于是，所有的人都把期待的目光汇聚到他身上。美国总统专心地听着手机，几乎不说话，整个草坪陷入一片寂静之中。在天空中另一个地球的蓝光里，人们像一群虚幻的幽灵。就这么等了约两分钟，美国总统在众人的注视下放下手机，登上一把椅子，大声说："各位，事情很简单，地球的旁边出现了一面大镜子！"

镜　子

　　它就是一面大镜子，很难再被看成别的什么东西。它的表面对可见光进行毫不衰减、毫不失真的全反射，也能反射雷达波。这面宇宙巨镜的面积约100亿平方千米，如果拉开足够的距离看，镜子和地球的关系，就像一个棋盘正中放着一枚棋子。

　　本来，对"奋进"号上的宇航员来说，得到这些初步信息并不难，他们中有一名天文学家和一名空间物理学家，他们还可以借助包括国际空间站在内的所有太空设施进行观测，但航天飞机险些因他们暂时的精神崩溃而坠毁。国际空间站是最完备的观测平台，但它的轨道位置不利于对镜子的观测，因为镜子悬于地球北极上空约450千米的高度，其镜面与地球的自转轴几乎垂直。而此时，"奋进"号航天飞机已变轨至一条通过南北极上空的轨道，以完成一项对极地上空臭氧空洞的观测。它的轨道高度为280千米，航天飞机正从镜子与地球之间飞过。

　　那情形真是一场噩梦，航天飞机在两个地球之间爬行，仿佛飞行在由两道蓝色的悬崖构成的大峡谷中。驾驶员坚持认为这是幻觉，是他在 3000 小时的歼击机飞行时间中遇到过两次的倒飞幻觉[①]，但指令长坚持认为确实有两个地球，并命令根据另一个地球的引力参数调整飞行轨道，那名天文学家及时制止了他。当他们初步控制了自己的恐慌后，通过观测航天飞机的飞行轨道得知，两个地球中有一个没有质量，大家都倒吸了一口冷气：如果按两个地球质量相等来调整轨道，"奋进"号此时已变成北极冰原上空的一颗火流星了。

　　宇航员们仔细观察那个没有质量的地球。目测可知，航天飞机距那个地球要远许多，但它的北极与这个地球的北极好像没有什么不同，事实上，它们太相像了。宇航员们看到，在两个地球的北极点上空都有一道极光，这两道长长的暗红色火蛇在两个地球的同一位置以完全相同的形状缓缓扭动着。后来，他们终于发现了一件那个地球没有的东西：那个零质量地球上空有一个飞行物，通过目测，他们判断那个飞行物是在零质量地球上空约 300 千米的轨道上运行。他们用机载雷达探测它，想得到它精确的轨道参数，但雷达波却在 100 多千米处像遇到一堵墙一样被弹了回来，零质量地球和那个飞行物都在墙的另一面。指令长透过驾驶舱的舷窗用高倍望远镜观察那个飞行物，看到那也是一架航天飞机，它正沿低轨道越过北极的冰海，看上去像一只在蓝白相间的大墙上爬行的蛾子。他注意到，在那架航天飞机的前部舷窗里有一个身影，看得出那人正举着望远镜向这里看，指令长挥挥手，那人也同时挥挥手。

　　于是，他们得知了镜子的存在。

---

① 一种飞行幻觉，飞行员在幻觉中误认为飞机在倒飞。

航天飞机改变轨道，向上沿一条斜线朝镜子靠近，一直飞到距镜子 3 千米处。在视距 6 千米远处，宇航员们可以清楚看到"奋进"号在镜子中的映像，尾部发动机喷出的火光使它像一只缓缓移动的萤火虫。

一名宇航员进入太空，去进行人类同镜子的第一次接触。太空服上的推进器拉出一道长长的白烟，宇航员很快越过了这 3 千米距离，他小心翼翼地调整着推进器的喷口，最后悬浮在与镜子相距 10 米左右的位置。在镜子中，他的映像异常清晰，毫不失真。由于宇航员是在轨道上运行，而镜子与地球处于相对静止状态，所以宇航员与镜子之间有高达每秒近 10 千米的相对速度，他实际上是在闪电般掠过镜子表面，但从镜子上丝毫看不出这种运动。

这是宇宙中最平滑、最光洁的表面了。

宇航员在减速时，把推进器的喷口长时间对着镜子，苯化物推进剂形成的白雾向镜子飘去。以前在太空行走中，当这种白雾接触航天飞机或空间站的外壁时，会立刻在上面留下一片由霜构成的明显污痕，他由此断定，白雾也会在镜子上留下痕迹。由于相互间的高速运动，这痕迹将是长长的一道，就像他童年时常用肥皂在浴室的镜子上划出的一样。但航天飞机上的人没有看到任何痕迹，白雾接触镜面后就消失了，镜面仍是那样令人难以置信的光洁。

由于轨道的形状问题，航天飞机和这名宇航员能与镜子这样近距离接触的时间不多，这就使宇航员焦急地做了下一件事——看到白雾在镜面上消失，几乎是下意识地，他从工具袋中掏出一把空心扳手，向镜子掷过去。扳手刚出手，他和航天飞机上的人都惊呆了，他们这时才意识到扳手与镜面之间有相对速度，这速度使扳手具有一颗重磅炸弹的威力。他们恐惧地看着扳手翻滚着向镜面飞去，想象着在接触镜面的一瞬间，蛛网状致密的裂纹从接触点放射状地在镜面平原上闪电般扩散，巨镜化为亿万块在阳光中闪烁的小碎片，在漆黑的太空中形成一片耀眼的银色云海……但扳手接触镜面后立刻消失了，没留下一丝痕迹，镜面仍光洁如初。

其实，很容易得知镜子不是实体，没有质量，否则它不可能以与地球相对静止的状态悬浮在北半球上空（按双方的大小比例，更准确的说法应该是地球悬浮在镜面的正中）。镜子不是实体，而是一种力场类的东西，刚才与其接触的白雾和扳手证明了这一点。

宇航员小心地开动推进器，喷口的微调装置频繁地动作，最后使他与镜面的距离缩短为半米。他与镜子中的自己面对面地对视着，再次惊叹映像的精确，那是现实的完美拷贝，给人的感觉甚至比现实更精细。他抬起一只手，伸向前去，与镜面中的手相距不到 1 厘米，几乎合到一起。耳机中一片寂静，指令长并没有制止他。他把手向前推去，手在镜面中消失了，他的胳膊与镜中人的两只胳膊从手腕处连在一起，他的手在这接触过程中没有任何感觉。他把手抽回来，举在眼前仔细看，太空服手套完好无损，也没有任何痕迹。

宇航员和下面的航天飞机正在飘离镜面，他们只能不断地开动发动机和推进器，以保持与镜面的近距离，但由于飞行轨道的形状问题，飘离越来越快，很快将使这种修正成为不可能。要想再次近距离接触，只能等绕地球一周转回来，那时谁知道镜子还在不在？想到这里，宇航员下定决心，启动推进器，径直向镜面冲去。

　　宇航员看到镜中自己的映像迎面扑来，最后，映像的太空服头盔上那个大水银泡似的单向反射面罩充满了视野。在与镜面相撞的瞬间，他努力使自己不闭上双眼。相撞时没有任何感觉，这一瞬间后，眼前的一切消失了，空间黑了下来，他看到了熟悉的银河星海。他猛地回头，在下面也是完全一样的银河景象，但有一样上面没有的东西：渐渐远去的他自己的映像。映像是从下向上看，只能看到他的鞋底，他和映像身上的两个推进器喷出的两条白雾平滑地连接在一起。

　　他已穿过了镜子，镜子的另一面仍然是镜子。

　　在他冲向镜子时，耳机中响着指令长的声音，但穿过镜面后，这声音像被一把利刃切断了，这是镜子挡住了电波。更可怕的是，镜子的这一面看不到地球，周围全是无际的星空，宇航员感到自己被隔离在另一个世界，心中一阵恐慌。他掉转喷口，刹住车后，向回飞去。这一次，他不像来时那样使身体与镜面平行，而是与镜面垂直，头朝前像跳水那样向镜面飘去。在即将接触镜面时，他把速度降到了很低，与镜中的映像头顶头地连在一起。在他的头部穿过镜子后，他欣慰地看到了下方蓝色的地球，耳机中也响起了指令长熟悉的声音。

　　他把飘行的速度降到零。这时，他只有胸部以上的部分穿过了镜子，身体的其余部分仍在镜子的另一面。他调整推进器的喷口方向，开始后退，这使得仍在镜子另一面的喷口喷出的白雾溢到了镜子这一面，白雾从他周围的镜面冒出，他仿佛是在沉入一个白雾缭绕的平静湖面。当镜面升到鼻子的高度时，他又发现了一件令人吃惊的事：镜面穿过了太空服头盔的面罩，充满了他的脸和面罩间的这个月牙形的空间。他向下看，这个月牙形的镜面映着他那惊恐的瞳仁。镜面整个切穿了他的头颅，但他什么也感觉不到。他把飘行速度减到最低，比钟表的秒针快不了多少，一毫米一毫米地移动，终于使镜面升到自己的瞳仁正中。这时，镜子从视野中完全消失了，周围的一切都恢复了原状：一边是蓝色的地球，另一边是灿烂的银河。但这个他熟悉的世界只存在了两三秒，飘行的速度不可能完全降到零，镜面很快移到了他双眼的上方，一边的地球消失了，只剩下另一边的银河。在眼睛的上方，是挡住地球的镜面，一望无际，伸向十几万千米的远方。由于角度极偏，镜面反射的星空图像在他眼中变了形，成了这镜面平原上的一片银色光晕。他调整推进器，向相反的方向飘去，使镜面降到眼睛平视线以下。在镜面通过瞳仁的瞬间，镜子再次消失，地球和银河再次同时出现。这之后，银河消失了，地球出现了，镜子移到了眼睛的下方，镜面平原上的光晕变成了蓝色的。他就这样以极慢的速度来回飘移着，使瞳仁在镜面的两侧移动，感到自己仿佛穿行于隔开两个世界的一张薄膜间。经过反复努力，他终于使镜面较长时间地停留在瞳仁的正中，镜子消失了。他睁大双眼，想从镜面所在的位置看到一条细细的直线，但什么也没看出来。

"这东西没有厚度！"他惊叫。

"也许它只有几个原子那么厚，你看不到而已。这也是它的到来没有被地球觉察的原因，如果它以边缘对着地球飞来，就不可能被发现。"航天飞机上的人看着传回的图像评论道。

但最让他们震惊的是：这面厚度可能只有几个原子、但面积有几十个太平洋的镜子，竟绝对平坦，以至于镜面与视线平行时完全看不到它，这是古典几何学世界中的理想平面。

绝对的平坦可以解释绝对的光洁，这是一面理想的镜子。

在宇航员们心中，孤独感开始压倒震惊和恐惧，镜子使宇宙变得陌生了。他们仿佛是一群刚出生就被抛在旷野的婴儿，无力地面对着这不可思议的世界。

这时，镜子说话了。

音乐家

"我是一名音乐家，"镜子说，"我是一名音乐家。"

这是一个悦耳的男音，在地球的整个天空响起，所有的人都能听得到。一时间，地球上熟睡的人都被惊醒，醒着的人则都如塑像般呆住了。

镜子接着说："我看到了下面在举行一场音乐会，观众是能够代表这颗星球文明的人，你们想与我对话吗？"

元首们都看着秘书长，他一时茫然不知所措。

"我有事情要告诉你们。"镜子又说。

"你能听到我们说话吗？"秘书长试探着说。

镜子立即回答："当然能。如果愿意，我可以分辨出下面的世界里每个细菌发出的声音。我感知世界的方式与你们不同，我能同时观察每个原子的旋转，我的观察还包括时间维，可以同时看到事物的历史，而不像你们，只能看到时间的一个断面，我对一切明察秋毫。"

"那我们是如何听到你的声音的呢？"美国总统问。

"我在向你们的大气发射超弦波。"

"超弦波是什么？"

"是一种从原子核中解放出来的强互作用力，它振动着你们的大气，如同一只大手拍动着鼓膜，于是你们听到了我的声音。"

"你从哪里来？"秘书长问。

"我是一面在宇宙中流浪的镜子，我的起源地在时间和空间上都太遥远，谈它已无意义。"

"你是如何学会英语的？"秘书长问。

"我说过，我对一切明察秋毫。这里需要声明，我讲英语是因为听到这个音乐会上的人们在交谈中大都用这种语言，这并不代表我认为下面的世界里某些种族比其他种族更优越。你们的世界没有通用语言，我只能这样。"

"我们有世界语，只是很少使用。"

"你们的世界语，与其说是为世界大同进行的努力，不如说是沙文主义的典型表现：凭什么世界语要以拉丁语系而不是这个世界的其他语系为基础？"

最后这句话在元首中引起了极大的震动，他们紧张地窃窃私语起来。

"你对地球文明的了解让我们震惊。"秘书长由衷地说。

"我对一切明察秋毫。再说，透彻地了解一粒灰尘并不困难。"

美国总统看着天空说："你是指地球吗？你确实比地球大很多，但从宇宙尺度来说，你的大小与地球是同一个数量级的，你也是一粒灰尘。"

"我连灰尘都不是。"镜子说，"很久很久以前，我曾是灰尘，但现在我只是一面镜子。"

"你是一个个体呢，还是一个群体？"中国主席问。

"这个问题无意义。文明在时空中走过足够长的路之后，个体和群体将同时消失。"

"镜子是你固有的形象呢，还是你许多形象中的一种？"英国首相问。秘书长把问题接了下去："就是说，你是否故意对我们显示出这样一个形象呢？"

"这个问题也无意义。文明在时空中走过足够长的路之后，形式和内容将同时消失。"

"我们无法理解你对最后两个问题的回答。"美国总统说。

镜子没说话。

"你到太阳系来有什么目的吗？"秘书长问出了最关键的问题。

"我是一个音乐家，要在这里举行音乐会。"

"这很好！"秘书长点点头说，"人类是听众吗？"

"听众是整个宇宙，虽然最近的文明世界也要在百年后才能听到我的琴声。"

"琴声？琴在哪里？"克莱德曼在舞台上问。

这时，人们发现，占据了大部分天空的地球映像突然向东方滑去，速度很快。天空的这种变幻看上去很恐怖，给人一种天在塌下来的感觉，草坪上有几个人不由自主地捂住了脑袋。很快，地球映像的边缘已接触东方的地平线。几乎与此同时，一片强光突然出现，使所有人的眼睛一花，什么都看不清了。当他们的视力恢复后，看到太阳突然出现在刚才地球映像腾出来的天空中，灿烂的阳光瞬间洒满大地，周围的世界毫发毕现，天空在瞬间由漆黑变成明亮的蔚蓝。地球的映像仍然占据东半部天空，但上面的海洋已与蓝天融为一体，大陆像是天空中一片片黄褐色的云层。这突然的变化使所有的人目瞪口呆，过了好一阵儿，秘书长的一句话才使大家对这不可思议的现实多少有了一些把握。

"镜子倾斜了。"

是的，太空中的巨镜倾斜了一个角度，使太阳也产生了映像，并把它的光芒反射到地球这黑夜的一侧。

"它转动的速度真快！"中国主席说。

秘书长点点头："是的，想想它的大小，以这样的速度转动，它的边缘可能已接近光速了！"

"任何实体物质都不可能经受这样的转动所产生的应力，它只是一个力场，这已被我们的宇航员证明了。作为力场，接近光速的运动是很正常的。"美国总统说。

这时，镜子说话了："这就是我的琴，我是一名恒星演奏家，我将弹奏太阳！"

这气势磅礴的话把所有的人镇住了，元首们呆呆地看着天空中太阳的映像，好一阵儿才有人敬畏地问怎样弹奏。

"各位一定知道，你们使用的乐器大多有一个音腔，它是由薄壁所包围的空间区域。薄壁将声波来回反射，这样就将声波禁锢在音腔内，形成共振，发出动听的声音。对电磁波来说，恒星也是一个音腔，它虽没有有形的薄壁，但存在对电磁波的传输速度梯度，这种梯度将折射和反射电磁波，将其禁锢在恒星内部，产生电磁共振，奏出美妙的音乐。"

"那这种琴声听起来是什么样子呢？"克莱德曼向往地看着天空问。

"在9分钟前，我在太阳上试了试音，现在，琴声正以光速传来。当然，它是以电磁波形式传播的，但我可以用超弦波在你们的大气中把它转换成声波，请听……"

长空中响起了几声空灵悠长的声音，很像钢琴的声音，仿佛有一种魔力，一时攫住了所有的人。

"从这声音中，您感觉到了什么？"秘书长问中国主席。

中国主席感慨地说："我感觉到整个宇宙变成了一座大宫殿，一座有200亿光年高的宫殿，这声音在宫殿中缭绕不止。"

"听到这声音，您还否认上帝的存在吗？"美国总统问。

中国主席看了美国总统一眼，说："这声音来自现实世界，如果这个世界就能够产生出这样的声音，上帝就变得更无必要了。"

节　拍

"演奏马上就要开始了吗？"秘书长问。

"是的，我在等待节拍。"镜子回答。

"节拍？"

"节拍在4年前就已启动，它正以光速向这里传来。"

这时，天空发生了惊人的变化，地球和太阳的映像消失了，代之以一片明亮的银色波纹。这波纹跃动着，盖满了天空，地球仿佛沉于一片超级海洋中，天空就是从水下看到的阳光照耀下的海面。

镜子解释说："我现在正在阻挡来自外太空的巨大辐射，我没有完全反射这些辐射，你们看到有一小部分透了过去，这辐射来自一颗4年前爆发的超新星。"

"4年前？那就是半人马座了。"有人说。

"是的，半人马座比邻星。"

"可是据我所知，那颗恒星完全不具备成为超新星的条件。"中国主席说。

"我使它具备了。"镜子淡淡地说。

人们这时想起了镜子说过的话，它说为这场音乐会进行了 4 年多的准备，那指的就是这件事了，镜子选定太阳为乐器后立刻引爆了比邻星。从镜子刚才对太阳试音的情形看，它显然具有超空间的作用能力，这种能力使它能在一个天文单位的距离之外弹振太阳，但对 4 光年之遥的恒星，它是否仍具有这种能力还不得而知。镜子引爆比邻星可能通过两种途径：在太阳系通过超空间作用引爆，或者通过空间跳跃在短时间内到达比邻星附近引爆它，然后再次跳跃回到太阳系。不管通过哪种方式，对人类来说，这都是神的力量。但不管怎样，超新星爆发的光线仍然要经过 4 年时间才能到达太阳系。镜子说过弹奏太阳的乐声是以电磁波形式传向宇宙的，那么对这个超级文明来说，光速就相当于人类的声速，光波就是它们的声波，那它们的光是什么呢？人类永远不得而知。

"对你操纵物质世界的能力，我们深感震惊。"美国总统敬畏地说。

"恒星是宇宙荒漠的石块，是我的世界中最多、最普通的东西。我使用恒星，有时把它当作一件工具，有时是一件武器，有时是一件乐器……现在我把比邻星做成了节拍器，这与你们的祖先使用石块没什么本质的区别，都是用自己世界中最普通的东西来增加和延伸自己的能力。"

然而，草坪上的人们看不出这两者有什么共同点，他们放弃与镜子在技术上进行沟通的尝试，人类离理解这些还差得很远，就像蚂蚁离理解国际空间站差得很远一样。

天空中的光波开始暗下来，渐渐地，人们觉得照着上面这片巨大海面的不是阳光，而是月光，超新星正在熄灭。

秘书长说："如果不是镜子挡住了超新星的能量，地球现在可能已经是一个没有生命的世界了。"

这时，天空中的波纹已经完全消失了，巨大的地球映像重现，仍占据着大部分夜空。

"镜子说的节拍在哪里？"克莱德曼问，这时他已从舞台上下来，与元首们站在一起。

"看东面！"有人喊了一声。人们发现东方的天空中出现了一条笔直的分界线，贯穿整个天空。分界线两侧的天空是两种不同的景象：分界线西面仍是地球的映像，但它已被这条线切去了一部分；东面则是灿烂的星空，有很多人看出来了，这是北半球应有的星空，不是南半球星空的映像。分界线在由东向西庄严地移动，星空部分渐渐扩大，地球的映像正在由东向西被抹去。

"镜子在飞走！"秘书长喊道。人们很快知道他是对的。镜子在离开地球上空，它的边缘很快消失在西方地平线下，人们又站在了他们见过无数次的正常星空下。

这以后人们再也没有见到镜子，它也许飞到它的琴——太阳附近了。

草坪上的人们带着一丝欣慰看着周围熟悉的世界，星空依旧，城市的灯火依旧，甚至草坪上嫩芽的芳香仍飘散在空气中。

节拍出现。

白昼在瞬间降临，蓝天突现，灿烂的阳光洒满大地，周围的一切都明亮凸现出来；但这白昼只持续了一秒就熄灭了，刚才的夜又恢复了，星空和城市的灯火再次浮现；这夜也只持续了一秒，白昼再次出现，一秒后又是夜；白昼、夜、白昼、夜、白昼、夜……以与脉搏相当的频率交替出现，仿佛世界是两片不断切换的幻灯片映出的图像。

这是白昼与黑夜构成的节拍。

人们抬头仰望，立刻看到了那颗闪动的太阳。它没有大小，只是天空中一个刺目的光点。"脉冲星。"中国主席说。

那是超新星的残骸——一颗旋转的中子星。中子星那致密的表面有一块裸露的热斑，随着星体的旋转，中子星成为一座宇宙灯塔，热斑射出的光柱旋转着扫过广漠的太空。当这光柱扫过太阳系时，地球的白昼就短暂地出现了。

秘书长说："我记得脉冲星的频率比这快得多，它好像也不发出可见光。"

美国总统用手半遮着眼睛，艰难地适应着这疯狂的节拍世界："频率快是因为中子星聚集了原恒星的角动量，镜子可以通过某种途径把这些角动量消耗掉；至于可见光嘛……你们真认为镜子还有什么做不到的事？"

"但有一点，"中国主席说，"没有理由认为宇宙中所有生物的生命节奏都与人类的一样。它们的音乐节拍的频率肯定各不相同，比如镜子，它的正常节拍频率可能比我们最快的计算机主频都快……"

"是的，"美国总统点点头，"也没有理由认为它们的可视电磁波段都与我们的可见光相同。"

"你们是说，镜子是以人类的感觉为基准来演奏音乐的？"秘书长吃惊地问。

中国主席摇摇头说："我不知道，但肯定要有一个基准的。"

脉冲星强劲的光柱庄严地扫过冷寂的太空，像一根长达40万亿千米、还在以光速不断延长的指挥棒。这一端，太阳在镜子无形手指的弹拨下发出浑厚的、以光速向宇宙传播的电磁波乐音，太阳音乐会开始了。

太阳音乐

一阵沙沙声，像是电磁干扰，又像是无规则的海浪冲刷沙滩的声音。从这声音中，有时能听出一丝荒凉和广漠，但更多的是混沌和无序。这声音一直持续了10多分钟，毫无变化。

"我说过，我们无法理解它们的音乐。"俄罗斯总统打破沉默说。

"听！"克莱德曼用一根手指指着天空说。其他人过了好一会儿才听出了他那经过训练的耳朵听到的旋律，那是结构最简单的旋律，只由两个音符组成，好像是钟表的一声嘀嗒。这两个音符不断出现，但有很长的间隔。后来，又出现了另一个双音符小节，然后出现了第三个、第四个……这些双音符小节在混沌的背景上不断浮现，像暗夜中的一群萤火虫。

一种新的旋律出现了，它有四个音符。人们都把目光转向克莱德曼，他在仔细倾听，好像感觉到了些什么。这时，四音符小节的数量也增加了。

"这样吧，"他对元首们说，"我们每个人记住一个双音符小节。"于是，大家注意听着，每人努力记住一个双音符小节，然后凝神等着它再次出现，以巩固自己的记忆。过了一会儿，克莱德曼又说："好啦，现在注意听一个四音符小节，得快些，不然乐曲越来越复杂，我们就什么也听不出来了……好，就这个，有人听出什么来了吗？"

"它的前一半是我记住的那一对音符！"巴西总统高声说。

"后一半是我记住的那一对！"加拿大总理说。

人们接着发现，每个四音符小节都是由前面两个双音符小节组成的，随着四音符小节数量的增多，双音符小节的数量却在减少，似乎前者在消耗后者。再后来，八音符小节出现了，结构与前面一样，是由已有的两个四音符小节合并而成的。

"你们都听出了什么？"秘书长问周围的元首们。

"在闪电和火山熔岩照耀下的原始海洋中，一些小分子正在聚合成大分子……当然，这只是我完全个人化的想象。"中国主席说。

"想象请不要拘泥于地球，"美国总统说，"这种分子的聚集也许是发生在一片映射着恒星光芒的星云中。也许正在聚集组合的不是分子，而是恒星内部的一些核能旋涡……"

这时，一个多音符旋律以高音凸现出来，它反复出现，仿佛是这昏暗的混沌世界中一道明亮的小电弧。"这好像是在描述一个质变。"中国主席说。

一种新乐器的声音出现了，这连续的弦音很像小提琴发出的。它用另一种柔美的方式重复着那个凸现的旋律，仿佛是后者的影子。

"这似乎在表现某种复制。"俄罗斯总统说。

连续的旋律出现了，是那种类似小提琴的乐音。它平滑地变幻着，好像是追踪着某种曲线运动的目光。英国首相对中国主席说："如果按照您刚才的思路，现在已经有某种东西在海中游动了。"

不知不觉中，背景音乐开始变化了。这时人们几乎忘记了它的存在，它从海浪声变幻为起伏的沙沙声，仿佛暴雨击打着裸露的岩石；接着又变了，变成一种与风声类似的空旷的声音。美国总统说："海中的游动者在进入新环境，也许是陆上，也许是空中。"

所有的乐器突然齐奏，形成了一声恐怖的巨响，好像是什么巨大的实体轰然坍塌。然后，一切戛然而止，只剩下开始那种海浪似的背景声在荒凉地响着。然后，那简单的双音节旋律又出现了，又开始了缓慢而艰难的组合，一切重新开始……

"我敢肯定，这描述了一场大灭绝，现在我们听到的是灭绝后的复苏。"秘书长说。

又经过漫长而艰难的过程，海中的游动者又开始进入世界的其他部分。旋律渐渐变得复杂而宏大，人们的理解也不再统一。有人想到一条大河奔流而下，有人想到广阔的平原上一支浩荡队伍在跋涉，有人想到漆黑的太空中向黑洞旋涡滚滚而下的星云……但大家都同意，这是在表现一个宏伟的进程，也许是生命的进化。这一乐章很长，不知不觉一个小时过去了，音乐的主题终于发生了变化。旋律渐渐分化成两个，这两个旋律在对抗和搏斗，时而疯狂地碰撞，时而扭缠在一起……

"典型的贝多芬风格。"克莱德曼评论说。这之前很长时间人们都沉浸在宏伟的音乐中，没有说话。

秘书长说："好像是一支在海上与巨浪搏斗的船队。"

美国总统摇了摇头："不，不是的。您应该能听出这两种力量没有本质的不同，我想是在表现一场蔓延到整个世界的战争。"

"我说，"一直沉默的日本首相插进来说，"你们真的认为自己能够理解外星文明的艺术？也许你们对这音乐的理解，只是牛对琴的理解。"

克莱德曼说："我相信我们的理解基本上正确。宇宙间通用的语言，除了数学，可能就是音乐了。"

秘书长说："要证实这一点也许并不难：我们能否预言下一乐章的主题或风格？"

经过短暂的思考，中国主席说："我想下面可能将表现某种崇拜，旋律将具有森严的建筑美。"

"您是说像巴赫？"

"是的。"

果然如此。在接下来的乐章中，听众们仿佛走进了一座高大庄严的教堂，听着自己的脚步在这宏伟的建筑内部发出空旷的回声，对某种看不见但无所不在的力量的恐惧和敬畏压倒了他们。

再往后，已经演化得相当复杂的旋律突然又变得简单了，背景音乐第一次消失了，在无边的寂静中，一串清脆、短促的打击声出现了，一声、两声、三声、四声……然后，一声、四声、九声、十六声……一条条越来越复杂的数列穿梭而过。

有人问："这是在描述数学和抽象思维的出现吗？"

接下来，音乐变得更奇怪了，出现了由小提琴奏出的许多独立的小节，每小节由三到四个音符组成，各小节中，音符都相同，但其音程的长短出现了各种组合；还出现了一种连续的滑音，它渐渐升高，然后降低，最后回到起始的音高。人们凝神听了很长时间，希腊总统说："这，好像是在描述基本的几何形状。"人们立刻找到了感觉，他们仿佛看到在纯净的空间中，一群三角形和四边形匀速地飘过。至于那种滑音，让人们看到了圆、椭圆和完美的正圆……渐渐地，旋律开始出现变化，表现直线的单一音符都变成了滑音。但根据刚才乐曲留下的印象，人们仍能感觉到那些飘浮在抽象空间中的几何形状，只是这些形状都扭曲了，仿佛浮在水面上……

"时空的秘密被发现了。"有人说。

下一个乐章是以一个不变的节奏开始的，它的频率与脉冲星打出的由昼与夜构成的节拍相同，好像音乐已经停止了，只剩下节拍在空响。但很快，另一个不变的节奏也加入进来，频率比前一个稍快。之后，不同频率的不变的节奏在不断地加入，最后出现了一段气势磅礴的大合奏，但在时间轴上，乐曲是恒定不变的，像一堵平坦的声音高墙。

对这一乐章，人们的理解惊人地一致："一部大机器在运行。"

后来，出现了一个纤细的新旋律，如银铃般清脆地响着，如梦幻般变幻不定，与背后那堵呆板的声音之墙形成鲜明对比，仿佛是飞翔在那部大机器里的一个银色小精灵。这个旋律仿佛是一滴小小的但强有力的催化剂，在钢铁世界中引发了奇妙的反应：那些不变的节奏开始波动变幻，大机器的粗轴和巨轮渐渐变得如橡皮泥般柔软，最后，整个合奏变得如那个精灵旋律一样轻盈而有灵气。

人们议论纷纷："大机器具有智能了！""我觉得，机器正在与它的创造者相互接近。"

太阳音乐在继续，已经进行到一个新的乐章了。这是结构最复杂的一个乐章，也是最难理解的一个乐章。它首先用类似钢琴的声音奏出悠远空灵的旋律，然后以越来越复杂的合奏不断地重复演绎这个主题，每次重复演绎都使得这个主题在上次的基础上变得更加宏大。

这种重复进行了几次后，中国主席说："以我的理解，是不是这样的：一个思想者站在一座海岛上，用他深邃的头脑思索着宇宙；镜头向上升，思想者在镜头的视野中渐渐变小，当镜头从空中把整座海岛都纳入视野后，思想者像一粒灰尘般消失了；镜头继续上升，海岛在渐渐变小，镜头升出了大气层，在太空中把整颗行星纳入视野，海岛像一粒灰尘般消失了；太空中的镜头继续远离这颗行星，把整个行星系纳入视野，这时，只能看到行星系的恒星，在漆黑的太空中它看上去只有台球般大小，孤独地发着光，而那颗有海洋的行星，也像一粒灰尘般消失了……"

美国总统聆听着音乐，接着说："……镜头以超光速远离，我们发现，在我们的尺度上空旷而广漠的宇宙，在更大的尺度上却是一团由恒星组成的灿烂的尘埃，当整个银河系进入视野后，那颗带着行星的恒星像一粒灰尘般消失了；镜头接着跳过无法想象的距离，把一个星系团纳入视野，眼前仍是一片灿烂的尘埃，但尘埃的颗粒已不再是恒星，而是恒星系了……"

秘书长接着说："……这时银河系像一粒灰尘般消失了，

但终点在哪儿呢？"

人们重新把全身心沉浸在音乐中，乐曲正在达到它的顶峰：在音乐家强有力的思想推动下，那个拍摄宇宙的镜头被推到了已知的时空之外，整个宇宙都被纳入视野，那个包含着银河系的星系团也像一粒灰尘般消失了。人们凝神等待着终极的到来，宏伟的合奏突然消失了，只有开始时那种类似钢琴的声音在孤独地响着，空灵而悠远。

"又返回到海岛上的思想者了吗？"有人问。

克莱德曼倾听着，摇了摇头："不，现在的旋律与那时完全不同。"

这时，全宇宙的合奏再次出现，不久后停了下来，又让位于钢琴独奏。这两段旋律就这样交替出现，持续了很长时间。

克莱德曼凝神听着，恍然大悟："钢琴是在倒着演奏合奏的旋律！"

美国总统点点头："或者说，它是合奏的镜像。哦，宇宙的镜像，这就是镜子了。"

音乐显然已近尾声，全宇宙合奏与钢琴独奏同时进行，钢琴精确地倒奏着合奏的每一处，它的形象凸现在合奏的背景上，但两者又是那么和谐。

中国主席说："这使我想起了一个现代建筑流派，叫'光亮派'：为了避免新建筑对周围传统环境产生影响，就把建筑的表面全部做成镜面，使它通过反射环境来与周围达到和谐，同时也以这种方式表现了自己。"

"是的，当文明达到了一定的程度，它可能也会通过反射宇宙来表现自己的存在。"秘书长若有所思地说。

钢琴突然由反奏变为正奏，这样，它立刻与宇宙合奏融为一体，太阳音乐结束了。

欢乐颂

镜子说："一场完美的音乐会，谢谢欣赏它的所有人类。好，我走了。"

"请等一下！"克莱德曼高喊一声，"我们有一个最后的要求：你能否用太阳弹奏一首人类的音乐？"

"可以，哪一首呢？"

元首们互相看了看。"弹贝多芬的《命运》吧。"德国总理说。

"不，不应该是《命运》，"美国总统摇摇头说，"现在已经证明，人类不可能扼住命运的喉咙，人类的价值在于：我们明知命运不可抗拒，死亡必定是最后的胜利者，却仍能在有限的时间里专心致志地创造着美丽的生活。"

"那就唱《欢乐颂》吧。"中国主席说。

镜子说："你们唱吧，我可以通过太阳把歌声向宇宙传播出去。我保证，音色会很好的。"

草坪上，这 200 多人唱起了《欢乐颂》，歌声通过镜子传给了太阳，太阳再次振动起来，把歌声用强大的电磁脉冲传向太空的各个方向。

……

　　欢乐啊，美丽神奇的火花，
　　来自极乐世界的女儿。

天国之女啊，我们如醉如狂，
踏进了你神圣的殿堂。
被时尚无情分开的一切，
你的魔力又把它们重新联结。
……

5 小时后，歌声将飞出太阳系；4 年后，歌声将到达半
人马座；10 万年后，歌声将传遍银河系；20 多万年后，歌声
将到达最近的恒星系大麦哲伦星云；600 万年后，歌声将传
遍本星系团的 40 多个恒星；1 亿年之后，歌声将传遍本超
星系团的 50 多个星系群；150 亿年后，歌声将传遍目前已知
的宇宙，并向继续膨胀的宇宙传出去，如果那时宇宙还在膨
胀的话。

……
在永恒的大自然里，
欢乐是强劲的发条，
在宏大的宇宙之钟里，
是欢乐，在推动着指针旋跳。
它催含苞的鲜花怒放，
它使艳阳普照穹苍。
甚至望远镜都看不到的地方，
它也在使天体转动不息。
……

歌唱结束后，音乐会的草坪上所有人都陷入长时间的沉

默，元首们都在沉思着。

"也许，事情还没到完全失去希望的地步，我们应该尽自己的努力。"中国主席首先说。

美国总统点点头："是的，世界需要联合国。"

"与未来所避免的灾难相比，我们各自所需做出的让步和牺牲是微不足道的。"俄罗斯总统说。

"我们所面临的，毕竟只是宇宙中一粒沙子上的事，应该好办。"英国首相仰望着星空说。

各国元首纷纷表示赞同。

"那么，各位是否同意延长本届联大呢？"秘书长满怀希望地问道。

"这当然需要我们同各自的政府进行联系，但我想问题应该不大。"美国总统微笑着说。

"各位，今天真是一个值得纪念的日子！"秘书长无法掩饰自己的喜悦，"现在，让我们继续听音乐吧！"

《欢乐颂》又响了起来。

镜子以光速飞离太阳，它知道自己再也不会回来。在那十几亿年的音乐家生涯中，它从未重复演奏过一颗恒星，就像人类的牧羊人从不重掷同一块石子。飞行中，它听着《欢乐颂》的余音，那永恒平静的镜面上出现了一圈难以觉察的涟漪。

"嗯，是首好歌。"

乡村教师

他知道，这最后一课要提前讲了。

又一阵剧痛从肝部袭来，几乎使他昏厥过去。他已没气力下床了，便艰难地移近床边的窗口。月光映在窗纸上，银亮亮的，使小小的窗户看上去像是通向另一个世界的门，那个世界的一切一定都是银亮亮的，像用银子和不冻人的雪做成的盆景。他颤颤地抬起头，从窗纸的破洞中望出去，幻觉立刻消失了，他看到了远处自己度过了一生的村庄。

村庄静静地卧在月光下，像是百年前就没人似的。那些黄土高原上特有的平顶小屋，形状上同村子周围的黄土包没啥区别，在月夜中颜色也一样，整个村子仿佛已融入这黄土坡之中。只有村前那棵老槐树很清楚，树上干枯枝杈间的几个老鸦窝更是黑黑的，像是滴在这暗银色画面上的几滴醒目的墨点……其实村子也有美丽、温暖的时候，比如秋收时，外面打工的男人女人们大都回来了，村里有了人声和笑声，家家屋顶上是金灿灿的玉米，打谷场上娃们在秸秆堆里打滚儿；再比如过年的时候，打谷场被汽灯照得通亮，在那里连着几天闹红火，摇旱船、舞狮子。那几个狮子只剩下咔嗒作响的木头脑壳，上面的油漆都脱了，村里没钱置新狮子皮，就用几张床单代替，玩儿得也挺高兴……但十五一过，村里的青壮年都外出打工挣生活去了，村子一下没了生气。只有每天黄昏，当稀拉拉几缕炊烟升起时，村头可能出现一两个老人，仰起山核桃一样的脸，眼巴巴地望着那条通向山外的路，直到在老槐树挂住的最后一抹夕阳消失。天黑后，村里早早就没了灯光，娃娃和老人们睡得都早，电费贵，现在到了一块八一度电了。

这时，村里隐约传出了一声狗叫，声音很轻，好像那狗在说梦话。他看着村子周围月光下的黄土地，突然觉得那好像是纹丝不动的水面。要真是水就好了，今年是连着第五个旱年了，要想有收成，又要挑水浇地了。想起田地，他的目光向更远方移去，那些小块的山田，在月光下像一个巨人登山时留下的一个个脚印。在这只长荆条和毛蒿的石头山上，田也只能是这么东一小块、西一小块的，别说农机，连牲口都转不开身，只能凭人力种了。去年一家什么农机厂到这儿来，推销一种微型手扶拖拉机，机器可以在这些巴掌大的地里干活儿。那东西真是不错，可村里人说他们这是闹笑话哩！他们想过那些巴掌地能产出多少东西来吗？就是绣花似的种，能种出一年的口粮就不错了，遇上这样的旱年，可能种子钱都收不回来呢！为这样的田买那三五千一台的拖拉机，再搭上两块多一升的柴油？唉，这山里人的难处，外人哪能知晓呢？

这时，窗前走过了几个小小的黑影，这几个黑影在不远的田垄上围成一圈蹲下来，不知要干什么。他知道这都是自己的学生，其实只要他们在近旁，不用眼睛看他也能感觉到他们的存在，这直觉是他一生积累出来的，只是在这生命的最后时间里更敏锐了。

他甚至能认出月光下的那几个孩子，其中肯定有刘宝柱和郭翠花。这两个孩子都是本村人，本来不必住校的，但他还是收他们住了。刘宝柱的爹10年前买了个川妹子成亲，生了宝柱，5年后娃大了，对那女人看得也松了，结果有一天她跑回四川了，还卷走了家里所有的钱。这以后，宝柱爹也变得不成样儿了，开始是赌，同村子里那几个老光棍儿一样，把个家折腾得只剩四堵墙、一张床；然后是喝，每天晚上都用八毛钱一斤的地瓜烧把自己灌得烂醉，喝完就拿孩子出气，每天一小揍，三天一大揍，直到上个月的一天半夜，抢了根烧火棍差点儿把宝柱的命要了。郭翠花更惨了，要说她妈还是正经娶来的，这在这儿可是个稀罕事儿，男人也很荣光了，可好景不长，喜事刚办完大家就发现她是个疯子，之所以迎亲时没看出来，大概是吃了什么药。本来嘛，好端端的女人哪会到这穷得鸟都不拉屎的地方来？但不管怎么说，翠花还是生下来了，并艰难地长大了。但她那疯妈妈的病也越来越重，犯起病来，白天拿菜刀砍人，晚上放火烧房，更多的时间还是在阴森森地笑，那声音让人汗毛直竖……

剩下的都是外村的孩子了，他们的村子距这里最近的也有10里山路，只能住校了。在这所简陋的乡村小学里，他们一住就是一个学期。娃们来时，除了带自己的铺盖，每人还背了一袋米或面，10多个孩子在学校的那个大灶做饭吃。当冬夜降临时，娃们围在灶边，看着菜面糊糊在大铁锅中翻腾，灶膛里秸秆橘红色的火光映在他们脸上……这是他一生中看到过的最温暖的画面，他会把这画面带到另一个世界的。

窗外的田垄上，在那圈娃中间，亮起了几点红色的小火星星，在这一片银灰色的月夜的背景上，火星星的红色格外醒目。这些娃在烧香，接着他们又烧起纸来，火光把娃们的形象以橘红色在冬夜银灰色的背景上显现出来，这使他又想起了那灶边的画面。他脑海中还出现了另外一个类似的画面：当学校停电时（可能是因为线路坏了，但大多数时间是因为交不起电费），他给娃们上晚课。他手里举着一根蜡烛照着黑板，"看见不？"他问。"看不显！"娃们总是这样回答。那么一点点亮光，确实难看清，但娃们缺课多，晚课是必须上的。于是，他再点上一根蜡，手里举着两根。"还是不显！"娃们喊。他于是再点上一根，虽然还是看不清，但娃们不喊了，他们知道再喊老师也不会加蜡了，蜡太多了也是点不起的。烛光中，他看到下面那群娃的面容时隐时现，像一群用自己的全部生命拼命挣脱黑暗的小虫虫。

娃们和火光，娃们和火光，总是娃们和火光，总是夜中的娃们和火光，这是这个世界深深刻在他脑子中的画面，但他始终不明其含义。

他知道娃们是在为他烧香和烧纸，他们以前多次这么干过，只是这次，他已没有力气像以前那样斥责他们迷信了。他用尽了一生在娃们的心中燃起科学和文明的火苗，但他明白，同笼罩着这偏远山村的愚昧和迷信相比，那火苗是多么弱小，像这深山冬夜中教室里的那根蜡烛。半年前，村里的一些人来到学校，要从本来已很破旧的校舍中取下椽子木，说是修村头的老君庙用。问他们校舍没顶了，娃们以后住哪儿，他们说可以睡教室里嘛，他说那教室四面漏风，大冬天能住？他们说，反正都是外村人。他拿起一根扁担和他们拼命，结果被人家打断了两根肋骨。好心人抬着他走了30多里山路，送到了镇医院。

就是在那次检查伤势时，意外发现他患了食道癌。这并不稀奇，这一带是食道癌高发区。镇医院的医生恭喜他因祸得福，因为他的食道癌现处于早期，还未扩散，动手术就能治愈，食道癌是手术治愈率最高的癌症之一，他算捡了条命。

于是，他去了省城，去了肿瘤医院，在那里他问医生动一次这样的手术要多少钱。医生说："像你这样的情况可以住我们的扶贫病房，其他费用也可以适当减免，最后下来不会太多的，也就两万多元吧。"想到他来自偏远山区，医生接着很详细地给他介绍了住院手续怎么办。他默默地听着，突然问："要是不手术，我还有多长时间？"

医生呆呆地看了他好一阵儿，才说："半年吧。"并不解地看到他长出了一口气，好像得到了很大安慰。

——至少能送走这届毕业班了。

他真的拿不出这两万多元。虽然民办教师工资很低，但干了这么多年，孤身一人，无牵无挂，按说也能攒下一些钱了。只是他把钱都花在娃们身上了，他已记不清给多少学生代交了学杂费，最近的就有刘宝柱和郭翠花；更多的时候，他看到娃们的饭锅里没有多少油星星，就用自己的工资买些肉和猪油回来……反正到现在，他全部的钱也只有手术所需费用的十分之一。

沿着省城那条宽阔的大街，他向火车站走去。这时天已黑了，城市的霓虹灯开始发出迷人的光芒，那光芒之多彩、之斑斓，让他迷惑；还有那些高楼，一入夜就变成了一盏盏高耸入云的巨大彩灯。音乐声在夜空中飘荡，疯狂的、轻柔的，走一段一个样。

就在这个不属于他的世界里，他慢慢地回忆起自己不算长的一生。他很坦然，各人有各人的命，早在20年前初中毕业回到乡村小学时，他就选定了自己的命。再说，他这条命很大一部分是另一位乡村教师给的。他就是在自己现在任教的这所小学度过童年的，他爹妈死得早，这所简陋的乡村小学就是他的家，他的小学老师把他当亲儿子待，日子虽然穷，但他的童年并不缺少爱。那年，放寒假了，老师要把他带回自己的家里过冬。老师的家很远，他们走了很长的积雪的山路，当看到老师家所在的村子的一点灯光时，已是半夜了。这时他们看到身后不远处有四点绿莹莹的亮光，那是两双狼眼。那时山里狼很多的，学校周围就能看到一堆堆狼屎。有一次他淘气，把那灰白色的东西点着扔进教室里，使浓浓的狼烟充满了教室，把娃们都呛得跑了出来，让老师很生气。现在，那两只狼向他们慢慢逼近，老师折下一根粗树枝，挥动着它拦住狼的来路，同时大声喊着让他向村里跑。他当时吓糊涂了，只顾跑，只想着那狼会不会绕过老师来追他，只想着会不会遇到其他的狼。当他上气不接下气地跑进村子，然后同几个拿猎枪的汉子去接老师时，发现老师躺在一片已冻成糊状的血泊中，被狼咬得浑身是伤。老师在被送往镇医院的路上就咽了气，当时在火把的光芒中，他看到了老师的眼睛，老师的伤十分地重，已说不出话来，但用目光把一种心急如焚的牵挂传给了他，他读懂了那牵挂，记住了那牵挂。

初中毕业后，他放弃了在镇政府里一个不错的工作机会，直接回到了这个举目无亲的山村，回到了老师牵挂的这所乡村小学，这时，学校因为没有教师已荒废好几年了。

前不久，教委出台新政策，取消了民办教师，其中的一部分经考试考核转为公办。当他拿到教师证时，知道自己已成为一名国家承认的小学教师了，很高兴，但也只是高兴而已，不像别的同事那么激动。他不在乎什么民办、公办，他只在乎那一批又一批的娃，从他的学校读完了小学，走向生活。不管他们是走出山去还是留在山里，他们的生活同那些没上过一天学的娃总是有些不一样的。

他所在的山区，是这个国家最贫困的地区之一。但穷不是最可怕的，最可怕的是那里的人们对现状的麻木。记得那是好多年前了，搞包产到户，村里开始分田，然后又分其他的东西。对于村里唯一的一台拖拉机，大伙儿对出机时油钱怎么分配总也谈不拢，最后唯一大家都能接受的办法是把拖拉机分了。真的分了，你家拿一个轮子，他家拿一根轴……再就是两个月前，有一家工厂来扶贫，给村里安了一台潜水泵，考虑到用电贵，人家还给带了一台小柴油机和足够的柴油，挺好的事儿。但人家前脚走，村里后脚就把机器都卖了，连泵带柴油机，只卖了一千五百块钱，全村好吃了两顿，算是过了个好年……一家皮革厂来买地建厂，村里人什么都不清楚就把地卖了，那厂子建起后，硝皮子的毒水流进了河里，渗进了井里，人一喝了那些水，浑身起红疙瘩，就这也没人在乎，还沾沾自喜那地卖了个好价钱……看村里那些娶不上老婆的光棍汉，每天除了赌就是喝，但不去种地，他们能算清：穷到了头，县里每年总会有些救济，那钱算下来也比在那巴掌大的山地里刨一年土坷垃挣得多……没有文化，人们都变得下作了，那里的穷山恶水固然让人灰心，但真正让人感到没指望的，是山里人那呆滞的目光。

他走累了，就在人行道边坐下来。他面前，是一家豪华的大餐馆，那餐馆靠街的一整堵墙全是透明玻璃，华丽的枝形吊灯把光芒投射到外面。整个餐馆像一个巨大的鱼缸，里面穿着华贵的客人们则像一群多彩的观赏鱼。他看到在靠街的一张桌子旁坐着一个胖男人，这人头发和脸似乎都在冒油，使他看上去像用一大团表面涂了油的蜡做的。他两旁各坐着一个身材高挑的女郎，那男人转头对一个女郎说了句什么，把她逗得大笑起来，那男人跟着也笑起来……真没想到还有个子这么高的女孩子。秀秀的个儿，大概只到她们一半……他叹了口气，唉，又想起秀秀了。

秀秀是本村唯一一个没有嫁到山外的姑娘，也许是因为她从未出过山，怕外面的世界，也许是别的什么原因。他和秀秀好过两年多，最后那阵差点儿就成了，秀秀家里也通情达理，只要一千五百块的肚疼钱^①。但后来，村子里一些出去打工的人赚了些钱回来。和他同岁的二蛋虽不识字，但脑子活，去城里干起了挨家挨户清洗抽油烟机的活儿，一年下来竟能赚个万把块。前年回来待了一个月，秀秀不知怎的就跟这个二蛋好上了。秀秀一家全是"睁眼瞎"，家里粗糙的干打垒墙壁上，除了贴着一团一团用泥巴和起来的瓜种子，还画着长长短短的道道儿，那是她爹多少年来记的账……秀秀没上过学，但自小对识文断字的人有好感，这是她同他好的主要原因。但二蛋的一瓶廉价香水和一串镀金项链就把这种好感全打消了。"识文断字又不能当饭吃。"秀秀对他说。虽

---

① 西北一些农村地区收彩礼的一个名目，意思是对娘生女儿时肚子疼的补偿。

然他知道识文断字是能当饭吃的，但具体到他身上，吃得确实比二蛋差好远，所以他也说不出什么。秀秀看他那样儿，转身走了，只留下一股让他皲鼻子的香水味。

和二蛋成亲一年后，秀秀生娃儿死了。他还记得那个接生婆，把那些锈不拉叽的刀刀铲铲放到火上烧一烧就用。秀秀可倒霉了，流了很多血，在送镇医院的路上就咽气了。成亲办喜事儿的时候，二蛋花了三万块，那排场在村里真是风光死了，可他怎的就舍不得花点儿钱让秀秀到镇医院去生娃呢？后来他一打听，这花费一般也就二三百，就二三百呀！但村里历来都是这样儿，生娃是从不去医院的，所以没人怪二蛋——秀秀就这命。后来他听说，比起二蛋妈来，她还算幸运。二蛋妈生二蛋时难产，二蛋爹从产婆那儿得知是个男娃，就决定只要娃了。于是，二蛋妈被放到驴子背上，人们又让那驴子一圈圈地走，硬是把二蛋挤出来了。听当时看见的人说，二蛋妈也流了很多血……

想到这里他长出了一口气，笼罩着家乡的愚昧和绝望使他窒息。

但娃们还是有指望的，那些在冬夜寒冷的教室中，盯着烛光照着的黑板的娃们。他就是那蜡烛，不管能点多长时间，发出的光有多亮，他总算是从头点到尾了。

他站起身来继续走，没走多远就拐进了一家书店，城里就是好，还有夜里开门的书店。除了回程的路费，他把身上所有的钱都买了书，以充实他的乡村小学里那小小的图书室。半夜，提着那两捆沉重的书，他踏上了回家的火车。

在距地球 2.6 万光年的远方，在银河系的中心，一场延续了 2 万年的星际战争已接近尾声。

那里的太空中渐渐隐现出一个方形区域，仿佛灿烂的群星的背景被剪出一个方口。这个区域的边长约 10 万千米，区域的内部是一种比周围太空更黑的黑暗，让人感到一种虚空中的虚空。从这黑色的正方形中，开始浮现出一些实体，它们形状各异，都有月球大小，呈耀眼的银色。这些物体越来越多，组成了一个整齐的立方体方阵。这银色的方阵庄严地驶出黑色正方形，两者构成了一幅挂在宇宙永恒墙壁上的镶嵌画，这幅画以绝对黑色的正方形天鹅绒为衬底，由纯净的银光耀眼的白银小构件整齐地镶嵌而成。这又仿佛是一首宇宙交响乐的固化。渐渐地，黑色的正方形消融在星空中，群星填补了它的位置，银色的方阵庄严地悬浮在群星之间。

银河系碳基联邦的星际舰队，完成了本次巡航的第一次时空跃迁。

在舰队的旗舰上，碳基联邦的最高执政官看着眼前银色的金属大地。大地上布满了错综复杂的纹路，像一块无限广阔的银色蚀刻电路板，不时有几艘闪光的水滴状的小艇出现在大地上，沿着纹路以令人目眩的速度行驶几秒，然后无声地消失在一口突然出现的深井中。时空跃迁带过来的太空尘埃被电离，成为一团团发着暗红色光的云，笼罩在银色大地的上空。

最高执政官以冷静著称，他周围那似乎永远波澜不惊的淡蓝色智能场就是他人格的象征，但现在，像周围的人一样，他的智能场也微微泛出黄光。

"终于结束了。"最高执政官的智能场振动了一下，把这个信息传送给站在他两旁的参议员和舰队统帅。

"是啊，结束了。战争的历程太长太长，以致我们都忘记了它的开始。"参议员回答。

这时，舰队开始了亚光速巡航，它们的亚光速发动机同时启动，旗舰周围突然出现了几千个蓝色的太阳，银色的金属大地像一面无限广阔的镜子，把蓝太阳的数量又复制了一倍。

远古的记忆似乎被点燃了，其实，谁能忘记战争的开始呢？这记忆虽然遗传了几百代，但在碳基联邦的万亿公民的脑海中，它仍那么鲜活，那么铭心刻骨。

2万年前的那一时刻，硅基帝国从银河系外围对碳基联邦发动全面进攻。在长达1万光年的战线上，硅基帝国的500多万艘星际战舰同时开始恒星蛙跳。每艘战舰首先借助一颗恒星的能量打开一个时空蛙洞，然后从这个蛙洞时空跃迁至另一颗恒星，再用这颗恒星的能量打开第二个蛙洞继续跃迁……打开蛙洞消耗了恒星大量的能量，使得恒星的光谱暂时向红端移动，当战舰从这颗恒星完成跃迁后，它的光谱渐渐恢复原状。当几百万艘战舰同时进行恒星蛙跳时，所产生的这种效应是十分恐怖的：银河系的边缘出现了一条长达1万光年的红色光带，这条光带向银河系的中心移过来。这个景象在光速视界是看不到的，但在超空间监视器上能显示出来。那条由变色恒星组成的红带，如同一道1万光年长的血潮，向碳基联邦的疆域涌来。

碳基联邦最先接触硅基帝国攻击前锋的是绿洋星，这颗美丽的行星围绕着双星（一对恒星）运行，它的表面全部被海洋覆盖。那生机盎然的海洋中漂浮着由柔软的长藤植物构成的森林，温和美丽、身体晶莹透明的绿洋星人在这海中的绿色森林间轻盈地游动，创造了绿洋星伊甸园般的文明。突然，几万道刺目的光束从天而降，硅基帝国舰队开始用激光蒸发绿洋星的海洋。在很短的时间内，绿洋星变成了一口沸腾的大锅，这颗行星上包括 50 亿绿洋星人在内的所有生物在沸水中极度痛苦地死去，它们被煮熟的有机质使整个海洋变成了绿色的浓汤。最后，海洋全部蒸发了，昔日美丽的绿洋星变成了一颗由厚厚蒸汽包裹着的地狱般的灰色行星。

这是一场几乎波及整个银河系的星际大战，是银河系中碳基和硅基文明之间惨烈的生存竞争，但双方谁都没有料到战争会持续 2 万银河年！

现在，除了历史学家，谁也记不清有百万艘以上战舰参加的大战役有多少次了。规模最大的一次超级战役是第二旋臂战役，战役在银河系第二旋臂中部进行，双方投入了上千万艘星际战舰。据历史记载，在那广漠的战场上，被引爆的超新星就达 2000 多颗，那些超新星像第二旋臂中部黑暗太空中怒放的焰火，使那里变成超强辐射的海洋，只有一群群幽灵似的黑洞漂行于其间。战役的最后，双方的星际舰队几乎同归于尽。1.5 万年过去了，第二旋臂战役现在听起来就像上古时代缥缈的神话，只有那仍然存在的古战场证明它确实发生过。但很少有飞船真正进入过古战场，那里是银河系中最恐怖的区域，这并不仅仅是因为辐射和黑洞。当时，双方数量多得难以想象的战舰群为了进行战术机动，进行了大量的超短距离时空跃迁，据说当时的一些星际歼击机，在空间格斗时，时空跃迁的距离竟短到令人难以置信的几千米！这样就把古战场的时空结构搞得千疮百孔，像一块内部被老鼠钻了无数长洞的大乳酪。飞船一旦误入这个区域，可能在一瞬间被畸变的空间扭成一根细长的金属绳，或压成一张面积有几亿平方千米、但厚度只有几个原子的薄膜，立刻被辐射狂风撕得粉碎。但更为常见的是飞船变为建造它们时的一块块钢板，或者立刻老得只剩下一个破旧的外壳，内部的一切都变成古老的灰尘。人在这里也可能瞬间回到胚胎状态或变成一堆白骨……

　　但最后的决战不是神话，它就发生在一年前。在银河系第一和第二旋臂之间的荒凉太空中，硅基帝国集结了最后的力量，这支由150万艘星际战舰组成的舰队在自己周围构筑了半径1000光年的反物质云屏障。碳基联邦投入攻击的第一个战舰群刚完成时空跃迁就陷入了反物质云中。反物质云十分稀薄，但对战舰具有极大的杀伤力，碳基联邦的战舰立刻变成一个个刺目的火球，但它们仍奋勇冲向目标。每艘战舰都拖着长长的火尾，在后面留下一条发着荧光的航迹，这由30多万颗火流星组成的阵列形成了碳硅战争中最为壮观、最为惨烈的画面。在反物质云中，这些火流星渐渐缩小，最后在距硅基帝国战舰阵列很近的地方消失了，但它们用自己的牺牲为后续的攻击舰队在反物质云中打开了一条通道。在这场战役中，硅基帝国最后的舰队被赶到了银河系最荒凉的区域：第一旋臂的顶端。

　　现在，这支碳基联邦舰队将完成碳硅战争中最后一项使命：他们将在第一旋臂的中部建立一条500光年宽的隔离带，隔离带中的大部分恒星将被摧毁，以制止硅基帝国的恒星蛙跳。恒星蛙跳是银河系中大吨位战舰进行远距离快速攻击的唯一途径，而一次蛙跳的最大距离是200光年。隔离带一旦建立，硅基帝国的重型战舰要想进入银河系中心区域，只能以亚光速跨越这 500 光年的距离，这样，硅基帝国实际上就被禁锢在第一旋臂顶端，再也无法对银河系中心区域的碳基文明构成任何严重威胁。

"我带来了联邦议会的意愿，"参议员用振动的智能场对最高执政官说，"他们仍然强烈建议：在摧毁隔离带中的恒星前，对它们进行生命级别的保护甄别。"

"我理解议会。"最高执政官说，"在这场漫长的战争中，各种生命流出的血足够形成上千颗行星的海洋了，战后，银河系中最迫切需要重建的是对生命的尊重。这种尊重不仅是对碳基生命的，也是对硅基生命的，正是基于这种尊重，碳基联邦才没有彻底消灭硅基文明。但硅基帝国并没有这种对生命的感情，如果说碳硅战争之前，战争和征服对于它们还仅仅是一种本能和乐趣的话，现在这种东西已根植于它们的每个基因和每行代码之中，成为它们生存的终极目的。由于硅基生物对信息的存储和处理能力大大高于我们，可以预测，硅基帝国在第一旋臂顶端的恢复和发展将是神速的，所以我们必须在碳基联邦和硅基帝国之间建成足够宽的隔离带。在这种情况下，对隔离带中数以亿计的恒星进行生命级别的保护甄别是不现实的。第一旋臂虽属银河系中最荒凉的区域，但其带有生命行星的恒星数量仍可能达到蛙跳密度，这种密度足以使中型战舰进行蛙跳，而即使只有一艘硅基帝国的中型战舰闯入碳基联邦的疆域，可能造成的破坏也是巨大的。所以，在隔离带中只能进行文明级别的甄别。我们不得不牺牲隔离带中某些恒星周围的低级生命，是为了拯救银河系中更多的高级和低级生命。这一点我已向议会说明。"

参议员说："议会也理解您和联邦防御委员会，所以我带来的只是建议，而不是立法。但隔离带中，周围已形成 3C 级以上文明的恒星必须被保护。"

"这一点无须置疑，"最高执政官的智能场闪现出坚定的红色，"对隔离带中带有行星的恒星的文明检测将是十分严格的！"

舰队统帅的智能场第一次发出信息："其实我觉得你们多虑了，第一旋臂是银河系中最荒凉的荒漠，那里不会有 3C 级以上文明的。"

"但愿如此。"最高执政官和参议员同时发出了这个信息，他们智能场的共振使一道弧形的等离子体波纹向银色金属大地的上空扩散开去。

舰队开始了第二次时空跃迁，以近乎无限的速度奔向银河系的第一旋臂。

夜深了，烛光中，全班的娃围在老师的病床前。

"老师歇着吧，明儿个讲也行的。"一个男娃说。

他艰难地苦笑了一下："明儿个有明儿个的课。"

他想，如果真能拖到明天当然好，那就再讲一堂课，但直觉告诉他怕是不行了。

他做了个手势，一个娃把一块小黑板放到他胸前的被单上，这最后一个月，他就是这样把课讲下来的。他用软弱无力的手接过娃递过来的半截粉笔，吃力地把粉笔头放到黑板上，这时又是一阵剧痛袭来，手颤抖了几下，粉笔嗒嗒地在黑板上敲出了几个白点儿。从省城回来后，他再也没去过医院。两个月后，他的肝部疼了起来，他知道癌细胞已转移到那儿了。这种疼痛越来越厉害，最后变成了压倒一切的痛苦。他一只手在枕头下摸索着，找出了一些止痛片，是最常见的用塑料长条包装的那种。对于癌症晚期的剧痛，这药已经没有任何作用，可能是由于精神暗示，他吃了后总觉得好一些。杜冷丁倒是也不算贵，但医院不让带出来用，就是带回来也没人给他注射。他像往常一样从塑料条上取下两片药来，但想了想，便把剩下的12片全剥出来，一把吞了下去，他知道以后再也用不着了。他又挣扎着想向黑板上写字，但头突然偏向一边，一个娃赶紧把盆接到他嘴边，他吐出了一口黑红的血，然后虚弱地靠在枕头上喘息着。

娃们中传出了低低的抽泣声。

他放弃了在黑板上写字的努力，无力地挥了一下手，让一个娃把黑板拿走。他开始说话，声音如游丝一般。

"今天的课同前两天一样，也是初中的课。这本来不是教学大纲上要求的，我是想到，你们中的大部分人，这一辈子永远也听不到初中的课了，所以我最后讲一讲，也让你们知道稍深一些的学问是什么样子。昨天讲了鲁迅的《狂人日记》，你们肯定不大懂，不管懂不懂都要多看几遍，最好能背下来，等长大了，总会懂的。鲁迅是个很了不起的人，他的书每一个中国人都应该读读的，你们将来也一定找来读读。"

他累了，停下来喘息着歇歇，看着跳动的烛光，鲁迅写下的几段文字在他的脑海中浮现出来。那不是《狂人日记》中的，课本上没有，他是从自己那套本数不全、已经翻烂的《鲁迅全集》上读到的，许多年前读第一遍时，那些文字就深深地刻在他脑子里了：

假如一间铁屋子，是绝无窗户而万难破毁的，里面有许多熟睡的人们，不久都要闷死了，然而是从昏睡入死灭，并不感到就死的悲哀。现在你大嚷起来，惊起了较为清醒的几个人，使这不幸的少数者来受无可挽救的临终的苦楚，你倒以为对得起他们么？

然而几个人既然起来，你不能说决没有毁坏这铁屋的希望。

他用尽最后的力气，接着讲下去。

"今天我们讲初中物理。物理你们以前可能没有听说过，它讲的是物质世界的道理，是一门很深很深的学问。

"这课讲牛顿三定律。牛顿是从前英国的一个大科学家，他说了三句话，这三句话很神的，它们把人间、天上所有的东西的规律都包括进去了，上到太阳月亮，下到流水刮风，都跑不出这三句话划定的圈圈。用这三句话，可以算出什么时候日食，就是村里老人说的天狗吃太阳，一分一秒都不差的；人飞上月球，也要靠这三句话。这就是牛顿三定律。

"下面讲第一定律：当一个物体没有受到外力作用时，它将保持静止或匀速直线运动不变。"

娃们在烛光中默默地看着他，没有反应。

"就是说，你猛推一下谷场上那个石碾子，它就一直滚下去，滚到天边也不停下来。宝柱，你笑什么？是啊，它当然不会那样，这是因为有摩擦力，摩擦力让它停下来，这世界上，没有摩擦力的环境可是没有的……"

是啊，他人生的摩擦力就太大了。在村里他是外姓人，本来就没什么分量，加上他这个倔脾气，这些年来把全村人都得罪了。他挨家挨户拉人家的娃入学，跑到县里，把跟着爹做买卖的娃拉回来上学，拍着胸脯保证垫学费……这一切并没有赢得多少感激。关键在于，他对过日子的看法同周围人太不一样，成天想的、说的，都是些不着边际的事，这是最让人讨厌的。在他查出病来之前，他曾跑到县里，居然从教育局跑回一笔维修学校的款子。村子里只拿出了一小部分，想过节请个戏班子唱两天戏，结果让他搅了，他愣从县里拉了个副县长来，让村里把钱拿回来，可当时戏台子都搭好了。学校倒是修了，但他扫了全村人的兴，以后的日子更难过：先是村里的电工——村主任的侄子，把学校的电掐了，接着做饭取暖用的秸秆村里也不给了，害得他扔下自个儿的地不种，一人上山打柴，更别提后来拆校舍的房椽子那事了……这些摩擦力无所不在，让他心力交瘁，让他无法做匀速直线运动，他不得不停下来了。

也许，他就要去的那个世界是没有摩擦力的，那里的一切都是光滑可爱的，但那有什么意义？在那边，他的心仍留在这个充满灰尘和摩擦力的世界上，留在这所他倾注了全部生命的乡村小学里。他不在了以后，剩下的两个教师也会离去，这所他用力推了一辈子的小学校就会像谷场上那个石碾子一样停下来。他陷入深深的悲哀，但无论在这个世界或是那个世界，他都无力回天。

"牛顿第二定律比较难懂，我们最后讲，下面先讲牛顿第三定律：当一个物体对第二个物体施加一个力，这第二个物体也会对第一个物体施加一个力，这两个力大小相等、方向相反。"

娃们又陷入了长时间的沉默。

"听懂了没？谁说说？"

班上学习最好的赵拉宝说："我知道是啥意思，可总觉得说不通：晌午我和李权贵打架，他把我的脸打得那么痛，肿起来了，所以作用力应该不相等才对，我受的肯定比他大嘛！"

喘息了好一会儿，他才解释说："你痛是因为你的腮帮子比权贵的拳头软，它们相互的作用力还是相等的……"

他想用手比画一下，但手已抬不起来了，他感到四肢像铁块一样沉，这沉重感很快扩展到全身，他感到自己的躯体像要压塌床板，陷入地下似的。

时间不多了。

"目标编号：1033715，绝对目视星等：3.5，演化阶段：主星序偏上，发现两颗行星，平均轨道半径分别为 1.3 和 4.7 个距离单位，在一号行星上发现生命。这是红 69012 舰报告。"

碳基联邦星际舰队的 10 万艘战舰目前已散布在一条长 1 万光年的带状区域中，这就是正在建立的隔离带。工程刚刚开始，只是试验性地摧毁了 5000 颗恒星，其中带有行星的只有 137 颗，而行星上有生命的这是第一颗。

"第一旋臂真是个荒凉的地方啊。"最高执政官感叹道。他的智能场振动了一下，用全息图隐去了脚下的旗舰和上方的星空，使他、舰队统帅和参议员悬浮于无际的黑色虚空中。接着，他调出了探测器发回的图像：虚空中出现了一个发着蓝光的火球。最高执政官的智能场产生了一个白色的方框，那方框调整大小，圈住了这颗恒星并把它的图像隐去了。他们于是又陷入无边的黑暗之中，但这黑暗中有一个小小的黄色光点，图像的焦距开始大幅度调整，行星的图像以令人目眩的速度推向前来，很快占满了半个虚空，三个人都沉浸在它反射的橙黄色光芒中。

这是一颗被浓密大气包裹着的行星，在它那橙黄色的气体海洋上，汹涌的大气运动描绘出了极端复杂的不断变幻的线条。行星图像继续移向前来，直到占据了整个宇宙，三个人被橙黄色的气体海洋吞没了。探测器带着他们在这浓雾中穿行，很快雾气稀薄了一些，他们看到了这颗行星上的生命。

那是一群在浓密大气上层飘浮的气球状生物，表面有着美丽的花纹，那花纹不停在变幻着色彩和形状，时而呈条纹状，时而呈斑点状，不知这是不是一种可视语言。每个气球都有一条长尾，那长尾的尾端不时炫目地闪烁一下，光沿着长尾传到气球上，化为一片弥漫的荧光。

"开始四维扫描！"红 69012 舰上的一名上尉值勤军官说。

一束极细的波束开始从上至下飞快地扫描那群气球。这束波只有几个原子粗细，但它的波管内的空间维度比外部宇宙多一维。扫描数据传回舰上，在主计算机的内存中，那群气球被切成了几亿亿个薄片，每个薄片的厚度只有一个原子的尺度，在这个薄片上，每个夸克的状态都被精确地记录下来。

"开始数据镜像组合！"

主计算机的内存中，那几亿亿个薄片按原有顺序叠加起来，很快，组合成一群虚拟气球，在计算机内部广漠的数字宇宙中，这个行星上的那群生物体有了精确的复制品。

"开始 3C 文明测试！"

在数字宇宙中，计算机敏锐地定位了气球的思维器官，它是悬在气球内部错综复杂的神经丛中间的一个椭圆体。计算机在瞬间分析了这个大脑的结构，并越过所有低级感官，直接同它建立了高速信息接口。

文明测试是从一个庞大的数据库中任意地选取试题，测试对象如果能答对其中三道，则测试通过；如果头三道题没有答对，测试者有两种选择：可以认为测试没有通过，或者继续测试，题数不限，直到被测试者答对的题数达到三道，这时可认为其通过测试。

"3C 文明测试试题 1 号：请叙述你们已探知的组成物质的最小单元。"

"嘀嘀，嘟嘟嘟，嘀嘀嘀嘀。"气球回答。

"1 号试题测试未通过。3C 文明测试试题 2 号：你们观察到物体中热能的流向有什么特点？这种流向是否可逆？"

"嘟嘟嘟，嘀嘀，嘀嘀嘟嘟。"气球回答。

"2 号试题测试未通过。3C 文明测试试题 3 号：圆的周长和它的直径之比是多少？"

"嘀嘀嘀嘀嘟嘟嘟嘟嘟。"气球回答。

"3 号试题测试未通过。3C 文明测试试题 4 号……"

"到此为止吧，"当测试题数达到十道时，最高执政官说，"我们的时间不多了。"他转身对旁边的舰队统帅示意了一下。

"发射奇点炸弹！"舰队统帅命令。

奇点炸弹实际上是没有大小的，它是一个严格意义上的几何点，一个原子同它相比都是无穷大，虽然最大的奇点炸弹质量有上百亿吨，最小的也有几千万吨。但当一颗奇点炸弹沿着长长的导轨从红69012舰的武器舱中滑出时，却可以看到一个直径达几百米的发着幽幽荧光的球体，这荧光是周围的太空尘埃被吸入这个微型黑洞时产生的辐射。同那些恒星引力坍缩形成的黑洞不同，这些小黑洞在宇宙创世之初就形成了，它们是大爆炸前的奇点宇宙的微缩模型。碳基联邦和硅基帝国都有庞大的船队，它们游弋在银河系银道面外的黑暗荒漠中搜集这些微型黑洞，一些海洋行星上的种群把它们戏称为"远洋捕鱼船队"，而这些船队带回的东西，是银河系中最具威慑力的武器之一，是迄今为止唯一能够摧毁恒星的武器。

奇点炸弹脱离导轨后，沿一条由母舰发出的力场束加速，直奔目标恒星。过了不长的一段时间，这"颗"灰尘似的黑洞高速射入了恒星表面火的海洋。只要想象在太平洋的中部突然出现一口半径100千米的深井，就可以大概把握这时的情形。巨量的恒星物质开始被吸入黑洞，那汹涌的物质洪流从所有方向汇聚到一点并消失在那里，物质被吸入时产生的辐射在恒星表面产生一团刺目的光球，仿佛恒星戴上了一枚光彩夺目的钻石戒指。随着黑洞向恒星内部沉下去，光团暗淡下来，可以看到它处于一个直径达几百万千米的大旋涡正中，那巨大的旋涡散射着光团的强光，缓缓转动着，呈现出飞速变幻的色彩，使恒星从这个方向看去仿佛是一张狰狞的巨脸。很快，光团消失了，旋涡渐渐消失，恒星表面似乎又恢复了它原来的色彩和光度。但这只是毁灭前最后的平静，随着黑洞向恒星中心下沉，这个贪婪的饕餮更疯狂地吞食周围密度急剧增高的物质，它在一秒内吸入的恒星物质总量可能有上百个中等行星。黑洞巨量吸入时产生的超强辐射向恒星表面蔓延，由于恒星物质的阻滞，只有一小部分到达了表面，但其余的辐射把它们的能量留在了恒星内部，这能量快速破坏着恒星的每一个细胞，从整体上把它飞快地拉离平衡态。从外部看，恒星的色彩在缓缓变化，由浅红色变为明黄色，从明黄色变为鲜艳的绿色，从绿色变为如洗的碧蓝色，从碧蓝色变为恐怖的紫色。这时，在恒星中心的黑洞产生的辐射能已远远大于恒星本身辐射的能量，随着更多的能量以非可见光形式溢出恒星，紫色渐渐加深，这颗恒星看上去像太空中一个在忍受着超强痛苦的灵魂，这痛苦在急剧增强，紫色已深到了极限，这颗恒星用不到一个小时的时间就走完了它未来几十亿年的旅程。

　　一团似乎吞没整个宇宙的强光闪起，然后慢慢消失，在原来恒星所在的位置上，可以看到一个急剧膨胀的薄球层，像一个被吹大的气球，这是被炸飞的恒星表面。随着薄球层体积的增大，它变得透明了，可以看到它内部的第二个膨胀的薄球层，然后又可以看到更深处的第三个薄球层……这颗爆炸中的恒星，就像宇宙中突然显现的一个套一个的一组玲珑剔透的镂花玻璃球，其中最深处的一个薄球层的体积也是恒星原来体积的几十万倍。当爆炸的恒星的第一层膨胀外壳穿过那颗橙黄色行星时，行星立刻被汽化了。其实，在这整个爆炸的壮丽场景中，根本就看不到它，同那膨胀的恒星外壳相比，它只是一粒微不足道的灰尘，其大小甚至不能成为那几层镂花玻璃球上的一个小点儿。

人类思想实验室

刘慈欣 中短篇小说集

"你们感到消沉？"舰队统帅问。他看到最高执政官和参议员的智能场暗下来了。

"又一个生命世界毁灭了，像烈日下的露珠。"

"那您就想想伟大的第二旋臂战役，当2000多颗超新星被引爆时，有12万个这样的世界同碳硅双方的舰队一起化为蒸气。阁下，时至今日，我们应该超越这种无谓的多愁善感了。"

参议员没有理会舰队统帅的话，而是对最高执政官说："这种对行星表面取随机点的检测方式是不可靠的，可能漏掉行星表面的文明特征，我们应该进行面积检测。"

最高执政官说："这一点我也同议会讨论过，在隔离带中我们要摧毁的恒星有上亿颗，这其中估计有1000万个行星系，行星数量可能达5000万颗，我们时间紧迫，对每颗行星都进行面积检测是不现实的。我们只能尽量加宽检测波束，以增大随机点覆盖的面积，除此之外，只能祈祷隔离带中那些可能存在的文明在其星球表面的分布尽量均匀了。"

"下面我们讲牛顿第二定律……"

他心急如焚，极力想在有限的时间里给娃们多讲一些。

"一个物体的加速度，与它所受的力成正比，与它的质量成反比。首先，加速度，这是速度随时间的变化率，它与速度是不同的，速度大，加速度不一定大，加速度大，速度也不一定大。比如：一个物体现在的速度是110米每秒，2秒后的速度是120米每秒，那么它的加速度就是120减110除以2——5米每秒，呵，不对，是5米每秒的平方；另一个物体现在的速度是10米每秒，2秒后的速度是30米每秒，那么它的加速度就是 30 减 10 除以 2——10 米每秒的平方。看，后面这个物体虽然速度小，但加速度大！呵，刚才说到平方，平方就是一个数自个儿乘自个儿……"

他惊奇自己的头脑如此清晰，思维如此敏捷，他知道，自己生命的蜡烛已燃到根上，棉芯倒下了，把最后的一小块蜡全部引燃了，一团比以前的烛苗亮十倍的火焰熊熊燃烧起来。剧痛消失了，身体也不再沉重，其实他已感觉不到身体的存在，他的全部生命似乎只剩下那个在疯狂运行的大脑。那个悬在空中的大脑竭尽全力，尽量多、尽量快地把自己存储的信息输出给周围的娃们，但说话是个该死的瓶颈，他知道来不及了。他产生了一个幻象：一把水晶样的斧子把自己的大脑无声地劈开，他一生中积累的那些知识——虽不是很多，但他很看重的——像一把发光的小珠子毫无保留地落在地上，发出一阵悦耳的叮当声，娃们像见到过年的糖果一样抢那些小珠子，抢得撅成一堆……这幻象让他有一种幸福的感觉。

"你们听懂了没？"他焦急地问，他的眼睛已经看不到周围的娃们，但还能听到他们的声音。

"我们懂了！老师快歇着吧！"

他感觉到那团最后的火焰在弱下去："我知道你们不懂，但你们把它背下来，以后慢慢会懂的。一个物体的加速度，与它所受的力成正比，与它的质量成反比。"

"老师，我们真懂了，求求你快歇着吧！"

他用尽最后的力气喊道："背呀！"

娃们抽泣着背了起来："一个物体的加速度，与它所受的力成正比，与它的质量成反比。一个物体的加速度，与它所受的力成正比，与它的质量成反比……"

这几百年前就在欧洲化为尘土的卓越头脑产生的思想，以浓重西北方言的童音在 20 世纪中国最偏僻的山村中回荡，就在这声音中，那烛苗灭了。

娃们围着老师已没有生命的躯体大哭起来。

"目标编号：500921473，绝对目视星等：4.71，演化阶段：主星序正中，带有八颗行星。这是蓝 84210 号舰报告。"

"一个精致完美的行星系。"舰队统帅赞叹。

最高执政官很有同感："是的，它的固态小体积行星和气液态大体积行星的配置很有韵律感，小行星带的位置恰到好处，像一条美妙的装饰链。还有最外侧那颗小小的甲烷冰矮行星，似乎是这首音乐最后一个余音未尽的音符，暗示着某种新周期的开始。"

"这是蓝 84210 号舰，将对最内侧 1 号行星进行生命检测，检测波束发射。该行星没有大气，自转缓慢，温差悬殊。1 号随机点检测，白色结果；2 号随机点检测，白色结果……10 号随机点检测，白色结果。蓝 84210 号舰报告，该行星没有生命。"

舰队统帅不以为意地说："这颗行星的表面温度可以当冶炼炉了，没必要浪费时间。"

"开始 2 号行星生命检测，波束发射。该行星有稠密大气，表面温度较高且均匀，大部为酸性云层覆盖。1 号随机点检测，白色结果；2 号随机点检测，白色结果……10 号随机点检测，白色结果。蓝 84210 号舰报告，该行星没有生命。"

通过四维通信，最高执政官对 1000 光年之外的蓝 84210 号舰上的值勤军官说："直觉告诉我，3 号行星有生命的可能性很大，在它上面检测 30 个随机点。"

"阁下，我们时间很紧了。"舰队统帅说。

"照我说的做。"最高执政官坚定地说。

"是，阁下。开始 3 号行星生命检测，波束发射。该行星有中等密度的大气，表面大部为海洋覆盖……"

来自太空的生命检测波束落到了亚洲大陆靠南一些的一点上，波束在地面上形成了一个直径约 5000 米的圆形。如果是在白天，用肉眼有可能觉察到波束的存在，因为当波束到达时，在它的覆盖范围内，一切无生命的物体都将变成透明状态。现在它覆盖的中国西北的这片山区，那些黄土山在观察者的眼里将如同水晶的山脉，阳光在这些山脉中折射，将是一幅十分奇异壮观的景象，观察者还会看到脚下的大地也变成深不可测的深渊；而被波束判断为有生命的物体则保持原状态不变，人、树木和草在这水晶世界中显得格外清晰醒目。但这效应只持续了半秒，这期间检测波束完成初始化，之后一切恢复原状。观察者肯定会认为自己产生了一瞬间的幻觉。而现在，这里正是深夜，自然难以觉察到什么了。

这所乡村小学，正好位于检测波束圆形覆盖区的圆心上。

"1 号随机点检测，结果……绿色结果，绿色结果！蓝 84210 号舰报告，目标编号：500921473，第 3 号行星发现生命！"

检测波束对覆盖范围内的众多种类生命体进行分类，在以生命结构的复杂度和初步估计的智能等级进行排序的数据库中，在一个方形掩蔽物下的那一簇生命体排在首位。于是，波束迅速收缩，汇聚到那座掩蔽物上。

最高执政官的智能场接收到从蓝84210号舰上发回的图像，并把它放大到整个太空背景上，那所乡村小学的影像在瞬间占据了整个宇宙。图像处理系统已经隐去了掩蔽物，但那簇生命体的图像仍不清晰，这些生命体的外形太不醒目了，几乎同周围行星表面的以硅元素为主的黄色土壤融为一体。计算机只好把图像中所有的无生命部分，包括这些生命体中间的那具体形较大的已没有生命的躯体，全部隐去，这样那一簇生命体就仿佛悬浮在虚空之中。即使如此，他们看上去仍是那么平淡和缺乏色彩，像一簇黄色的植物，一看就知是那种在他们身上不会发生任何奇迹的生物。

一束纤细的四维波束从蓝84210号舰发射，这艘有一个月球大小的星际战舰正停泊在木星轨道之外，使太阳系暂时多了一颗行星。那束四维波束在三维太空中以接近无限的速度到达地球，穿过那所乡村小学校舍的屋顶，以基本粒子的精度对这18个孩子进行扫描。数据的洪流以人类难以想象的速率传回太空，很快，在蓝84210号舰主计算机那比宇宙更广阔的内存中，孩子们的数字复制体形成了。

18个孩子悬浮在一个无际的空间里，那空间呈一种无法形容的色彩，实际上那不是色彩，虚无是没有色彩的，虚无是透明中的透明。孩子们都不由地想拉住旁边的伙伴，他们看上去很正常，但手从他们身体里毫无阻力地穿过去了。孩子们感到了难以形容的恐惧。计算机觉察到了这一点，它认为这些生命体需要一些熟悉的东西，于是在自己的内存宇宙的这一部分模拟出了这颗行星天空的颜色。孩子们立刻看到了蓝天，没有太阳，没有云，更没有浮尘，只有蓝色，那么纯净，那么深邃。孩子们的脚下没有大地，也是与头顶一样的蓝天，他们似乎置身于一个无限的蓝色宇宙中，而他们是这宇宙中唯一的实体。计算机感觉到，这些数字生命体仍然处于惊恐中，它用亿分之一秒想了想，终于明白了：银河系中大多数生命体并不惧怕悬浮于虚空之中，但这些生命体不同，他们是大地上的生物。于是它给了孩子们一个大地，并给了他们重力感。孩子们惊奇地看着脚下突然出现的大地，它是纯白色的，上面有黑线画出的整齐方格，他们仿佛站在一本无限广阔的语文作业本上。他们中有人蹲下来摸摸地面，这是他们见过的最光滑的东西。他们迈开双脚走，但原地不动，这地面是绝对光滑的，摩擦力为零，他们很惊奇自己为什么不会滑倒。这时，有个孩子脱下自己的一只鞋子，沿着地面扔出去，那鞋子以匀速直线运动向前滑去，孩子们呆呆地看着它以恒定的速度渐渐远去。

他们看到了牛顿第一定律。

有一个声音，空灵而悠扬，在这数字宇宙中回荡。

"开始 3C 文明测试，3C 文明测试试题 1 号：请叙述你所在星球生物进化的基本原理，是自然淘汰型还是基因突变型？"

孩子们茫然地沉默着。

"3C 文明测试试题 2 号：请简要说明恒星能量的来源。"

孩子们茫然地沉默着。

……

"3C 文明测试试题 10 号：请说明构成你们星球上海洋

的液体的分子构成。"

孩子们仍然茫然地沉默着。

那只鞋在遥远的地平线处变成一个小黑点消失了。

"到此为止吧!"在 1000 光年之外,舰队统帅对最高执政官说,"不能再耽误时间了,否则我们肯定不能按时完成第一阶段的任务。"

最高执政官的智能场发出了微弱的表示同意的振动。

"发射奇点炸弹!"

载有命令信息的波束越过四维空间,瞬间到达了停泊在太阳系中的蓝 84210 号舰。那个发着幽幽荧光的雾球滑出了战舰前方长长的导轨,沿着看不见的力场束急剧加速,向太阳扑去。

最高执政官、参议员和舰队统帅把注意力转向了隔离带的其他区域,那里,又发现了几个有生命的行星系,但其中最高级的生命是一种生活在泥浆中的无脑蠕虫。接连爆炸的恒星像宇宙中怒放的焰火,使他们想起了史诗般的第二旋臂战役。

不知过了多长时间,最高执政官智能场的一小部分下意识地游移到太阳系,他听到了蓝 84210 号舰舰长的声音:

"准备脱离爆炸威力圈,时空跃迁准备,30 秒倒数!"

"等一下,奇点炸弹到达目标还需多长时间?"最高执政官问,舰队统帅和参议员的注意力也被吸引过来。

"它正越过内侧 1 号行星的轨道,大约还有 10 分钟。"

"用 5 分钟时间,再进行一些测试吧。"

"是,阁下。"

接着,听到了蓝 84210 号舰值勤军官的声音:"3C 文明测试试题 11 号：一个三维平面上的直角三角形，它的三条边的关系是什么？"

沉默。

"3C 文明测试试题 12 号：你们的星球是你们行星系的第几颗行星？"

沉默。

"这没有意义，阁下。"舰队统帅说。

"3C 文明测试试题 13 号：当一个物体没有受到外力作用时，它的运行状态如何？"

数字宇宙广漠的蓝色空间中突然响起了孩子们清脆的声音："当一个物体没有受到外力作用时，它将保持静止或匀速直线运动不变。"

"3C 文明测试试题 13 号通过！3C 文明测试试题 14 号……"

"等等！"参议员打断了值勤军官，"下一道试题也出关于低速力学基本定律的。"他又问最高执政官，"这不违反测试准则吧？"

"当然不，只要是测试数据库中的试题。"舰队统帅代为回答，这些令他大感意外的生命体把他的注意力全部吸引过来了。

"3C 文明测试试题 14 号：请叙述相互作用的两个物体间力的关系。"

孩子们说："当一个物体对第二个物体施加一个力，这第二个物体也会对第一个物体施加一个力，这两个力大小相等、方向相反！"

"3C 文明测试试题 14 号通过！3C 文明测试试题 15 号：对一个物体，请说明它的质量、所受外力和加速度之间的关系。”

孩子们齐声说：“一个物体的加速度，与它所受的力成正比，与它的质量成反比！”

“3C文明测试试题15号通过，文明测试通过！确定目标恒星500921473的3号行星上存在3C级文明。”

“奇点炸弹转向！脱离目标！”最高执政官的智能场急剧闪动着，用最大的能量通过超空间把命令传送到蓝84210号舰上。

在太阳系，推送奇点炸弹的力场束弯曲了，这根长几亿千米的力场束此时像一根弓起的长杆，努力把奇点炸弹挑离射向太阳的轨道。蓝84210号舰上的力场发动机以最大功率工作，巨大的散热片由暗红色变为耀眼的白炽色。力场束向外的推力分量开始显示出效果，奇点炸弹的轨道开始弯曲，但它已越过水星轨道，距太阳太近了，谁也不知道这努力是否能成功。通过超空间直播，全银河系都在盯着那个模糊的雾团的轨迹，并看到它的亮度急剧增大。这是一个可怕的迹象，说明炸弹已能感受到太阳外围空间粒子密度的增大。舰长的手已放到了那个红色的时空跃迁启动按钮上，以便在奇点炸弹击中太阳前的一刹那脱离这个空间。但奇点炸弹最终像一颗子弹一样擦过太阳的边缘。当它以仅几万米的高度掠过太阳表面上空时，由于黑洞吸入太阳大气中大量的物质，亮度增到最大，使得太阳边缘出现了一个刺眼的蓝白色光球。光球与太阳在这一刻看上去像一个紧密的双星系统，这奇观对人类将一直是个难解的谜。蓝白色光球飞速掠过时，下面太阳浩瀚的火海黯然失色。像一艘快艇掠过平静的水面，黑洞的引力在太阳表面划出了一道V形的划痕，这划痕扩展到太阳的整个半球才消失。

奇点炸弹撞断了一条日珥，这条从太阳表面升起的百万千米长的美丽轻纱，在高速冲击下碎成一群欢快舞蹈着的小小的等离子体旋涡……奇点炸弹掠过太阳后，亮度很快降下来，最后消失在茫茫太空的永恒之夜中。

"我们险些毁灭了一个碳基文明。"参议员长出一口气说。

"真是不可思议，在这么荒凉的地方竟会存在 3C 级文明！"舰队统帅感叹说。

"是啊，无论是碳基联邦，还是硅基帝国，其文明扩展和培植计划都不包括这一区域，如果这是一个自己进化的文明，那可是一件很不寻常的事。"最高执政官说。

"蓝 84210 号舰，你们继续留在那个行星系，对 3 号行星进行全表面文明检测，你舰后面的任务将由其他舰只接替。"舰队司令命令道。

同他们在木星轨道之外的数字复制体不一样，乡村小学中的那些娃丝毫没有觉察到什么，在那间校舍里的烛光下，他们只是围着老师的遗体哭啊哭。不知哭了多长时间，娃们最后安静下来。

"咱们去村里告诉大人吧。"郭翠花抽泣着说。

"那又咋的？"刘宝柱低着头说，"老师活着时村里的人都腻歪他，这会儿肯定连棺材钱都没人给他出呢！"

最后，娃们决定自己掩埋自己的老师。他们拿了锄头、铁锹，在学校旁边的山地上开始挖墓坑，灿烂的群星在整个宇宙中静静地看着他们。

"天啊！这颗行星上的文明不是 3C 级，是 5B 级！"看着蓝 84210 号舰从 1000 光年之外发回的检测报告，参议员惊呼起来。

人类城市的摩天大楼群的影像在旗舰上方的太空中显现。

"他们已经开始使用核能，并用化学推进方式进入太空，甚至已登上了他们所在行星的卫星。"

"他们的基本特征是什么？"舰队统帅问。

"您想知道哪些方面？"蓝 84210 号舰上的值勤军官问。

"比如，这颗行星上的生命体记忆遗传的等级是多少？"

"他们没有记忆遗传，所有记忆都是后天取得的。"

"那么，他们的个体相互之间的信息交流方式是什么？"

"极其原始，也十分罕见。他们身体内有一种很薄的器官，这种器官在这颗行星以氧、氮为主的大气中振动时可产生声波，同时把要传输的信息调制到声波之中，接收方也用一种薄膜器官从声波中接收信息。"

"以这种方式信息传输的速率是多大？"

"每秒 1 至 10 比特。"

"什么？"旗舰上听到这话的所有人都大笑起来。

"真的是每秒 1 至 10 比特，我们开始也不相信，但反复核实过。"

"上尉，你是个白痴吗？"舰队统帅大怒，"你是想告诉我们，一种没有记忆遗传，相互间用声波进行信息交流，并且是以令人难以置信的每秒 1 至 10 比特的速率进行交流的物种，能创造出 5B 级文明？而且这种文明是在没有任何外部高级文明培植的情况下自行进化的？"

"但，阁下，确实如此。"

"但在这种状态下，这个物种根本不可能在每代之间积累和传递知识，而这是文明进化所必需的！"

"他们中有一类个体，有一定数量，分布于这个种群的各个角落，这类个体充当两代生命体之间知识传递的媒介。"

"听起来像神话。"

"不，"参议员说，"在银河文明的太古时代，确实有过这个概念，但即使在那时也极其罕见，除了我们这些星系文明进化史的专业研究者，很少有人知道。"

"你是说那种在两代生命体之间传递知识的个体？"

"他们叫教师。"

"教——师？"

"一个早已消失的太古文明词汇，很生僻，在一般的古词汇数据库中都查不到。"

这时，从太阳系发回的全息影像焦距拉长，显示出蔚蓝色的地球在太空中缓缓转动。

最高执政官说："在银河系联邦时代，独立进化的文明十分罕见，能进化到5B级的更是绝无仅有，我们应该让这个文明继续不受干扰地进化下去，对它的观察和研究，不仅有助于我们对太古文明的研究，对今天的银河文明也有启示。"

"那就让蓝84210号舰立刻离开那个行星系吧，并把这颗恒星周围100光年的范围列为禁航区。"舰队统帅说。

北半球失眠的人，会看到星空突然微微抖动，那抖动从空中的一点发出，呈圆形向整个星空扩展，仿佛星空是一汪静水，有人用手指在水中央点了一下似的。

蓝84210号舰跃迁时产生的时空激波到达地球时已大大

衰减，只使地球上所有的时钟都快了 3 秒，但在三维空间中的人类是不可能觉察到这一效应的。

"很遗憾，"最高执政官说，"如果没有高级文明的培植，他们还要在亚光速和三维时空中被禁锢 2000 年，至少还需要 1000 年时间才能掌握和使用湮灭能量，2000 年后才能通过多维时空进行通信，至于通过超空间跃迁进行宇宙航行，可能是 5000 年后的事了，至少要 1 万年，他们才具备加入银河系碳基文明大家庭的起码条件。"

参议员说："文明的这种孤独进化，是银河系太古时代才有的事。如果那古老的记载正确，我那太古的祖先生活在一颗海洋行星的深海中。在那黑暗世界中的无数个王朝后，一个庞大的探险计划开始了，他们发射了第一艘外空飞船，那是一个透明浮力小球，经过漫长的路程浮上海面。当时正是深夜，小球中的祖先第一次看到了星空……你们能够想象，那对他们是怎样的壮丽和神秘啊！"

最高执政官说："那是一个让人向往的时代，一粒灰尘样的行星对祖先都是一个无限广阔的世界，在那绿色的海洋和紫色的草原上，祖先敬畏地面对群星……这感觉我们已丢失千万年了。"

"可我现在又找回了感觉！"参议员指着地球的影像说，她那蓝色的晶莹球体上浮动着雪白的云纹，他觉得她真像一种来自他的祖先星球海洋中的美丽的珍珠，"看这个小小的世界，她上面的生命体在过着自己的生活，做着自己的梦，对我们的存在，对银河系中的战争和毁灭，全然不知。宇宙对他们来说，是希望和梦想的无限源泉，这真像一首来自太古时代的歌谣。"

他真的吟唱了起来，他们三人的智能场合为一体，荡漾着玫瑰色的波纹。那从遥远得无法想象的太古时代传下来的歌谣听起来悠远、神秘、苍凉，通过超空间，它传遍了整个银河系。在这团由上千亿颗恒星组成的星云中，数不清的生命感到了一种久已消失的温馨和宁静。

"宇宙的最不可理解之处在于它是可以理解的。"最高执政官说。

"宇宙的最可理解之处在于它是不可理解的。"参议员说。

当娃们造好那座新坟时，东方已经放亮了。老师是放在从教室拆下来的一块门板上下葬的，陪他入土的是两盒粉笔和一套已翻破的小学课本。娃们在那个小小的坟头上立了一块石板，上面用粉笔写着"李老师之墓"。

只要一场雨，石板上那稚拙的字迹就会消失；用不了多长时间，这座坟和长眠在里面的人就会被外面的世界忘得干干净净。

太阳从山后露出一角，把一抹金辉投进仍沉睡着的山村；在仍处于阴影中的山谷草地上，露珠在闪着晶莹的光，可听到一两声怯生生的鸟鸣。

娃们沿着小路向村里走去，那一群小小的身影很快消失在山谷中淡蓝色的晨雾里。

他们将活下去，以在这块古老贫瘠的土地上，收获虽然微薄但确实存在的希望。

圆圆的肥皂泡

一

　　很多人生来就会莫名其妙地迷上一样东西，仿佛他的出生就是为了和这东西约会似的，正是这样，圆圆迷上了肥皂泡。

　　圆圆出生后一直是一副无精打采的样子，连啼哭都像是在应付差事，似乎这个世界让她很失望。

　　直到她第一次看到肥皂泡。

　　圆圆第一次看到肥皂泡时才五个月大，当时，她立刻在妈妈怀中手舞足蹈起来，小眼睛中爆发出足以使太阳、星辰都黯然失色的光芒，仿佛这才是她第一次真正地看到这个世界。

　　这是西北的一个正午，已经数月无雨，窗外，烈日下的城市弥漫着沙尘。在这异常干燥的世界中，那飘浮在空中的绚丽的水的精灵确实是绝美的东西。看到小女儿能认识到这种美，为她吹出肥皂泡的爸爸很高兴，抱着她的妈妈也很高兴。圆圆的妈妈放弃了还有一个月的产假，第二天就要回实验室上班了。

二

时光飞逝，圆圆进幼儿园大班了，她仍然热爱肥皂泡。

这个星期天和爸爸出去玩儿，她的小衣袋中就装着吹泡泡的小瓶儿，爸爸许诺要让妈妈带她坐着飞机吹泡泡。这并不是吹牛，他们真的去了近郊的一座简易机场，妈妈用来进行飞播造林研究的飞机就停在那里。但圆圆很失望，因为那是一架破旧的双翼农用飞机，估计是以前社会主义联盟时期制造的。圆圆觉得它是旧木板做的，像童话中的猎人在森林中住的破木屋，很难相信这玩意儿能飞起来。但就是这架破飞机，妈妈也不让圆圆坐。

"今天是孩子的生日，你还加班不回家。让圆圆坐坐飞机，就算给她个惊喜嘛！"爸爸说。

"惊喜什么呀，她这么重了，我要少带多少树种？"妈妈说着，又把一个沉重的大塑料包吃力地搬进舱门。

圆圆觉得自己没有多重，咧嘴大哭起来。妈妈于是赶紧来哄女儿，从地上一堆大塑料袋中拿出一件奇怪的东西——样子和大小与胡萝卜差不多，头儿尖尖的，呈流线型，屁股上还有一对用硬纸板做的尾翼，看上去像个小炸弹，却是透明的，很好玩儿的样子。圆圆伸手去抓，但小手立刻松开了——这玩意儿是冰做的。妈妈指着"小炸弹"中心的一个小黑粒告诉圆圆，那就是树种："飞机从好高的地方把这些冰炸弹扔下去，它们落到地上时会扎进沙土中。春天来了，冰炸弹就会在沙土里悄悄地化开，化出的水会让种子发芽出苗。把好多好多这样的冰炸弹投下来，沙漠就会变绿，沙子就不会吹到我家圆圆的小脸儿上了……这是妈妈的研究项目，它能使西北干旱地区飞播造林的成活率提高一倍……"

"孩子懂什么成活率，真是！圆圆，咱们走！"爸爸抱起圆圆，气鼓鼓地走了。妈妈没有留他们，只是赶紧用两手又捧了一下女儿的脸蛋儿。

圆圆感到妈妈的手比爸爸的粗糙多了。

圆圆伏在爸爸的肩膀上看到"猎人木屋"轰鸣着起飞了。她对着飞机吹出一串肥皂泡，看着它消失在沙尘弥漫的空中。

爸爸抱着圆圆走出了机场，在公路边的车站等候回市里的汽车。圆圆感到爸爸的身体突然颤抖了一下。

"爸爸，你冷吗？"

"不……圆圆，你没听到什么？"

"嗯……没有呀。"

但他听到了。那是一声沉闷的爆炸声，从飞机飞向的远方传来，隐隐约约，他几乎是用第六感听到的。他猛地回头看着那个方向，在他和女儿面前，大西北干旱的大地冷酷地凝视着苍穹。

三

时光继续飞逝，圆圆上了小学，她仍然热爱吹肥皂泡。

清明节，当她和爸爸来到妈妈墓前时，仍拿着吹泡泡的小瓶儿。当爸爸把鲜花放到那朴素的墓碑前时，圆圆吹出了一串泡泡。爸爸正要发作，女儿的一句话使他平静下来，双眼湿润了。

"妈妈会看到的！"圆圆指着飘过墓碑的肥皂泡说。

"孩子啊，你要做一个妈妈那样的人，像她那样有责任感和使命感，像她那样有一个远大的人生目标！"爸爸搂着圆圆说。

"我有远大的目标呀！"圆圆喊道。

"说给爸爸听听？"

"吹——"圆圆指着已飞远的肥皂泡，"大——大——的——泡——泡！"

爸爸苦笑着摇摇头，拉着女儿离去。这里距几年前飞机坠毁的地点不远。当年，由自天而降的冰炸弹播下的种子确实都成活了，长成了小树苗，但最后的胜利者仍是无边的干旱。飞播林在干旱少雨的第二年都死光了，沙漠化仍在继续着它不可阻挡的步伐。爸爸回头看看，夕阳将墓碑的影子拉得好长好长，圆圆吹出的肥皂泡已经一个都不见了，像墓中人的理想，像西部大开发美丽的梦幻。

四

时光继续飞逝，圆圆上了中学，仍然喜欢吹肥皂泡。

这天，圆圆年轻的女班主任老师来家访，递给爸爸一把新奇漂亮的玩具手枪，说是圆圆在课上玩儿，被物理老师没收的。那把枪有个大肚子，枪管顶部固定着一个天线似的圆圈。爸爸翻来覆去地看着，很迷惑它应该怎么玩儿。"这是泡泡枪。"班主任说着，拿过来一扣扳机，随着一阵嗡嗡的轻响，从枪口的小圆圈上飞出一长串肥皂泡。

班主任告诉爸爸，圆圆的学习成绩一直在年级中领先，她最大的长处是有很强的创造性思维。班主任说，自己还是第一次看到思想这么活跃的学生，要让爸爸珍惜这个苗子。

"你不觉得这孩子……怎么说呢，有些轻飘飘的吗？"爸爸拿着泡泡枪问。

"现在的孩子嘛，都这样儿……其实在这个新时代，轻松洒脱一些的思想和性格也不一定就是缺点。"

爸爸叹了口气，挥挥泡泡枪，结束了谈话。他觉得和这个班主任没什么可谈的，她自己几乎还是个孩子呢。

送走了班主任，回到只有他们父女两人的家中，爸爸想和圆圆谈谈泡泡枪的问题，但立刻发生了另一件让他不愉快的事。

"又换了一个？今年你已经换了一个了！"他指着圆圆挂在胸前的手机问。

"没有呀，爸爸，人家只是换了个壳儿嘛！看，这能给我新鲜感。"圆圆说着，拿出了一个扁盒子。爸爸打开来，看到一排鲜艳的色块，最初以为是绘画颜料一类的东西，仔细一看，才发现那是 12 个手机外壳，共 12 种色彩。

爸爸摇摇头，把盒子放在一边："我正想和你谈谈你的这种……嗯，思想倾向。"

圆圆看到了爸爸手中的泡泡枪，一把抢了过来："爸爸，我保证以后不再带它去学校了！"说完，她对着爸爸射出一串泡泡。

"我要说的不是这个，我要说的问题比这深刻得多。圆圆，你看你这么大了还喜欢吹肥皂泡……"

"不行吗？"

"哦，不，这本来不算什么大问题。我是说，你的这种喜好反映出了你的一种……嗯，刚才说过的，思想倾向。"

圆圆不解地看着爸爸。

"这说明你倾向于追求美丽、新奇而虚幻的东西，容易对远离现实的幻影着迷，你的双脚将离开大地，会将你的人生引向一个错误的方向。"

圆圆看看满屋飘浮着的肥皂泡，显得更迷惑了。那些肥皂泡像一群透明的金鱼，在空气中幽幽地游着。

"爸爸，咱们还是谈一些更有趣的事吧！"圆圆靠到爸爸的肩膀上，语气变得神秘起来，"爸爸，我们的班主任漂亮吗？"

"没注意……圆圆，我刚才的意思是……"

"她显然很漂亮的！"

"也许吧……我刚才要说的是……"

"爸爸，您真没注意到她和您说话时的眼神？她好像被您吸引了耶！"

"我说你这个孩子，就不能少想些无聊的事儿？"爸爸生气地把女儿的手从肩上拨开。

圆圆长叹一声："唉，爸爸呀爸爸，您已经变成了一个对什么都提不起兴趣的人了。您这没有新鲜、没有新奇、没有激情的日子，有什么劲呢？还好意思当别人的人生导师。"

一个肥皂泡飘到爸爸脸前爆裂了，他隐约感到了一小股弱得不能再弱的湿润水汽。这一场转瞬即逝的微型毛毛雨令他感到片刻的陶醉，不可思议，这竟让他想起了自己遥远的南方故乡。他不为人察觉地叹息了一下。

"我年轻的时候也追逐过缥缈的梦想，和你妈妈从上海来到这里，天真地把大西北看作实现自己人生价值的地方。我们那批建设者只用了那么短的时间，就让荒漠上出现了这座崭新的城市，我们曾把它当作一生的骄傲，认为在离开人世之前，这城市能作为自己没有虚度一生的证明。谁能想到，它不过是我们这一代人用青春甚至生命吹出的一个肥皂泡。"

圆圆很吃惊："丝路市怎么是肥皂泡呢？它可是实实在在的，总不会啪的一下消失吧？"

"它将消失。中央已经认可了省里的报告，将停止为丝路市引水的一切规划和努力。"

"那要把我们渴死吗？现在已经是两天来一次水，每次只来一个半小时！"

"正在制订一个为期 10 年的拆迁计划，整座城市将全部分散迁移，丝路市将成为现代世界第一座因缺水而消失的城市、一个现代的楼兰……其实，曾让年轻的我们热血沸腾的整个西部大开发，现在已经变成了噩梦般的西部大开矿。谁知道，这是不是一个更大的肥皂泡呢？"

"哇，太棒了！"圆圆欢呼起来，"早就该离开这地方了！一个平淡乏味的地方，我真的不喜欢这里耶！迁移！迁移到一个全新的地方，开始全新的生活，这是多美妙的事啊，爸爸！"

爸爸默默地看了女儿一会儿，站起身来走到窗前，呆呆地看着外面黄沙中的城市。他双肩下垂的背影，看上去一下子老了许多。

"爸——"圆圆轻轻叫了一声。爸爸没有回答。

两天后，圆圆的爸爸成为这即将消失的城市的最后一任市长。

五

高考结束了，圆圆取得了全省理科第二名的成绩。爸爸难得彻底地高兴了一次，慷慨地问女儿有什么要求，过分些也行。圆圆冲他张开一个手掌。

"5……5个什么？"

"5块透明皂。"说完她又张开另一个手掌，"10袋洗衣粉，"两手翻了一下，"20瓶洗洁精，"最后拿出一张纸，"最重要的是这些化学药剂，照清单上的分量买。"

那些化学药剂让爸爸费了些事，他让一个在北京出差的朋友跑了一天才买齐。

拿到这些东西后，圆圆一头扎进了卫生间，在那里面忙活了三天，配制了整整一浴池的溶液，怪味弥漫在家里的每个房间。第四天，两个男生送来了她定做的一个直径1米多的圆环，那圆环是用一根钻了许多小眼的长金属管弯成的。

第五天，家里早早就有一群人来访，他们中包括两个电视台的摄影师。市长还认出了其中的一位女士，是省电视台一个娱乐节目的主持人。还有两个穿着花里胡哨的家伙，自称是吉尼斯中国分部的人，昨天刚从上海飞来，其中一位沙哑着嗓子说："市长先生，您的女儿……咳咳……这地方空气真干燥……您的女儿要创造吉尼斯世界纪录了！"

市长随着一行人爬到开阔的楼顶上，发现女儿和她的几个同学已经上来了。圆圆扛着那个大圆环，面前放着的那个大澡盆中盛满了她配的那种溶液。那两个吉尼斯中国分部的人开始架设两根有刻度的标杆，市长后来才知道，那是用于测量肥皂泡直径的。

　　一切准备就绪后，圆圆把那个圆环伸进澡盆，再提出来时，环面已附着了一层液膜。她小心地把带液膜的圆环固定在一根长杆顶端，走到楼顶边缘，挥动长杆，使圆环在空中画了一个大圈，吹出了一个巨大的肥皂泡。那个大泡在空中颤颤地变着形状，像是在跳舞。市长后来得知，这个大泡的直径竟达 4.6 米，打破了由比利时人凯利斯保持的 3.9 米的吉尼斯世界纪录。

　　"液体的配方是很重要的，但窍门还是在这个大环上。"圆圆在回答主持人提问时说，"那个比利时人用的只是一个普通的液膜环圈，而我这个，是由钻了一排洞的铅管弯成的，管里面充满了发泡液体，在大泡的形成过程中，这些液体不断地从管上的小洞中泄出，以使尽可能多的液体参与成泡，这样自然就可以形成更大的泡泡了。"

　　"那么，你还有可能制造出更大的泡泡来吗？"主持人问。

　　"当然会的！这就要研究肥皂泡形成的几个要素，包括液体黏度、延展性、蒸发率和表面张力，但对形成超大的泡泡来说，最需要改进的是后两项。蒸发率必须降低，因为蒸发是泡壁破裂的主要原因之一；表面张力嘛……你知道为什么纯水不能吹出泡泡吗？"

　　"当然是因为它的表面张力太小了。"

　　"恰恰相反，是因为水的表面张力太大了，形不成气泡。再问一句，你知道肥皂泡形成以后，它的表面张力与直径大小有什么关系？"

　　"那……照你说的，张力越小，泡就越大呗？"

　　"No，No！当泡形成后，随着直径的增大，它反而需要增大自己的表面张力，以维持泡壁的强度。这就出现了一个问题：液体的表面张力是恒定的，那么要想吹出超大的泡泡，我们该解决什么样的问题呢？"

主持人茫然地摇摇头，她属于外形漂亮、口齿伶俐，但头脑简单的那一类。圆圆看出了这点："算了，我们还是给观众们再吹几个大泡吧！"

于是，又有几个直径四五米的大肥皂泡顺风飘行在城市上空。在这沙尘弥漫的干旱世界中，它们显得那么不真实，仿佛是来自另一个世界的幻影。

一星期后，圆圆离开了这座她出生、长大的西北城市，到中国那所最好的理工科大学去学习纳米专业了。

六

时光继续飞逝，但圆圆不再吹肥皂泡了。

圆圆读完了学士、硕士和博士，然后以令她爸爸头晕目眩的速度开始创业。她以做博士课题时创造的一项技术为基础，开发了一种新的太阳能电池，成本仅为传统的单晶硅电池的几十分之一，它可以作为马赛克贴到整个建筑表面上。仅三四年时间，她的公司就发展到几亿元资产的规模，成为纳米技术的东风催生的一大批急剧膨胀的奇迹企业之一。

圆圆的爸爸由此陷入了一个尴尬的境地。以事业的成功程度而言，女儿现在已经有资格教导爸爸了。看来圆圆当年的那个漂亮班主任说得有道理，轻松洒脱的思想和性格不一定就是缺点。这是一个令爸爸这一代人恼火的时代，现在的成功需要的是逼人的思想灵气，经验、毅力和使命感之类的不再起决定作用，凝重和沉重更是显得傻乎乎的。

"很久没有过这种感觉了，这是我听过的最好的歌声，他们确实比上一代那三个强。"在国家大剧院广阔的出口平台上，市长对女儿说。圆圆知道爸爸喜欢听古典美声，这是他不多的爱好之一，于是圆圆趁爸爸到北京开会之际，请他听新一代世界三大男高音歌唱家为即将到来的奥运会举办的演唱会。

"早知道我该买最好座位的票，怕您又嫌我浪费，就买了两张中等的。"

"这样的票多少钱一张？"爸爸随口问。

"便宜多了，好像每张两万八吧。"

"嗯……啊，什么？"

看着爸爸目瞪口呆的样子，圆圆笑了起来："如果您能找回很没有过的感觉，就是28万也值得。看这座大剧院，投资几十个亿，还不是为了让人们从艺术中得到或找回某种感觉？"

"也许你有道理，我还是希望你的钱能花到更有意义的地方。圆圆，我想与你谈谈有关丝路市的事，你能不能投资一项它的市政工程？"

"是什么？"

"一项大型的水处理工程，建成后能够大大提高城市用水的循环利用率，还能够用太阳能淡化一部分盐湖的水。如果这项工程能够实现，丝路市就能在缩小规模后继续存在下去，避免完全消失的命运。"

"投资是多少？"

"初步规划，大约16个亿吧。大部分资金已有来源，但到位时间很长，怕来不及了，所以现在需要你投入一笔启动资金，约 1 个亿吧。"

"爸爸，不行，我目前能周转的资金也就这么多了，我想用它搞一个研究项目……"

爸爸举起一只手，打断女儿的话，说："那就算了。圆圆，我丝毫不想影响你的事业。其实，我本来没打算向你提这个要求的，虽然你的投资能保证收回，但利润回报却微乎其微。"

"呵，那倒无所谓，爸爸。我这个项目更惨，别说盈利，投资都肯定会打水漂！"

"你想搞基础研究吗？"

"不，但也不是应用研究，是好玩儿的研究。"

"……"

"我将研制一种超级表面活性剂，已为它想好了名字，叫飞液。它的溶液黏性和延展性比现有的任何液体都高几个数量级，蒸发速度仅是甘油的千分之一。这种表面活性剂还具有一个魔鬼般的特性——它的表面张力能够随着液层的厚度和液面曲率的变化自动调节，调节范围从水的张力的百分之一到一万多倍。"

"它是干什么用的？"爸爸惊恐地问，他已知道答案，但还是不敢相信。

年轻的亿万富婆搂住爸爸的肩膀大声说："吹——大——大——的——泡——泡！"

"你不是开玩笑吧？"

圆圆看着长安街上的灯火，沉默了好久："谁知道呢？也许我的整个生活就是一个大玩笑。但，爸爸，我觉得这也没有什么不好，一个人用一生开一个玩笑也是一种使命吧。"

"用1亿元吹泡泡？有什么用吗？"爸爸的语气让人觉得他像在做梦。

"没什么用，好玩儿呗。不过，比起你们当年用几百个亿建起一座很快就拆掉的城市，我的奢侈微不足道。"

"可你现在能救这城市，它也是你的城市，你在那里出生并长大。你却用这笔钱吹肥皂泡！你……也太自私了！"

"我在过自己的生活，无私奉献并不一定能推动历史，您的那座城市就是证明！"

直到圆圆把车开上长安街，父女俩都没有再说话。

"对不起，爸爸。"圆圆轻声说。

"这些天我总是想起拉着你小手的那些日子，那是多好的时光啊。"灯光中，爸爸的双眼一闪一闪的，似乎有些湿润。

"我知道让您失望了。您一直想让我成为妈妈那样的人，如果我能有两次人生的话，其中的一次会照您的意思做，把自己奉献给责任和使命。可是，爸爸，我只能活一次。"

爸爸没有说话。当这沉默的路程快结束时，圆圆拿出一个大纸袋递给爸爸。

"什么？"爸爸不解地问。

"房产证和钥匙。爸，我给您买了一幢别墅，在太湖边上，您退休后可以回到南方了。"

爸爸把纸袋轻轻地推了回来："不，孩子，我会在丝路市的废墟上度过余生，我和你妈妈的青春和理想都埋在那儿，离不开了。"

北京的灯在夏夜里尽情地闪烁着。看着这绚丽的光海，圆圆和爸爸竟同时联想到肥皂泡。这无边的灿烂似乎在极力向他们展示着什么，是生命之重还是生命之轻？

七

两年后的一天，市长在办公室里接到了女儿的电话。

"爸爸，生日快乐！"

"呵，圆圆吗？你在哪儿？"

"离您那儿不远，我给您送生日礼物来了！"

"嗨，我好多年没想起生日这回事儿了。那中午回家吧，我也有一个多月没回家了，就保姆在那儿照看着。"

"不，礼物现在就送给您！"

"我在工作，马上要开市政周例会了。"

"没关系，您打开窗户向天上看！"

今天的天空万里无云，蓝得清澈，这种天气在这一地区是很少见的。空中传来引擎的轰鸣声，市长看到有一架飞机在城市上空缓缓地盘旋，在蓝天的背景上很醒目。

"爸爸，我在飞机上呢！"圆圆在电话中喊道。

这是一架老式双翼螺旋桨飞机，在空中像一只懒洋洋的大鸟。时光瞬间闪回，一种熟悉的感觉闪电般出现，市长浑身颤抖了一下，20多年前他也这样过，那时女儿问他是不是冷了。

"圆圆，你……要干什么？"

"要送礼物啦，爸爸，注意飞机下面！"

市长刚才就发现，飞机机腹下面吊着一个大环，那环的直径比飞机还长，显然是升空以后才展开的。整体看去，飞机和大环组成了一个在空中飞行的戒指。他后来才知道，那个大环的结构同圆圆破吉尼斯世界纪录时用的环一样，由轻型金属管制成，管内充满了那种叫飞液的魔鬼液体。环面上罩着一层飞液的液膜，环上有无数的小洞，使飞液能够不断地从围成大圆环的细管中流出。

令人震惊的景象出现了，在那个大环后面，吹出了一个大肥皂泡！它反射着阳光，形状时隐时现。肥皂泡在急剧膨胀，很快，飞机与它相比只是透明西瓜上的一粒小芝麻了。

下面的城市广场上，所有人都在驻足仰望，市政府办公大楼里也开始有人跑出来看。

飞机拖着巨泡在城市上空缓缓盘旋，肥皂泡膨胀的速度大大减慢，但仍在继续着。最后，它脱离了飞机下的大环，独自在空中飘浮着。虽然巨泡的进气口已经消失，它的膨胀却没有停止，这是阳光的热量在泡内聚集使其中的空气膨胀的缘故。渐渐地，巨泡占据了半个天空！

"这就是礼物啦，爸爸！"圆圆在电话中兴奋地喊着。

蓝天上晃动着大片的闪光，仿佛整个天空就是一张平滑的玻璃纸，正被一双无形的大手在阳光下抖动着。细看上去，那些闪光勾勒出了一个巨大的球体形状，那个透明球体此时占据了大部分天空，下面的人们得将头转动近180度才能看全它。它仿佛是地球在天空的镜面上投下的一个晶莹的幻影。

城市骚动起来，大街上开始出现交通堵塞。

巨泡缓缓从空中降下来，当它降到足够低时，地面上的人们竟然在泡壁上看到了城市的高楼群的镜像。由于泡壁在风中波动，高楼群的镜像扭曲变形，像是海中的植物林。这广阔的泡壁从上方气势磅礴地压下来，人们不由得捂住了脑袋。当巨泡接触地面时，暴露在外的人们在身体穿过泡壁时感到脸上痒痒了一下。

巨泡没有破碎，而是呈一个直径近 10 千米的半球体立在大地上。这座城市，连同边缘的一座火力发电厂和一座化工厂，全被巨泡扣在其中！

"我们不是故意的，真的不是故意的！"圆圆对着摄像机说，"本来，按一般的情况，大泡会顺风飘走。谁想到今天这里的风力竟这么弱，这儿一贯是风很大的！所以它才掉了下来，把城市扣住了！"

市长看着市电视台中断了正常节目插进的紧急现场报道，电视中的女儿身穿航空皮夹克，拉链敞开着，露出里面的蓝色工作服。她的身后，是那架老式双翼飞机……时光再次闪回，太像了，太像了……市长的心融化了，泪水夺眶而出。

两小时后，市长同刚刚成立的紧急小组一起，驱车来到了城市边缘巨泡泡壁的位置，圆圆和她的几个工程师早已等在那里。

"爸爸，我的肥皂泡很棒吧？"圆圆没有了刚才的恐慌，不合时宜地一脸兴奋。

市长没理女儿，抬头打量着泡壁，这是一张在阳光下发着多彩霓光的大膜，它表面那结构极其精细的衍射条纹，令人迷惑地变幻着，构成一个疯狂展示宇宙间所有色彩的妖艳的海洋。大膜是全透明的，这使得透过它看到的外部世界也蒙上了一层霓彩。向上到一定的高度，霓彩消失了，从空中看不出膜的存在。

市长伸出一只手，小心地触摸泡壁。他的手背感到一阵极其轻微的瘙痒，手已在膜的另一面了——这膜可能只有几个分子的厚度。他抽回手来，膜瞬间恢复原状，那一处的霓彩光纹仍是完整的形状，仿佛根本没有中断过。

现在，他一贯认为是虚幻象征的肥皂泡已是这样一个实实在在的巨大现实，而透过它看到的现实世界反倒变得虚幻了。

其他人也开始触摸大膜，后来大家挥手试图撕裂膜面，最后发展成对大膜拳打脚踢。市长的司机从车里拿出一根铁棍，抡得呜呜作响，击打膜面……但这一切对大膜没有丝毫影响，所有的打击物都毫无阻碍地穿膜而过，之后膜面完好无损。市长挥手制止了大家的徒劳，接着指指远处的高速公路，人们看到，公路上的车流正在不间断地高速穿过大膜。

"这同肥皂泡沫的性质一样：固体可以穿过，但不透气。"圆圆说。

"正是因为它不透气，现在城市里的空气质量在急剧恶化。"市长瞪了一眼女儿，说。

众人抬头看去，发现城市上空出现了一个巨大的半球状白色顶盖。这是由于城市和工厂产生的烟雾被大膜限制在泡内，使大泡的形状显现出来而形成的。这时如果从远处看城市，恐怕只能看到一个顶天立地的乳白色半球了。

"可能需要关闭发电厂和化工厂，以减缓空气污染的速度。"紧急小组组长说，"但最严重的问题是泡内气温的上升。现在城市实际上处于一个密闭极好的温室内，与外界没有空气流通，阳光的热量在很快聚集，现在正值盛夏，据测算，泡内气温最终将达到 60 摄氏度！"

"到现在为止，都进行了哪些方面的尝试来打破它？"市长问。

一名驻军指挥官回答："一小时前，我们曾调用陆军航空兵的直升机在泡顶反复穿过，试图用螺旋桨撕裂它，没有用；后来又用炸药在泡壁与地面的交接处进行爆破，爆炸只是使大膜波动了一会儿，没造成任何损坏。更邪乎的是，这张膜居然瞬间延伸到爆炸产生的大坑中，天衣无缝地横穿过坑的底部！"

市长问圆圆："大泡要多长时间才能自然破裂？"

"大泡的破裂主要是由于泡壁液体的蒸发，这种物质的蒸发速度是极慢的，即使日照良好，大泡也得五六天才能破。"圆圆回答。令市长气恼的是，女儿的语气显得很得意。

"那只有全城紧急疏散了。"紧急小组组长叹了口气说。

市长摇摇头："不到万不得已，不能走这一步。"

"还有一个办法，"一名环境专家说，"赶造许多长筒，口径越大越好，把这些筒的一头伸出泡外，在筒的底部装上大功率换气扇，以实现泡内与外界的空气交换。"

"哈哈哈哈……"圆圆大笑起来，把大家吓了一跳，她在众人气愤的目光中笑得直不起腰来，"这想法真……真够滑稽的！哈哈……"

"这都是你干的好事！"市长厉声喝道，"你要为此负责的，必须赔偿对本市造成的一切损失！"

圆圆两眼看着天，止住笑说："那是，我们会赔的。不过，我刚想出一个使大泡破裂的简单方法——烧。在泡壁与地面交接线的内侧，挖一条 100 米至 200 米长的壕沟，沟中灌满燃油并点燃，火焰会大大加速泡壁的蒸发，可以在 3 个小时左右使大泡破裂。"

市长命令抢险队照圆圆的方案做了。城市的边缘出现了一道 100 多米长的火墙，在那一排冲天烈焰的上方，被火舌舔着的泡壁变幻着各种怪异的色彩和图案。从图案的纹路可以看出,大膜上其他部分的飞液正在涌过来补充已被火焰蒸发掉的部分,这使得大膜上被烧灼的位置像一个大旋涡,绚丽妖艳的色彩洪水般从四面八方涌来,消失在火焰中。火焰的黑烟顺着泡壁上升,在天空中形成了一个黑色巨掌,令大泡中的百万市民惊恐不已。

3个小时后,大泡破裂了,城市里的人们听到天地间发出一声轻微的破碎声,清脆、悠扬、深远,仿佛宇宙的琴弦被轻轻拨动了一下。

"爸爸,我很奇怪,您并没有像我想象的那样暴跳如雷。"圆圆对爸爸说。这时,他们正站在市政府办公大楼的楼顶看着大泡破裂。

"我一直在思考一件事情……圆圆,你认真回答我几个问题。"

"关于大肥皂泡的?"

"是的。我问你,既然泡壁是不透气的,那大泡也能保持住内部的湿润空气了?"

"当然。其实,在飞液的研制即将完成时,我不经意想到了它的一项可能的用途:用大泡做超大型温室,可以在冬季制造小型气候区,为大片的土地提供适合作物生长的湿度和温度。当然,这还要使大泡更持久些。"

"第二个问题:你能让大泡随风飘很远吗?比如说几千千米?"

"这没问题。阳光的热量在泡内聚集,使其内部空气膨胀,会产生类似于热气球的浮力。至于今天这个大泡的坠落,只是因为它生成的位置太低,风也太小了。"

"第三个问题：你能让大泡在确定的时间破裂吗？"

"这也不难，只需调节飞液内的一种成分，改变其溶液的蒸发速度就行了。"

"最后一个问题：如果有足够的资金，你能够吹出几千万甚至上亿个大泡吗？"

圆圆吃惊地瞪大双眼："上亿个？天啊，干什么？"

"想象这样一幅图景：在遥远的海洋上空，形成了无数个大肥皂泡，它们在平流层强风的吹送下，飞越了漫长的路程，来到大西北上空，然后全部破裂，把它们在海洋上空包裹起来的潮湿空气，都播散在我们这片干旱的土地上……是的，肥皂泡能为大西北从海洋上运来潮湿空气，也就是运来雨水！"

震惊和激动使圆圆一时间说不出话来，只是呆呆地看着爸爸。

"圆圆，你送给了我一件伟大的生日礼物，说不定，这一天也是大西北的生日！"

这时，外界清凉的风吹过城市，上空那个由烟雾构成的巨大白色半球失去了大膜的限制，在风中缓慢地改变着形状。东方的天空中有一道色彩奇异的彩虹，这是大泡破裂后，构成它的飞液散布到空中形成的。

八

向中国西部空中调水的宏大工程进行了 10 年。

这 10 年，在中国南海和孟加拉湾，建成了许多巨大的天网。这些天网由表面布满小洞的细管构成，每个网眼有几百米甚至上千米的直径，相当于那个 10 多年前曾吹出超级肥皂泡的大圆环。每张天网有几千个网眼。天网分陆基和空中两种，陆基天网沿海岸线布设，空中天网则由巨型系留气球悬挂在几千米的高空。在南海和孟加拉湾，天网在海岸线和海洋上空连绵 2000 多千米，被称作"泡泡长城"。

空中调水系统首次启动的那天，构成天网的细管中充满了飞液，并在每个网眼上形成一层液膜。潮湿而强劲的海风在天网上吹出了无数巨型气泡，它们的直径都有几千米，这些气泡相继脱离天网，一群群升上更高的天空，升向平流层，随风而去。同时，更多的气泡从天网上源源不断地被吹出来。大群大群的巨型气泡浩浩荡荡地飘向大陆深处，包裹着海洋的湿气，飘过了喜马拉雅山，飘过了大西南，飘到大西北上空，在南海、孟加拉湾和大西北之间的天空中，形成了两条长达数千千米的气泡长河！

九

在空中调水系统正式启动两天后，圆圆从孟加拉湾飞到大西北的一座省会城市。当她走下飞机时，看到一轮圆月静静地悬在夜空中，从海上启程的气泡还没有到达。在城市里，月光下挤满了人，圆圆也在中心广场停下车，挤在人群中，同他们一起热切地等待着。一直到午夜，夜空依旧，人群开始同前两天一样散去，但圆圆没走，她知道气泡在今夜一定会到达这里。她坐在一张长椅上，正在睡意蒙眬之际，突然听到有人喊："天啊，怎么这么多的月亮！"

圆圆睁开眼，真的在夜空中看到了一条月亮河！那无数个月亮是由无数个巨型气泡映出的。与真月亮不同，它们都是弯月，有上弦的，也有下弦的，每个都是那么晶莹剔透，真正的月亮倒显得平淡无奇了，只有根据其静止状态才能从浩浩荡荡流过长空的月亮河中将它分辨出来。

从此，大西北的天空成了梦的天空。

白天，空中的气泡看不太清楚，只是蓝天上到处出现泡壁的反光，整个天空像阳光下泛起涟漪的湖面，大地上缓缓运行着气泡巨大而清晰的影子。最壮丽的时刻是在清晨和黄昏，那时，地平线上的朝阳或夕阳将天空中的气泡大河镀上灿烂的金色。

但这些美景并不会存在很久，空中的气泡相继破裂。虽然有更多的气泡滚滚而来，天空中的云却多了起来，使气泡看不清了。

接着，在这个往年最干旱的季节，天空飘起了绵绵细雨。

圆圆在雨中来到了自己出生的那座城市。经过 10 年的搬迁，丝路市已成了一座寂静的空城。一座座空荡的高楼在小雨中静静地立着。圆圆注意到，这些建筑并没有真正被抛弃，它们都被保护得很好，窗上的玻璃还都完整，整座城市仿佛在沉睡中，等待着肯定要到来的复活之日。

小雨掩盖了尘埃，空气清新怡人，雨洒在脸上凉丝丝的，很舒服。圆圆慢慢地行走在她熟悉的街道上。那些街道，爸爸曾拉着她的小手无数次地走过，曾洒落过她吹出的无数个肥皂泡。圆圆的心里响起了一支童年的歌。

突然她发现，这歌真的在响着。这时天已黑了，在整座浸没于夜色中的空城里，只有一扇窗户亮着灯，那是一幢普通住宅楼的二楼，是她的家，歌声就是从那里传出来的。

圆圆来到楼前，看到周围收拾得很干净，还有一小片菜地，里面的菜长得很好。菜地边有一辆小工具车，车上装有大铁桶，显然是用来从远处运水浇地的。即使在朦胧的夜色中，这里也能让人感觉到一股生活的气息，它在这一片死寂的空城里，像沙漠中的绿洲一样令圆圆向往。

　　圆圆走上了扫得很干净的楼梯，轻轻地推开家门，看到灯下头发花白的爸爸仰在躺椅上，陶醉地哼着那首圆圆童年时的老歌。他手里拿着那个圆圆在孩提时代装肥皂液的小瓶儿，还有那个小小的塑料吹环，正吹出一串五光十色的肥皂泡。

中国太阳

　　水娃从娘颤抖的手中接过那个小小的包裹，包裹中有娘做的一双厚底布鞋、三个馍、两件打了大块补丁的衣裳、二十块钱。爹蹲在路边，闷闷地抽着旱烟锅。

　　"娃要出门了，你就不能给个好脸？"娘对爹说。爹仍蹲在那儿，还是闷闷地一声不吭。娘又说："不让娃出去，你能出钱给他盖房娶媳妇啊？"

　　"走！东一个西一个都走了，养他们还不如养窝狗！"爹干号着说，头也不抬。

　　水娃抬头看看自己出生和长大的村庄，这处于永恒干旱中的村庄，只靠着水窖中积下的一点儿雨水过活。水娃家没钱修水泥窖，还是用的土水窖，那水一到大热天就臭了。往年，这臭水热开了还能喝，就是苦点儿、涩点儿，但今年夏天，那水热开了喝都拉肚子，听附近部队里的医生说，是地里什么有毒的石头溶进水里了。

　　水娃又低头看了爹一眼，转身走去，没有再回头。

　　他不指望爹抬头看他一眼，爹心里难受时就那么蹲着抽闷烟，一蹲能蹲几个小时，仿佛变成了黄土地上的一大块土坷垃。但他分明又看到了爹的脸，或者说，他就走在爹的脸上——看周围这广阔的西北土地，干干的黄褐色，布满了水土流失刻出的裂纹，不就是一张老农的脸吗？

这里的什么都是这样，树、地、房子、人，黑黄黑黄，皱巴巴的。他看不到这张伸向天边的巨脸的眼睛，但能感觉到它们的存在，那双巨眼在望着天空，年轻时那目光充满着对雨的企盼，年老时就只剩呆滞了。其实，这张巨脸一直是呆滞的，他不相信这块土地还有过年轻的时候。

一阵干风吹过，前面这条出村的小路淹没于黄尘中，水娃沿着这条路走去，迈出了他新生活的第一步。

这条路，将通向一个他做梦都想不到的地方。

人生第一个目标：喝点儿不苦的水，挣点儿钱

"哟，这么些个灯！"

水娃到矿区时天已黑了，这个矿区是由许多私开的小窑煤矿组成的。

"这算啥？城里的灯那才叫多哩。"来接他的国强说。国强也是水娃村里的，出来好多年了。

水娃随国强来到工棚住下，吃饭时喝的水居然是甜丝丝的！国强告诉水娃，矿上打的是深井，水当然不苦了，但他又加了一句："城里的水才叫好喝呢！"

睡觉时，国强递给水娃一包硬邦邦的东西当枕头，水娃打开一看，是黑塑料皮包着的一根根圆棒棒，再打开塑料皮，看到那棒棒黄黄的，像肥皂。

"炸药。"国强说完，翻身呼呼睡着了。水娃看到他也枕

着这东西，床底下还放着一大堆，头顶上吊着一大把雷管。后来水娃才知道，这些东西足够把他们村子给一窝端了！国强是矿上的放炮工。

矿上的活儿很苦很累，水娃先后干过挖煤、推车、打支柱等活计，每样一天下来都把人累得要死。但水娃就是吃苦长大的，他倒不怕活儿重，他怕的是井下那环境，人像钻进了黑黑的蚂蚁窝，开始真像做噩梦，但后来也习惯了。工钱是计件，每月能挣一百五，好的时候能挣到二百出头，水娃觉得很满足了。

但最让水娃满足的还是这里的水。第一天下工后，浑身黑得像块炭，他跟着工友们去洗澡。到了那里后，看到人们用脸盆从一个大池子中舀出水来，从头到脚浇下来，地下流淌着一条条黑色的小溪。当时他就看呆了，妈呀，哪有这么用水的？这可都是甜水啊！因为有了甜水，这个黑乎乎的世界在水娃的眼中才变得美丽无比。

但国强一直鼓动水娃进城，国强以前就在城里找过工，后来因为偷建筑工地的东西被遣送回原籍。他向水娃保证，城里肯定比这里挣得多，也不像这样累死累活的。

就在水娃犹豫不决时，国强在井下出了事。那天他排哑炮时炮炸了，从井下抬上来时，浑身嵌满了碎石，死前他对水娃说了一句话：

"进城去，那里灯更多……"

人生第二个目标：到灯更多、水更甜的城里，挣更多的钱

"这里的夜像白天一样呀！"水娃惊叹地说。

国强说得没错，城里的灯真是多多了。现在，水娃正同二宝一起，一人背着一个擦鞋箱，沿着省会城市的主要大街向火车站走去。二宝是水娃邻村人，以前曾和国强一起在省城里干过，按照国强以前给的地址，水娃费了好大的劲儿才找到他，他现在已不在建筑工地干了，而是干起擦皮鞋的活计来。水娃找到他时，与他同住的一个同行正好有事回家了，他就简单地教了水娃几下子，然后让水娃背上那套家伙同他一起去。

　　水娃对这活计没有什么信心，他一路上寻思着，要是修鞋还差不多，擦鞋？谁花一块钱擦一次鞋（要是鞋油好些，得三块钱）？这人准有毛病。但在火车站前，他们摊还没摆好，生意就来了。这一晚上到11点，水娃竟挣了十四块钱！但在回去的路上二宝一脸晦气，说今天生意不好，言下之意显然是水娃抢了他的生意。

　　"窗户下那些个大铁箱子是啥？"水娃指着前面的一座楼问。

　　"空调，那屋里现在跟开春儿似的。"

　　"城里真好！"水娃抹了一把脸上的汗说。

　　"在这儿只要吃得苦，赚碗饭吃是很容易的，但要想成家立业可就没门儿喽。"二宝说着用下巴指了指那座楼，"买套房，两三千一平方米呢！"

　　水娃傻傻地问："平方米是啥？"

　　二宝轻蔑地晃晃头，不屑理他。

　　水娃和十几个人住在一间同租的简易房中，这些人大都是进城打工的和做小买卖的农民，但在大通铺上位置紧挨着水娃的却是个城里人，不过不是这个城市的。在这里时，他和大家都差不多，吃的和他们一样，晚上也是光膀子在外面乘凉。但每天早晨，他都西装革履地打扮起来，走出门去像换了一个人，真给人鸡窝里飞出金凤凰的感觉。

这人姓陆名海，大伙儿倒是都不讨厌他，这主要是因为他带来的一样东西。那东西在水娃看来就是一把大伞，但那伞是用镜子做的，里面光亮亮的，把伞倒放在太阳地里，在伞把头上的一个托架上放一锅水，那锅底被照得晃眼，锅里的水很快就开了，水娃后来知道这叫太阳灶。大伙儿用这东西做饭烧水，省了不少钱，可没太阳时不能用。

这把叫太阳灶的大伞没有伞骨，就那么薄薄的一片。

水娃最迷惑的时候就是看陆海收伞：这伞上伸出一根细细的电线一直通到屋里，收伞时陆海进屋拔下电线的插销，那伞就扑地一下摊到地上，变成了一块银色的布。水娃拿起布仔细看，它柔软光滑，轻得几乎感觉不到分量，表面映着自己变形的怪相，还变幻着肥皂泡表面的那种彩纹。一松手，银布就从指缝间无声地滑落到地上，仿佛是一掬轻盈的水银。当陆海再插上电线的插销时，银布如同一朵开放的荷花般懒洋洋伸展开来，很快又变成一个圆圆的伞面倒立在地上。再去摸摸那伞面，薄薄的、硬硬的，轻敲它还会发出悦耳的金属声响。它强度很高，在地面固定后能撑住一个装满水的锅或壶。

陆海告诉水娃："这是一种纳米材料，表面光洁，具有很好的反光性，强度很高，最重要的是，它在正常条件下呈柔软状态，但在通入微弱电流后会变得坚硬。"

水娃后来知道，这种叫纳米镜膜的材料是陆海的一项研究成果。申请专利后，他倾其所有投入资金，想为这项成果打开市场，但包括便携式太阳灶在内的几项产品都无人问津，结果血本无归，现在竟穷到向水娃借钱交房租的地步。虽落到这地步，但这人一点儿都没有消沉，每天仍东奔西跑，试图为这种新材料的应用找到出路。他告诉水娃，这是自己跑过的第 13 个城市了。

除那个太阳灶外，陆海还有一小片纳米镜膜，平时它就像一块银色的小手帕摊放在床边的桌子上。每天早晨出门前，陆海总要打开一个小小的电源开关，那块银手帕立刻就变成硬硬的一块薄片，成了一面光洁的小镜子，陆海对着它梳理打扮一番。有一天早晨，他对着小镜子梳头时斜视了一眼刚从床上爬起来的水娃，说："你应该注意仪表，常洗脸，头发别总是乱乱的，还有你这身衣服，不能买件便宜点儿的新衣服吗？"

水娃拿过镜子来照了照，笑着摇摇头，意思是：对一个擦鞋的来说，那么麻烦没有用。

陆海凑近水娃说："现代社会充满着机遇，满天都飞着金鸟儿，哪天说不定你一伸手就抓住一只，前提是你得拿自己当回事儿。"

水娃四下看了看，没什么金鸟儿，他摇摇头说："我没读过多少书呀。"

"这当然很遗憾，但谁知道呢，有时这说不定就是一个优势，这个时代的伟大之处就在于其捉摸不定，谁也不知道奇迹会在谁的身上发生。"

"你……上过大学吧？"

"我有固体物理学博士学位，辞职前是大学教授。"

陆海走后，水娃目瞪口呆了好半天，然后又摇摇头，心想，陆海这样的人跑了 13 个城市都抓不到那鸟儿，自己怎么行呢？他感到这家伙是在取笑自己，不过这人本身也够可怜、够可笑的了。

这天夜里，屋里的其他人有的睡了，有的聚成一堆打扑克，水娃和陆海则到门外几步远的一个小饭馆里看人家的电视。这时已是夜里 12 点了，电视机中正在播放新闻，屏幕上只有播音员，没有其他画面。

"在今天下午召开的国务院新闻发布会上，新闻发言人透露，举世瞩目的中国太阳工程已正式启动，这是继三北防护林之后又一项改造国土生态的超大型工程……"

水娃以前听说过这个工程，知道它将在我们的天空中再建造一个太阳，这个太阳能给干旱的大西北带来更多的降雨。这事对水娃来说太玄乎，像第一次遇到这类事一样，他想问陆海，但扭头一看，只见陆海睁圆双眼瞪着电视，半张着嘴，好像被它摄去了魂儿。水娃用手在他面前晃了晃，他毫无反应，直到那则新闻过去很久才恢复常态，自语道："真是，我怎么就没想到中国太阳呢？"

水娃茫然地看着他，他不可能不知道这件连自己都知道的事，这事哪个中国人不知道呢？他当然知道，只是没想到，那他现在想到了什么呢？这事与他陆海——一个住在闷热的简易房中的潦倒流浪者，能有什么关系？

陆海说："记得我早上说的话吗？现在一只金鸟儿飞到我面前了，好大的一只金鸟儿，其实它以前一直在我的头顶盘旋，我居然没感觉到！"

水娃仍然迷惑不解地看着他。

陆海站起身来："我要去北京了，赶 2 点半的火车，小兄弟，你跟我去吧！"

"去北京？干什么？"

"北京那么大，干什么不行？就是擦皮鞋，也比这儿挣得多好多！"

于是，就在这天夜里，水娃和陆海踏上了一列连座位都没有的拥挤的列车，列车穿过夜色中广阔的西部原野，向太阳升起的方向驰去。

人生第三个目标：到更大的城市，见更大的世面，挣更多的钱

第一眼看到首都时，水娃明白了一件事：有些东西你只能在看见后才知道是什么样儿，凭想象绝对是想不出来的。比如北京之夜，就在他的想象中出现过无数次，最早不过是把镇子或矿上的灯火扩大许多倍，然后是把省城的灯火扩大许多倍。当他和陆海乘坐的公共汽车从西站拐入长安街时，他知道，过去那些灯火就是扩大一千倍，也不是北京之夜的样子。当然，北京的灯绝对不会有一千个省城的灯那么多，那么亮，但这夜中北京的某种东西，是那个西部的城市怎样叠加也产生不出来的。

水娃和陆海在一个便宜的地下室旅馆住了一夜后，第二天早上就分了手。临别时陆海祝水娃好运，并说如果以后有难处可以找他，但当水娃让他留下电话或地址时，他却说自己现在什么都没有。

"那我怎么找你呢？"水娃问。

"过一阵子，看电视或报纸，你就会知道我在哪儿了。"

看着陆海远去的背影，水娃迷惑地摇摇头，他这话可真是让人费解：这人现在已一文不名，今天连旅馆都住不起了，早餐还是水娃出的钱，甚至连他那个太阳灶，也在起程前留给房东顶了房费。现在，他已是一个除梦之外什么都没有的乞丐。

与陆海分别后，水娃立刻去找活儿干，但大都市给他的震撼使他很快忘记了自己的目的，整个白天他都在城市中漫无目标地闲逛，仿佛是行走在仙境中，一点儿都不觉得累。

傍晚，他站在首都的新象征之一、去年落成的 500 米高的统一大厦前，仰望着那直插云端的玻璃绝壁。在上面，渐渐暗下去的晚霞和很快亮起来的城市灯海在进行着摄人心魄的光与影的表演，水娃看得脖子酸疼。当他正要走开时，大厦本身的灯也亮了起来，这奇景以一种更大的力量攫住了水娃的全部身心，他继续在那里仰头呆望着。

"你看了很长时间，对这工作感兴趣？"

水娃回头，看到说话的是一个年轻人，典型的城里人打扮，但手里拿着一顶黄色的安全帽。"什么工作？"水娃迷惑地问。

"那你刚才在看什么？"那人问，同时拿安全帽的手向上一指。

水娃抬头向他指的方向看，看到高高的玻璃绝壁上居然有几个人，从这里看去只是几个小黑点。"他们站那么高干什么呀？"水娃问，又仔细地看了看，"擦玻璃？"

那人点点头："我是蓝天建筑清洁公司的人事经理，我们公司主要承揽高层建筑的清洁工程，你愿意干这工作吗？"

水娃再次抬头看，高空中那几个蚂蚁似的小黑点让人头晕目眩："这……太吓人了吧。"

"如果是担心安全，那你尽管放心。这工作看起来危险，正是这点使它招工很难，我们现在很缺人手，但我向你保证，安全措施是很完备的，只要严格按规程操作，绝对不会有危险，且工资在同类行业中是最高的。你嘛，每月工资一千五，工作日管午餐，公司代买人身保险。"

这钱数让水娃吃了一惊，他呆呆地望着经理，经理误解了水娃的意思："好吧，取消试用期，再加三百，每月一千八，不能再多了。以前这个工种的基本工资只有四五百，每天有活儿干再额外计件，现在是固定月薪，相当不错了。"

于是，水娃成了一名高空清洁工，又叫蜘蛛人。

人生第四个目标：成为一个北京人

水娃与四位工友从航天大厦的顶层谨慎地下降，用了40分钟才到达它的第83层，这是他们昨天擦到的位置。蜘蛛人最头疼的活儿就是擦倒角墙，即与地面的角度小于90度的墙。而航天大厦的设计者为了表现他那变态的创意，把整个大厦设计成倾斜的，顶部由一根细长的立柱连接地面支撑，据这位著名建筑师说，倾斜更能表现出上升感。这话似乎有道理，这座摩天大厦也因此名扬世界，成为北京的又一标志性建筑。但这位建筑大师的祖宗八代都被北京的蜘蛛人骂遍了，清洁航天大厦的活儿对他们来说几乎是一场噩梦，因为这座倾斜的大厦整整一面全是倒角墙，高达400米，与地面的角度小到65度。

到达工作位置后，水娃仰头看看，头顶上这面巨大的玻璃悬崖仿佛正在倾倒下来。他一只手打开清洁剂容器的盖子，另一只手紧紧抓着吸盘的把手。这种吸盘是为清洁倒角墙特制的，但并不好使，常常脱吸，这时蜘蛛人就会荡离墙面，被安全带吊着在空中打秋千。这种事在清洁航天大厦时多次发生，每次都让人魂飞天外。就在昨天，水娃的一位工友脱吸后远远地荡出去，又荡回来，在强风的推送下直撞到墙上，撞碎了一大块玻璃，他的额头和手臂上各被划了一道大口子，而那块昂贵的镀膜高级建筑玻璃让他这一年的活儿白干了。

到现在为止，水娃干蜘蛛人的工作已经两年多了，这活儿可真不容易。在地面上有二级风力时，百米空中的风力就有五级，而现在在四五百米的超高层建筑上，风就更大了。危险自不必说，从本世纪初开始，蜘蛛人的坠落事故就时有发生。在冬天时，那强风就像刀子一样锋利；清洗玻璃时最常用的氢氟酸洗剂腐蚀性很强，使手指甲先变黑再脱落；而到了夏天，为防洗涤药水的腐蚀，还得穿着不透气的雨衣、雨裤、雨鞋，如果是擦镀膜玻璃，除背上太阳暴晒外，面前玻璃反射的阳光也让人睁不开眼，这时水娃的感觉真像是被放在陆海的太阳灶上了。

但水娃热爱这个工作，这两年多是他有生以来最快乐的时光。这固然是因为在外地来京的低文化层次的打工者中，蜘蛛人的收入相对较高，更重要的是，他从工作中获得了一种奇妙的满足感。他最喜欢干那些别的工友不愿意干的活儿：清洁新近落成的超高建筑。这些建筑的高度都在 200 米以上，最高的达 500 米。悬在这些摩天大楼顶端的外墙上，北京城在下面一览无遗地延伸开来，那些 20 世纪建成的所谓高层建筑从这里看下去是那么矮小。再远一些，它们就像一簇簇插在地上的细木条，而城市中心的紫禁城则像是用金色的积木搭起来的。在这个高度听不到城市的喧闹，整个北京成了一个可以一眼望全的整体，成了一个以蛛网般的公路为血脉的巨大的生命，在下面静静地呼吸着。有时，摩天大楼高耸在云层之上，腰部以下笼罩在阴暗的暴雨之中，以上却阳光灿烂，干活儿时脚下是一望无际的滚滚云海，每到这时，水娃总觉得他的身体都被云海之上的强风吹得透明了……

水娃从这些经历中悟出了一个哲理：事情得从高处才能看清楚。如果你淹没于这座大都市之中，周围的一切是那么纷繁复杂，城市仿佛是一个无边无际的迷宫，但从这高处一看，整座城市不过是一个有 1000 多万人的大蚂蚁窝罢了，而它周围的世界又是那么广阔。

第一次领到工资后，水娃到一个大商场转了转，乘电梯上到第三层时，他发现这是一个让自己迷惑的地方。与繁华的下两层不同，这一层的大厅比较空旷，只摆放着几张大得惊人的低桌子，在每张桌子宽阔的桌面上，都有一片小小的楼群，每幢楼有一本书那么高。楼间有翠绿的草地，草地上有白色的凉亭和回廊……这些小建筑好像是用奶酪做成的，看上去那么可爱。它们与绿草地一起构成了精致的小世界，在水娃眼中，真像是一个个小天堂的模型。最初他猜测这是某种玩具，但这里见不到孩子，桌边的人们也一脸认真和严肃。他站在一个"小天堂"边上对着它出神地望了很久，一位漂亮小姐过来招呼他，他这才知道这里是出售商品房的地方。他随便指着一幢小楼，问最顶上那套房多少钱，小姐告诉他那是三室一厅，每平方米三千五百元，总价值三十八万元。听到这数目，水娃倒吸一口冷气，但小姐接下来的话让这冷酷的数字温柔了许多："分期付款，每月一千五百元到两千元。"

他小心地问："我……我不是北京人，能买吗？"

小姐给了他一个动人的微笑："您可真逗，户口已经取消两年了，还有什么北京人不北京人的？您住下不就是北京人了嘛！"

水娃走出商场后，漫无目的地在街上走了很长时间，夜中的北京在他的周围五光十色地闪耀着，他的手中拿着售房小姐给他的几张花花绿绿的宣传页，他不时停下来看看。仅在一个多月前，在那座遥远的西部城市的简易房中，在省城拥有一套住房对他来说都还是一个神话，现在，他尽管离买得起那套北京的住房还有相当的距离，但这已不是神话了，它由神话变成了梦想，而这梦想，就像那些精致的小模型一样，实实在在地摆在眼前，可以触摸到了。

这时，有人在里面敲水娃正在擦的这面玻璃，这往往是麻烦事。在办公室窗上出现的高楼清洁工总让超级大厦中的白领们有一种莫名的烦恼，好像这些人真如其俗名那样是一个个异类大蜘蛛，他们之间的隔阂远不止那面玻璃。在蜘蛛人干活儿时，里面的人不是嫌有噪声，就是抱怨阳光被挡住了，变着法儿和他们过不去。航天大厦的玻璃是半反射型的，水娃很费劲地向里面看，终于看清了里面的人，居然是陆海！

分手后，水娃一直惦记着陆海，在他的记忆中，陆海一直是一个西装革履的流浪汉，在这个大城市中深一脚浅一脚地过着艰难的生活。在一个深秋之夜，正当水娃在宿舍中默默地为陆海过冬的衣服发愁时，却真的在电视上看到了他！这时，中国太阳工程正在选择构建反射镜的材料，这是工程最关键的技术核心，在十几种材料中，陆海研制的纳米镜膜被最后选中了。他由一名科技流浪汉变成了中国太阳工程的首席科学家之一，一夜之间举世闻名。

　　这以后，虽然陆海频频在各种媒体上出现，水娃反而把他忘记了，水娃觉得他们之间已没有什么关系了。

　　在那间宽大的办公室里，水娃看到，陆海与两年前相比，从里到外都没有变，甚至还穿着那身西装，现在水娃知道，这身当时在他眼中高级华贵的衣服实际上次透了。

　　水娃向他讲述了自己在北京的生活，最后笑着说："看来咱俩在北京干得都不错。"

　　"是的是的，都不错！"陆海激动地连连点头，"其实，那天早晨对你说那些关于时代和机遇的话时，我几乎对一切都失去了信心，我是说给自己听的，但这个时代真的充满了机遇。"

　　水娃点点头："到处都是金色的鸟儿。"

　　接着，水娃打量起这间充满现代感的大办公室来，这里最引人注目的是那一套不同寻常的装饰物：办公室的天花板整个是一幅星空的全息图像，所以在办公室中的人如同置身于一个灿烂星空下的院子。

　　在这星空的背景前悬浮着一个银色的圆形曲面，那是一个镜面，很像陆海的那个太阳灶，但水娃知道，这个太阳灶面积可能有几十个北京那么大。在天花板的一角，有一盏球形的灯，与这镜面一样，这灯球没有任何支撑地悬浮在空中，发出耀眼的黄光。镜面把它的一束光投射到办公桌旁的一个大地球仪上，在其表面打出一个圆圆的亮点。那个灯球在天花板下缓缓飘移着，镜面转动着追踪它，始终保持着那束投向地球仪的光束。星空、镜面、灯球、光束、地球仪和其表面的亮点，形成了一幅抽象而神秘的构图。

"这就是中国太阳吗？"水娃指着镜面敬畏地问。

陆海点点头："这是一个面积达30000平方千米的反射镜，它在36000千米高的同步轨道上向地球反射阳光，在地面看上去，天空中像多了个太阳。"

"我一直搞不明白，天上多个太阳，地上怎么会多了雨水呢？"

"这个人造太阳可以以多种方式影响天气，比如通过改变大气的热平衡来影响大气环流、增加海洋蒸发量、移动锋面等，这一两句话说不清楚。其实，轨道反射镜只是中国太阳工程的一部分，另一部分是一个复杂的大气运动模型，它运行在许多台超级计算机上，精确地模拟出某一区域大气的运动状态，然后找准一个关键点，用人造太阳的热量施加影响，就会产生出巨大的效应，足以在一段时间内完全改变目标区域的气候……这个过程极其复杂，不是我的专业，我也不太明白。"

水娃又问了一个陆海肯定明白的问题，他知道自己的问题太傻，但还是鼓足勇气问了出来："那么大个东西悬在天上，不会掉下来吗？"

陆海默默地看了水娃几秒，又看了看表，一拍水娃的肩膀说："走，我请你吃饭，同时让你明白中国太阳为什么不会掉下来。"

但事情远没有陆海想得那么简单，他不得不把要讲授的知识线移到最底层。水娃知道自己生活在一个圆的地球上，但他意识深处的世界还是一个天圆地方的结构，陆海费了很大劲儿才使他真正明白了我们的世界只是一颗飘浮在无际虚空中的小石球。这个晚上水娃并没有搞明白中国太阳为什么不会掉下来，但这个宇宙在他的脑海中已完全变了样，他进入了自己的托勒密时代。第二个晚上，陆海同水娃到大排档去吃饭，并成功地使水娃进入了哥白尼时代。又用了两个晚上，水娃艰难地进入了牛顿时代，知道了（当然仅仅是知道了）万有引力。接下来的一个晚上，借助于办公室中的那个大地球仪，陆海使水娃迈进了航天时代。在接下来的一个公休日，也是在那个大地球仪前，水娃终于明白了同步轨道是什么意思，同时也明白了中国太阳为什么不会掉下来。

这一天，陆海带水娃参观了中国太阳工程的指挥中心，一块高大的屏幕上映出了同步轨道上中国太阳建设工地的全景：漆黑的空间中飘浮着几块银色的薄片，航天飞机在那些薄片前像几只小小的蚊子。最让水娃感到震撼的，是另一块大屏幕上从36000千米高度拍摄的地球。他看到，大陆像漂浮在海洋上的一张张大牛皮纸，山脉像牛皮纸的皱褶，而云层如同牛皮纸上残留的一片片白糖末儿……陆海指给水娃看哪里是他的家乡，哪里是北京。水娃呆呆地看了好半天，冒出一句话："站在这么高的地方，人想的事情肯定不一样……"

三个月后，中国太阳的主体工程完工，在国庆节之夜，反射镜首次向地球的黑夜部分投射阳光，并把巨大的光斑固定在京津地区。这天夜里，水娃在天安门广场上同几十万人一起目睹了这壮丽的"日出"：西边的夜空中，一颗星星的亮度急剧增强，在这颗星的周围有一圈蓝天在扩散，当中国太阳的亮度达到最大时，这圈蓝天已占据了半个天空。在它的边缘，色彩由纯蓝渐渐过渡到黄色、橘红色和深紫色，这圈渐变的色彩如一圈彩虹把蓝天围在中央，形成了人们所称的"环形朝霞"。

水娃在凌晨4点才回到宿舍，他躺在狭窄的上铺，中国太阳的光芒从窗户中透进来，照在枕边墙上那几张商品住宅宣传页上，水娃把那几张彩纸从墙上撕了下来。

在中国太阳的天国之光下，他曾为之激动不已的理想显得那么平淡渺小。

两个月后，清洁公司的经理找到水娃，说中国太阳工程指挥中心的陆总让他去一下。自从清洁航天大厦的活儿干完后，水娃就再也没见过陆海。

"你们的太阳真是伟大！"在航天大厦的办公室中见到陆海后，水娃由衷地赞叹道。

"是我们的太阳，特别是你也有份儿——现在在这里看不到中国太阳了，它正在给你的家乡造雪呢！"

"我爸妈来信说，那里今冬的雪真的多了起来！"

"但中国太阳也遇到了大问题，"陆海指指身后的一块大屏幕，上面显示着两个圆形的光斑，"这是在同一位置拍摄的中国太阳的图像，时隔两个月，你能看出它们有什么差别吗？"

"左边那个亮一些。"

"看，仅两个月，反射率的降低用肉眼都能看出来了。"

"怎么，是大镜子上落灰了吗？"

"太空中没有灰，但有太阳风，也就是太阳喷出的粒子流，时间一长，它使中国太阳的镜面表层发生了质变，镜面就蒙上了一层极薄的雾膜，反射率就降低了。一年以后，镜面将变得像蒙上一层水雾一样，那时中国太阳就变成了中国月亮，什么事都干不了了。"

"你们开始没想到这些吗？"

"当然想到了……我们还是谈你的事吧：想不想换个工作？"

"换工作？我还能干什么呢？"

"还是干高空清洁工，但是在我们这里干。"

水娃迷惑地四下看看："你们的大楼不是刚清洁过吗？还用专门雇高空清洁工？"

"不，不是让你擦大楼，是擦中国太阳。"

人生第五个目标：飞向太空擦太阳

这是一次由中国太阳工程运行部的高层领导人参加的会议，讨论成立镜面清洁机构的事。陆海把水娃介绍给大家，并介绍了他的工作。当有人问到他的学历时，水娃诚实地说他只读过三年小学。

"但我认字的，看书没问题。"水娃对与会者说。

一阵笑声响起。"陆总，你这是在开玩笑吗？"有人气愤地喊道。

陆海平静地说："我没开玩笑。如果组成 30 个人的镜面清洁队，把中国太阳全部清洁一遍需要半年时间。按照清洁周期，清洁队需不停地工作，这至少要有 60 到 90 人进行轮换。如果正在制定中的《空间劳动保护法》出台，这种轮换可能需要更多的人，也就是说，需要 120 甚至 150 人。我们难道要让 150 名有博士学位的、在高性能歼击机上飞过 3000 小时的宇航员干这项工作吗？"

"那也得差不多点儿吧？在城市高等教育已经普及的今天，让一个文盲飞向太空？"

"我不是文盲！"水娃对那人说。

对方没理他，接着对陆海说："这是对这个伟大工程的亵渎！"

与会者们纷纷点头赞同。

陆海也点点头："我早就料到各位会有这种反应。在座的，除这位清洁工之外都具有博士学位，那么好，就让我们看看各位在清洁工作中的素质吧！请跟我来。"

十几位与会者迷惑不解地跟着陆海走出会议室，走进电梯。这种摩天大楼中的电梯分快、中、慢三种，他们乘坐的是最快的电梯，飞快加速，直上大厦的顶层。

有人说："我是第一次乘这种电梯，真有乘火箭升空的感觉！"

"我们进入同步轨道后，大家还将体验清洁中国太阳的感觉。"陆海说，周围的人都向他投来奇怪的目光。

走出电梯后，大家又跟着陆海爬了一段窄扶梯，最后从一扇小铁门走出去，来到了大厦的露天楼顶。他们立刻置身于阳光和强风之中，上面的蓝天似乎比平时看到的清澈了许多，向四周望去，北京城尽收眼底。他们发现楼顶上已经有一小群人在等着，水娃吃惊地发现那竟是清洁公司的经理和他的蜘蛛人工友们！

陆海大声说："现在，我们就请大家体验一下水娃的工作。"

于是，那些蜘蛛人走过来给每一位与会者扎上安全带，然后领他们走到楼顶边缘，使他们小心地站到作为蜘蛛人工作平台的十几块吊板上。然后吊板开始慢慢下降，悬在距楼顶五六米处不动了，被挂在大厦玻璃墙上的与会者们发出了一阵绝不掺假的惊叫声。

"各位，我们继续开会吧！"陆海蹲着从楼顶边缘探出身去对下面的人喊。

"可恶！快拉我们上去！"

"你们每人必须擦完一块玻璃才能上来！"

擦玻璃是不可能的，下面的人能做的只是死抓着安全带或吊板的绳索一动不动，根本不可能松开一只手去拿起放在吊板上的刷子或打开清洁剂桶的盖子。在他们的日常工作中，这些航天官员每天都在图纸或文件上与几万千米的高度打交道，但在这亲身体验中，400米的高度已经令他们魂飞天外了。

陆海站起身，走到一位空军大校所在的吊板上面，他是被吊下去的十几个人中唯一镇定自若者。他开始擦玻璃，动作沉稳，最让水娃吃惊的是，他的两只手都在干活儿，并没有抓着什么稳定自己，而他的吊板在强风中贴着墙面一动不动，这对蜘蛛人来说也只有老手才能做到。当水娃认出他就是10多年前神舟八号飞船上的一名宇航员时，对眼前所见也就不奇怪了。

陆海问："张大校，坦率地说，你眼前的工作真的比你们在轨道上的太空行走作业容易吗？"

"如果仅从体力和技巧上来说，相差不是太多。"前宇航员回答说。

"说得好！宇航训练中心的一项研究表明，在人体工程学上，高层建筑清洁工的工作与太空中的镜面清洁工作有许多相似之处：都是在危险且需要时时保持平衡的位置上，从事重复、单调且消耗体力的劳动；都要时时保持着警觉，稍一疏忽就会有意外事故发生。这事故对宇航员来说，可能是错误飘移、工具或材料丢失，以及生命保障系统失灵等；对蜘蛛人来说，则可能是撞碎玻璃、工具或清洁剂跌落，以及安全带断裂滑脱等。在体能技巧方面，特别是在心理素质方面，蜘蛛人完全有能力胜任镜面清洁工作。"

前宇航员仰视着陆海点了点头："这使我想起了那个古老的寓言：卖油人把油通过一个铜钱的方孔倒进油壶中，所需的技巧与将军把箭射中靶心同样高超，差异只在于他们的身份。"

陆海接着说："哥伦布发现了美洲，库克发现了大洋洲，但这些新世界都是由普通人开发的，这些开拓者在当时的欧洲处于社会的最下层。太空开发也一样，国家在下一个'五年计划'中把近地空间作为第二个西部，这就意味着航天事业的探险时代已经结束，它不再只是由少数精英从事的工作，让普通人进入太空，是太空开发产业化的第一步！"

"好了好了，你说得都对！快把我们弄上去啊！"下面的其他人声嘶力竭地喊着。

在回去的电梯上，清洁公司的经理凑到陆海耳边低声说：

"陆总，您慷慨激昂了半天，讲的道理有点儿太大了吧？当然，当着水娃和我这些小弟兄的面，您不好把关键之处挑明。"

"嗯？"陆海询问地看着他。

"谁都知道，中国太阳工程是以准商业方式运行的，中途差点儿因资金缺口而停工，现在，留给你们的运行费用没有多少了。在商业宇航中，正规宇航员的年薪都在百万以上，我的这些小伙子每年就可以给你们省几千万。"

陆海神秘地一笑，说："您以为，为这区区几千万我值得冒这个险？我这次故意把镜面清洁工的文化程度标准压到最低，这个先例一开，中国太阳在空间轨道的其他工作岗位，我就可以用普通大学毕业生来做，这一下省的可不止几千万。如您所说，这也是没办法的办法，我们真的没剩多少钱了。"

经理说："在我的童年和少年时代，进入太空是一种何等浪漫的事业，我清楚地记得，邓小平在访问林登·约翰逊航天中心时，称赞一位美国宇航员很了不起。现在……"他拍着陆海的后背苦笑着摇摇头，"我们彼此彼此了。"

陆海扭头看了看那几名蜘蛛人小伙子，放大了声音说："但，先生，我给他们的工资怎么说也是你的 8 到 10 倍！"

第二天，包括水娃在内的 60 名蜘蛛人进入了坐落在石景山的中国宇航训练中心，他们都是从外地来京打工的农村后生，来自中国广阔田野的各个偏僻角落。

镜面农夫

西昌基地，"地平线"号航天飞机从它的发动机喷出的大团白雾中探出头来，轰鸣着升上蓝天。机舱里坐着水娃和其他 14 名镜面清洁工，经过三个月的地面培训，他们被从 60 人中挑选出来，首批进入太空进行实际操作。

在水娃这时的感觉中，超重远不像传说中的那么可怕，他甚至有一种熟悉的舒适感，这是孩子被母亲紧紧抱在怀中的感觉。在他右上方的舷窗外，天空的蓝色在渐渐变深。舱外隐约传来爆炸螺栓的啪啪声，助推器分离，发动机声由震耳的轰鸣变为蚊子似的嗡嗡声。天空变成深紫色，最后完全变黑，星星出现了，都不眨眼，十分明亮。嗡嗡声戛然而止，舱内变得很安静，座椅的震动消失了，接着后背对椅背的压力也消失了，失重出现。水娃他们是在一个巨大的水池中进行的失重训练，这时的感觉还真像是浮在水中。

但安全带还不能解开，发动机又嗡嗡地叫了起来，重力又把每个人按回椅子上，漫长的变轨飞行开始了。小小的舷窗中，星空和海洋交替出现，舱内不时充满了地球反射的蓝光和太阳白色的光芒。窗口中能看到的地平线的弧度一次比一次大，能看到的海洋和陆地的景色范围也一次比一次大。向同步轨道的变轨飞行整整进行了 6 个小时，舷窗中星空和地球的景色交替变化，也渐渐产生了催眠作用，水娃居然睡着了。但他很快被扩音器中指令长的声音惊醒，那声音说变轨飞行结束了。

舱内的伙伴们纷纷飘离座椅，紧贴着舷窗向外瞅。水娃也解开安全带，用游泳的动作笨拙地飘到离他最近的舷窗，他第一次亲眼看到了完整的地球。但大多数人都挤在另一侧的舷窗边，他也一蹬舱壁蹿了过去，因速度太快在对面的舱壁上碰了脑袋。从舷窗望出去，他这才发现"地平线"号已经来到中国太阳的正下方，反射镜已占据了星空的大部分面积，航天飞机如同飞行在一个巨大的银色穹顶下的一只小蚊子。"地平线"号继续靠近，水娃渐渐体会到镜面的巨大：它已占据了窗外的所有空间，一点儿都感觉不到它的弧度，他们仿佛飞行在一望无际的银色平原上。距离在继续缩短，镜面上出现了"地平线"号的倒影。可以看到银色大地上有一条条长长的接缝，这些接缝像地图上的经纬线一样织成了方格，成了能使人感觉到相对速度的唯一参照物。渐渐地，银色大地上的经线不再平行，而是向一个点汇聚，这趋势急剧加快，好像"地平线"号正在驶向这巨大地图上的一个极点。"极点"很快出现了，所有经线接缝都汇聚在一个小黑点上，航天飞机向着这个小黑点下降。水娃震惊地发现，这个黑点竟是这银色大地上的一座大楼，这座大楼是一个全密封的圆柱体，水娃知道，这就是中国太阳的控制站，是他们以后三个月在这冷寂太空中唯一的家。

太空蜘蛛人的生活就这样开始了。每天（中国太阳绕地球一周的时间也是 24 小时），镜面清洁工们驾驶着一台台有手扶拖拉机大小的机器擦光镜面，他们开着这些机器在广阔的镜面上来回行驶，很像在银色的大地上耕种着什么，于是西方新闻媒体给他们起了一个更有诗意的名字："镜面农夫"。这些"农夫"的世界是奇特的，他们脚下是银色的平原，由于镜面有弧度，这平原在远方的各个方向缓缓升起，但由于面积巨大，周围看上去如水面般平坦。上方，地球和太阳总是同时出现，后者比地球小得多，倒像是它的一颗光芒四射的卫星。在占据天空大部分的地球上，总能看到一个缓缓移动的圆形光斑，在地球黑夜的一面这光斑尤其醒目，这就是中国太阳在地球上照亮的区域。镜面可以调整形状以改变光斑的大小：当银色大地在远方上升的坡度较陡时，光斑就小而亮；当上升坡度较缓时，光斑就大而暗。

但镜面清洁工的工作是十分艰辛的，他们很快发现，清洁镜面的枯燥和劳累，比在地球上擦高楼玻璃有过之而无不及。每天收工回到控制站后，往往累得连太空服都脱不下来。随着后续人员的到来，控制站里拥挤起来，人们像生活在一艘潜水艇中。但能够回到站里还算幸运，镜面上距站最远处近100千米，清洁到外缘时往往下班后回不来，只能在"野外"过"夜"，从太空服中吸些流质食物，然后悬在半空中睡觉。工作的危险更不用说，镜面清洁工是人类航天史上进行太空行走最多的人，在"野外"，太空服的一个小故障就足以置人于死地，此外，还有微陨石、太空垃圾和太阳磁暴等。这样的生活和工作条件使控制站中的工程师们怨气冲天，但天生就能吃苦的"镜面农夫"们却默默地适应了这一切。

在进入太空后的第五天，水娃与家里通了话，这时水娃正在距控制站50多千米处干活儿，他的家乡正处于中国太阳的光斑之中。

水娃爹："娃啊，你是在那个日头上吗？它在俺们头上照着呢，这夜跟白天一样啊！"

水娃："是，爹，俺是在上面！"

水娃娘："娃啊，那上面热吧？"

水娃："说热也热，说冷也冷，俺在地上投了个影儿，影儿的外面有咱那儿十个夏天热，影儿的里面有咱那儿十个冬天冷。"

水娃娘对水娃爹："我看到咱娃了，那日头上有个小黑点点！"

水娃知道那是不可能的，他的眼泪涌了出来，说："爹、娘，俺也看到你们了，亚洲大陆的那个地方也有两个小黑点点！明天多穿点儿衣服，我看到一大股寒流从大陆北面向你们那里移过去了！"

……

三个月后，换班的第二分队到来，水娃他们返回地球去休三个月的假。他们着陆后的第一件事就是每人买了一架单筒高倍望远镜。三个月后，他们回到中国太阳上，在工作的间隙，大家都用望远镜遥望地球，望得最多的当然还是家乡，但在 36000 千米的距离上是不可能看到他们的村庄的。他们中有人用粗笔在镜面上写下了一首稚拙的诗：

> 在银色的大地上我遥望家乡
> 村边的妈妈仰望着中国太阳
> 这轮太阳就是儿子的眼睛
> 黄土地将在这目光中披上绿装

"镜面农夫"们的工作是出色的，他们逐渐承担了更多的任务，范围都超出了他们的清洁工作。首先是修复被陨石破坏的镜面，后来又承担了一项更高层次的工作——监视和加固应力超限点。

中国太阳在运行中其姿态总是在不停地变化，这些变化是由分布在其背面的 3000 台发动机实现的。反射镜的镜面很薄，它由背面的大量细梁连成一个整体，在进行姿态或形状改变时，有些位置可能发生应力超限，如果不及时对各发动机的出力给予纠正，或在那个位置进行加固，而是任其发展，超限应力就可能撕裂镜面。这项工作的技术要求很高，发现和加固应力超限点都需要熟练的技术和丰富的经验。

除进行姿态和形状调整外，最有可能发生应力超限的时间是在轨道"理发"时，这项操作的正式名称是"光压和太阳风所致轨道误差修正"。光压和太阳风对面积巨大的镜面产生作用力，这种力量在每平方千米的镜面上达 2 千克左右，使镜面轨道变扁上移。在地面控制中心的大屏幕上，变形的轨道与正常的轨道同时显示，很像是正常的轨道上长出了头发，这个离奇的操作名称由此而来。轨道"理发"时，镜面产生的加速度比姿态和形状调整时大得多，这时，"镜面农夫"们的工作十分重要，他们飞行在银色大地上空，仔细地观察着镜面的每一处异常变化，随时进行紧急加固，每次都出色地完成了任务。他们的收入因此增长很多，但这中间得利最多的，还是已成为中国太阳工程第一负责人的陆海，他连普通大学毕业生也不必雇了。

但"镜面农夫"们都明白，他们这批人是第一批也是最后一批只有小学文化程度的太空工人了，以后的太空工人最低也是大学毕业生。但他们完成了陆海所设想的使命：证明了太空开发中的底层工作最需要的是技巧和经验，是对艰苦环境的适应能力，而不是知识和创造力，普通人完全可以胜任。

但太空也在改变着"镜面农夫"们的思维方式，没有人能像他们这样，每天从 36000 千米的太空居高临下地看地球。世界在他们面前只是一个可以一眼望全的小沙盘，地球村对他们来说不是一个比喻，而是眼前实实在在的现实。

"镜面农夫"作为第一批太空工人，曾在全世界引起了轰动。但随着近地空间开发产业化的飞速发展，许多超级工程在太空中出现，其中包括用微波向地面传送电能的超大型太阳能电站、微重力产品加工厂等，容纳 10 万人的太空城也开始建设。大批产业工人涌向太空，他们都是普通人，世界渐渐把"镜面农夫"们忘记了。

几年后，水娃在北京买了房子，建立了家庭，又有了孩子。每年他有一半时间在家里，一半时间在太空。他热爱这项工作，在 30000 多千米高空的银色大地上长时间巡行，使他的心中产生了一种超脱的宁静，他觉得自己已找到了理想的生活，未来就如同脚下的银色平原一样平滑地向前伸展。但后来的一件事打破了这种宁静，彻底改变了水娃的心路历程，这就是他与斯蒂芬·霍金的交往。

没有人想到霍金能活过 100 岁，这既是医学的奇迹，也是他个人精神力量的表现。当近地轨道的第一所太空低重力疗养院建立后，他成为第一位疗养者。但上太空过程中的超重差一点儿要了他的命，返回地面也要经受超重，所以在太空电梯或反重力舱之类的运载工具发明之前，他可能回不了地球了。事实上，医生建议他长住太空，因为失重环境对他的身体是最合适不过的。

霍金开始对中国太阳没什么兴趣，他从低轨道再次忍受加速重力（当然比从地面进入太空时小得多）来到位于同步轨道的中国太阳，是想看看在这里进行的一项关于背景辐射强度各向微小异性的宇宙学观测。观测站之所以设在中国太阳背面，是因为巨大的反射镜可以挡住来自太阳和地球的干扰。但在观测完成，观测站和工作小组都撤走后，霍金仍不想走，说他喜欢这里，想多待一阵儿。中国太阳的什么东西吸引了他，新闻界做出了各种猜测，但只有水娃知道实情。

在中国太阳生活的日子里，霍金最喜欢做的事就是在镜面上散步，让人不可理解的是，他只在反射镜的背面散步，每天散步的时间长达几个小时。空间行走经验最丰富的水娃被站里指定陪博士散步。这时的霍金已与爱因斯坦齐名，水娃当然听说过他，但在控制站内第一次见到他时还是很吃惊，水娃想象不出一位瘫痪到如此程度的人如何做出这么大的成就，尽管他对这位大科学家做了什么还一无所知。但在散步时，丝毫看不出霍金的瘫痪，也许是有了操纵电动轮椅的经验，他操纵太空服上的微型发动机时与正常人一样灵活。

霍金与水娃的交流很困难，他虽然植入了由脑电波控制的电子发声系统，说话不像上个世纪时那么困难了，但他的话要通过实时翻译器译成中文水娃才能听得懂。按领导的交代，为了不影响博士思考问题，水娃从不主动搭话，但博士却很愿意与他交谈。

博士最先是问水娃的身世，然后回忆起自己的早年：他向水娃讲述童年时在圣阿尔班斯住的那幢阴冷的大房子，冬天结了冰的高大客厅中响着瓦格纳的音乐；还有那辆放在奥斯明顿磨坊牧场的马戏车，他常和妹妹玛丽一起乘着它到海滩去；还有他常与父亲去的齐尔顿领地的爱文豪灯塔……水娃惊叹这位百岁老人的记忆力，更让他吃惊的是，他们之间居然有共同语言，水娃讲述家乡的一切，博士很爱听，当走到镜面边缘时还让水娃指给他看家乡的位置。

时间长了，谈话不可避免地转到科学方面，水娃本以为这会结束他们之间难得的交流，但并非如此，用最通俗的语言向普通人讲述艰深的物理学和宇宙学，对博士似乎是一种休息。他向水娃讲述了大爆炸、黑洞、量子引力……水娃回去后，就啃博士在上世纪写的那本薄薄的小书，再向站里的工程师和科学家请教，居然明白了不少。

"知道我为什么喜欢这里吗？"一次散步到镜面边缘时，博士对着从边缘露出一角的地球对水娃说，"这个大镜面隔开了下面的地球，使我忘记了尘世的存在，能全身心地面对宇宙。"

水娃说："下面的世界好复杂的，可从这里远远地看，宇宙又是那么简单，只是太空中撒着一些星星。"

"是的，孩子，真是这样。"博士点点头说。

反射镜的背面与正面一样，也是镜面，只是多了些如一座座小黑塔似的姿态和形状的调整发动机。每天散步时，博士和水娃两人就紧贴着镜面缓缓地飘行，常常从中心一直飘到镜面的边缘。没有月亮时，反射镜的背面很黑，表面是星空的倒影。与正面相比，这里的地平线很近，且能看出弧形，星光下由支撑梁组成的黑色经纬线在他们脚下移动，他们仿佛飘行在一个宁静的小星球的表面。遇上姿态或形状调整，反射镜背面的发动机启动，这小星球的表面被一柱柱小火苗照亮，更使这里显出一种美丽的神秘。在这小小的世界之上，银河在灿烂地照耀着。就在这样的境界中，水娃第一次接触到宇宙最深层的奥秘，他明白了自己所看到的所有星空，在大得无法想象的宇宙中也只是一粒灰尘，而这整个宇宙，只不过是百亿年前一次壮丽焰火的余烬。

许多年前，作为蜘蛛人踏上第一座高楼的楼顶时，水娃看到了整个北京；来到中国太阳时，他看到了整个地球；现在，水娃面对着他人生第三个壮丽的时刻，他站到了宇宙的楼顶上，看到了他以前做梦都不会想到的东西，虽然这知识还很粗浅，但足以使那更遥远的世界对他产生一种难以抗拒的吸引力。

有一次，水娃向站里的一位工程师说出了自己的一个困惑："人类在 20 世纪 60 年代就登上了月球，为什么后来反而缩了回来，到现在还没登上火星，甚至连月球也不去了？"

工程师说："人类是现实的动物，20 世纪中叶那些由理想主义和信仰驱动的东西是没有长久生命力的。"

"理想和信仰不好吗？"

"不是说不好，但经济利益更好。如果从那时开始人类就不惜代价，做飞向外太空的赔本买卖，地球现在可能还在贫困之中，你我这样的普通人反而不可能进入太空，虽然只是在近地空间。朋友，别中了霍金的毒，他那套东西一般人玩儿不了的！"

水娃从此变了，他仍然与以前一样努力工作，表面平静地生活，但显然在想着更多的事。

时光飞逝，20 年过去了。这 20 年中，水娃和他的伙伴们从 36000 千米的高度清楚地看到了祖国和世界的变化。他们看到，三北防护林形成了一条横贯中国东西的绿带，黄色的沙漠渐渐被绿色覆盖，家乡也不再缺少雨水和白雪，村前干枯的河床又盈满了清流……这一切也有中国太阳的一份功劳，它在改变大西北气候的宏大工程中起了很大的作用。除此之外，这些年中国太阳还干了许多不寻常的事，比如融化乞力马扎罗山的积雪以缓解非洲干旱，使举行奥运会的城市

成为真正的不夜城……

但对最新的技术来说，用这种方式影响天气显得过于笨拙，且有太多的副作用，中国太阳已完成了它的使命。

国家太空产业部举行了一个隆重的仪式，为人类第一批太空产业工人授勋。这不仅仅是表彰他们20年来辛勤而出色的工作，更重要的是，这60位只有小学或初中文化程度的青年进入太空工作，标志着太空开发已对所有人敞开了大门，经济学家们一致认为，这是太空开发产业化的真正开端。

这个仪式引起了新闻媒体的极大关注，除了以上的原因，还因为在普通大众心中，"镜面农夫"们的经历具有传奇色彩；同时，在这个追逐与忘却的时代，有一个怀旧的机会也是很不错的。

当年那些憨厚朴实的小伙子现在都已人到中年，但他们看上去变化并不是太大，人们从全息电视中还能认出他们。他们中的大部分人已通过各种方式接受了高等教育，其中有一些人还获得了太空工程师的职称，但无论在自己还是公众的眼里，他们仍是那群来自乡村的打工者。

水娃代表伙伴们讲话，他说："随着电磁输送系统的建成，现在进入近地空间需要的费用，只及乘飞机飞越太平洋所花费用的一半，太空旅行已变成了一件平常又平淡的事。但新一代人很难想象，在20年前进入太空对一个普通人来说意味着什么，很难想象那会是怎样令他激动和热血沸腾的一件事，我们就是那样一群幸运者。

"我们这些人很普通，没什么可说的，我们能有这样不寻常的经历是因为中国太阳。这20年来，它已成为我们的第

中国太阳

209

二家园，在我们的心目中它很像一个微缩的地球。最初，我们把镜面上的接缝当作北半球的经纬线，说明自己的位置时总是说在北纬多少度、东经西经多少度。到后来，随着对镜面逐渐熟悉，我们渐渐在上面划分出了大陆和海洋，我们会说自己是在北京或莫斯科。我们每个人的家乡在镜面上也都有对应的位置，对那一块我们擦得最勤……在这个银色的小'地球'上，我们努力工作，尽了自己的责任。先后有五位镜面清洁工为中国太阳献出了生命，他们有的是在太阳磁暴爆发时没来得及隐蔽，有的是被陨石或太空垃圾击中。

"现在，这块我们生活和工作了 20 年的银色土地就要消失了，我们很难用语言表达自己的感受。"

水娃沉默了，已是太空产业部部长的陆海接过了话头说："我完全理解你们的感受，但在这里可以欣慰地告诉大家：中国太阳不会消失！这我想你们也都知道了，对于这样一个巨大的物体，不可能采用 20 世纪的方式，让它坠入大气层烧掉，它将用另一种方式找到自己的归宿：其实很简单，只要停止进行轨道'理发'，并进行适当的姿态调整，太阳风和光压将最终使它超过第二宇宙速度，离开地球成为太阳的卫星。许多年后，行星际飞船会在遥远的地方找到它，那时我们也许会把它变成一个博物馆，我们这些人会再次回到那银色的平原上，一起回忆我们这段难忘的岁月。"

水娃突然显得激动起来，他大声问陆海："部长先生，你真的认为会有这一天，你真的认为会有行星际飞船吗？"

陆海呆呆地看着水娃，一时说不出话来。

水娃接着说："20 世纪中叶，当阿姆斯特朗在月球上印下第一个脚印时，几乎所有的人都相信人类将在 10 到 20 年之内登上火星。现在，86 年过去了，别说火星了，月球也再没人去过，理由很简单：那是赔本买卖。

"20 世纪'冷战'结束后，经济准则一天天地统治世界，人类在这个准则下也取得了巨大的成就：现在，我们消灭了战争和贫困，恢复了生态，地球正在变成一个乐园。这就使我们更加坚信经济准则的正确性，它已变得至高无上，渗透到我们的每个细胞中，人类社会已变成了百分之百的经济社会，投入大于产出的事是再也不会做了。对月球的开发没有经济意义，对行星的大规模载人探测是经济犯罪，至于进行恒星际航行，那是地地道道的精神变态。现在，人类只知道投入、产出，并享受这些产出了！"

陆海点点头，说："21 世纪人类的太空开发仍局限于近地空间，这是事实，它有许多更深刻的原因，已超出了我们今天的话题。"

"没有超出，现在，我们有了一个机会，只需花很少的钱就能飞出近地空间进行远程宇宙航行。太阳光压可以把中国太阳推出地球轨道，同样也能把它推到更远的地方。"

陆海笑着摇摇头："呵，你是说把中国太阳作为一艘太阳帆船？从理论上说是没问题的，反射镜的主体薄而轻，面积巨大，经过长期的光压加速，理论上它会成为人类迄今发射过的速度最快的航天器。但这也只是从理论而言，实际情况是，一艘船只有帆并不能远航，它上面还要有人，一艘无人的帆船只能在海上来回打转，连港口都驶不出去，记得史蒂文森的《金银岛》里对此有生动的描述。要想借助于光压远航并返回，反射镜需要精确而复杂的姿态控制，而中国太阳是为在地球轨道上运行而设计的，离开了人的操作，它自己只能沿着无规则的航线瞎飘一气，而且飘不了太远。"

"不错，但它上面会有人的，我来驾驶它。"水娃平静地说。

这时，收视统计系统显示，这个频道的收视率急剧上升，全世界的目光正在被吸引过来。

"可你一个人同样控制不了中国太阳，它的姿态控制至少需要……"

"至少需要 12 人，考虑到星际航行的其他因素，至少需要 15 到 20 人，我相信会有这么多志愿者的。"

陆海不知所措地笑笑："真没想到，我们今天的谈话会转移到这个方向。"

"陆部长，20 年前，你不止一次地改变了我的人生方向。"

"可我万万没有想到你沿着那个方向走了这么远，已远远超过我了。"陆海感慨地说，"好吧，很有意思，让我们继续讨论下去吧！嗯……很遗憾，这个想法是不可行的：中国太阳最合理的航行目标是火星，可你想过没有，中国太阳不可能在火星上登陆。如果要登陆，将又是一笔巨大的开支，会使这个计划失去经济上的可行性；如果不登陆，那和无人探测器没有区别，有什么意思呢？"

"中国太阳不去火星。"

陆海迷惑地看着水娃："那去哪里？木星？"

"也不是木星，去更远的地方。"

"更远？去海王星？去冥王……"陆海突然顿住，呆呆地盯着水娃看了好一会儿，"天啊，你不会是说……"

水娃坚定地点点头："是的，中国太阳将飞出太阳系，成为恒星际飞船！"

与陆海一样，全世界顿时目瞪口呆。

陆海两眼平视前方，机械地点点头："好吧，就让我们不当你是在开玩笑，你让我大概估算一下……"说着他半闭起双眼开始心算。

"我已经算好了：借助太阳的光压，中国太阳最终将加速到光速的十分之一，考虑到加速所用的时间，大约需45年时间到达比邻星。"

"然后再借助比邻星的光压减速，完成对半人马座三星系统的探测后，再向相反的方向加速，再用几十年时间返回太阳系。听起来是个美妙的计划，但实际上只是一个根本不可能实现的梦想。"

"你又想错了，到达比邻星后中国太阳不减速，以每秒30000多千米的速度掠过它，并借助它的光压再次加速，飞向天狼星。如果有可能，我们还会继续蛙跳，飞向第三颗恒星、第四颗……"

"你到底要干什么？"陆海失态地大叫起来。

"我们向地球所要求的，只是一套高可靠性但规模较小的生态循环系统和……"

"用这套系统维持20个人上百年的生命？"

"听我说完，和一套生命低温冬眠系统。在航行的大部分时间里，我们都处于冬眠状态，只有在接近恒星时才启动生态循环系统，按目前的技术，这足以维持我们在宇宙中航行上千年。当然，这两套系统的价格也不低，但比起人类从头开始一次恒星际载人探测来，它们所需的资金只有其千分之一。"

"就是一分钱不要，世界也不会允许20个人去自杀。"

"这不是自杀，只是探险，也许我们连近在眼前的小行星带都过不去，也许我们会到达天狼星甚至更远，不试试怎么知道？"

"但有一点与探险不同：你们肯定是回不来了。"

水娃点点头："是的，回不来了。有人满足于老婆孩子热炕头，从不向与己无关的尘世之外扫一眼；有人则用尽全部生命，只为看一眼人类从未见过的事物。这两种人我都做过，我们有权选择各种生活，包括在十几光年之遥的太空中飘荡的一面镜子上的生活。"

"最后一个问题：在上千年的时间里，以每秒几万甚至十几万千米的速度掠过一颗又一颗恒星，发回人类要经过几十年甚至几个世纪才能收到的微弱的电波，这有太大意义吗？"

水娃微笑着向全世界说："飞出太阳系的中国太阳，将会使享乐中的人类重新仰望星空，唤回他们的宇宙远航之梦，重新燃起他们进行恒星际探险的愿望。"

人生第六个目标：飞向星海，把人类的目光重新引向宇宙深处

陆海站在航天大厦的楼顶，凝视着天空中快速移动的中国太阳。在它的光芒下，首都的高楼投下了无数快速移动的影子，使得北京仿佛变成了一个随着中国太阳转动的大面孔。

这是中国太阳最后一次环绕地球运行，它已达到了第二宇宙速度，将飞出地球的引力场，进入绕太阳运行的轨道。这人类的第一艘载人恒星际飞船上有 20 个人，除水娃外，

其他人是从上百万名志愿者中挑选出来的，其中包括三名与水娃共事多年的"镜面农夫"。中国太阳还未启程就达到了它的目标：人类社会对太阳系外宇宙探险的热情再次高涨起来。

陆海的思绪回到了23年前的那个闷热的夏夜，在那座西北城市，他和一个来自干旱土地的农村男孩登上了开往北京的夜行列车。

作为告别，中国太阳把它的光斑依次投向各大城市，让人们最后一次看到它的光芒。最后，中国太阳的光斑投向大西北，水娃出生的那个小村庄就在光斑之中。

村边的小路旁，水娃的爹娘同乡亲们一起注视着向东方飞行的中国太阳。

水娃爹喊道："娃啊，你要到老远的地方去吗？"

水娃从天空中回答："是啊，爹，怕是回不了家了。"

水娃娘问："那地方很远？"

水娃回答："很远，娘。"

水娃爹问："比月亮还远吗？"

水娃沉默了几秒，用比刚才低许多的声音说："是的，爹，比月亮远些。"

水娃的爹娘并不觉得特别难受，娃是在那比月亮还远的地方干大事呢！再说，这可是个了不起的年头，即使是远在天涯海角的人，也随时都可以和他说话，还可以在小电视上看见他，这跟面对面没啥子区别。但他们不会想到，随着时间的流逝，那小屏幕上的儿子将变得越来越迟钝，对爹娘关切的问话，他要想好长时间才能回答。他想的时间开始只有几秒，以后越来越长。一年后，爹娘每问一句话，儿子将呆呆地想一个多小时才能回答。最后，儿子将消失，他们将被告知水娃睡觉了，这一觉要睡40多年。在这以后，水娃的爹娘将用尽余生，继续照顾那块曾经贫瘠、现已肥沃起来的土地，过完他们那充满艰辛但已很满足的一生。他们最后的愿望将是：在遥远未来的一天，终于回家的儿子能看到一个更美好的家园。

中国太阳正在飞离地球轨道，它在东方的天空中渐渐暗下去，它周围的蓝天也慢慢缩为一点，最后，它将变为一颗星星融入群星之中，但早在这之前，恒星太阳的曙光就会把它完全淹没。

曙光也照亮了村前的这条小路，现在它的两旁已种上了两排白杨，不远处还有一条与它平行的小河。24年前的那天，也是在这清晨时分，在同样的曙光下，一个西北农家的孩子怀着朦胧的希望在这条小路上渐渐远去。

这时，北京的天已经大亮，陆海仍站在航天大厦的楼顶，望着中国太阳最后消失的位置，它已踏上了漫长的不归路。中国太阳将首先进入金星轨道之内，尽可能地接近太阳，以获得更大的加速光压和更长的加速距离，这将通过一系列复杂的变轨飞行来实现，其行驶方式很像大航海时代逆风行驶的帆船。70天后，它将通过火星轨道；160天后，它将掠过木星；两年后，它将飞出冥王星轨道成为一艘恒星际飞船，飞船上的所有人将进入冬眠；45年后它将掠过半人马座，宇航员们将短暂苏醒，自中国太阳启程一个世纪后，地球才能收到他们发回的关于半人马座的探测信息；那时，中国太阳正在飞向天狼星的路上，由于半人马座三星的加速，它的速度将达到光速的15%，它将于60年后，也就是自地球启程一个世纪后，到达天狼星，当中国太阳掠过这个由天狼星 A、B 构成的双星系统后，它的速度将增加到光速的十分之二，向星空的更深处飞去。按照飞船上生命低温冬眠系统能维持的时间极限，中国太阳有可能到达波江座 ε 星，最后甚至可能（虽然这种可能性很小很小）到达鲸鱼座 79 星，这些恒星被认为可能有行星存在。

谁也不知道中国太阳能飞多远，水娃他们将看到什么样的神奇世界。也许有一天，他们对地球发出一声呼唤，要等上千年才能得到回音。但水娃始终会牢记母亲行星上一个叫中国的国度，牢记那个国度西部干旱土地上的一个小村庄，牢记村前的那条小路，他就是从那里启程的。

白垩纪往事

　　这是 6500 万年前白垩纪晚期普通的一天，真的不可能搞清是哪一天了，但确实是普通的一天，这一天的地球是在平静中度过的。

　　那时各大陆的形状和位置与现在大不相同，恐龙主要分布在两块大陆上：其一是冈瓦纳古陆，它在几亿年前原本是地球上唯一的完整大陆，后来经过分裂，面积已大为减小，但仍有现在的非洲和南美洲合起来那么大；其二是罗拉西亚大陆，它是从冈瓦纳古陆分裂出去的一块大陆，后来形成了现在的北美洲。

　　这一天，在所有的大陆上，所有的生命都在为生存而奔波。在这蒙昧的世界，它们不知道自己从哪里来，也不关心自己到哪里去。当白垩纪的太阳升到正空时，当苏铁植物的大叶在地上投下的影子缩到最小时，它们只关心从哪里找到自己今天的午餐。

　　一头霸王龙找到了自己的午餐，它此时正处于冈瓦纳古陆的中部地区，在一片高大的苏铁林中的一块阳光明媚的空地上。它的午餐是一条刚刚抓到的肥硕的大蜥蜴，它用两只大爪把那只拼命扭动的蜥蜴一下撕成两半，把尾巴那一半扔进大嘴里，津津有味地大嚼起来，这时它对这个世界和自己的生活很满意。

就在距霸王龙左脚一米左右的地方，有一个蚂蚁的小镇，镇子大部分处于地下，里面生活着 1000 多只蚂蚁。

今年的旱季很长，日子越来越难熬了，它们已经连着两天挨饿了。

霸王龙吃完后，后退两步，满意地躺在树荫里睡午觉了。它的倒卧使小镇产生了一场强烈的地震，拥到地面的蚂蚁们看到霸王龙的身躯像远方一道高大的山脉。不一会儿地震又发生了，只见那道"山脉"在大地上来回滚动着，霸王龙把一只巨爪伸进嘴里，在巨牙间使劲儿抠着，蚂蚁们很快明白了恐龙睡不着的原因：牙缝里塞了肉，很难受。

蚂蚁小镇的镇长突然间有了一个主意，它攀上一棵小草，向下面的蚁群发出一股气味语言。气味所到之处的蚂蚁们理解了镇长的意思，也发出气味把这信息更广地传播开来，蚁群中触角挥动，出现了一阵兴奋的浪潮。随后，在镇长的率领下，蚁群向霸王龙行进，在地面上形成了几道黑色的小溪。

10 分钟后，蚂蚁们便跟着镇长登上霸王龙的巨爪。霸王龙看到了前臂上的蚁群，挥起另一只手臂要把它们扫下去。它挥起的巨掌如一片乌云瞬间遮住了正午的太阳，蚁群所在的前臂平原立刻暗了下来。蚂蚁们惊恐地仰望着空中的巨掌，急剧挥动着它们的触角，镇长则抬起前足指着霸王龙的大嘴，其他的蚂蚁也学着镇长的样子，一起指着霸王龙的嘴。霸王龙愣了几秒，似乎明白了蚂蚁的意思。它想了想，把举着的那只爪子放了下来，前臂平原上立刻云开日出。霸王龙张开大嘴，将爪子的一根指头搭到它的巨牙上，形成了一座沟通前臂平原与巨牙的桥梁。蚂蚁们犹豫着，镇长首先向指头走去，蚁群随后跟上。

一群蚂蚁很快走到了手指的尽头，它们站在那光滑的圆锥形指尖上，充满敬畏地向霸王龙的嘴里看了一眼，它们仿佛面对着一个处于雷雨前的暗夜中的世界，一阵充满血腥味的潮湿的大风迎面刮来，那无尽的黑暗深处有隆隆的雷声传来。当蚂蚁们的眼睛适应了黑暗后，模糊地看到黑暗中的远方有一大片更黑的区域，那片区域的边界还在不断地变幻着形状，好半天蚂蚁们才明白那是霸王龙的嗓子眼儿，隆隆的雷声就是从那里传出的，这声音是从那大黑洞的深处——霸王龙庞大的胃发出的。蚂蚁们惊恐地收回目光，纷纷从指尖爬上了霸王龙的巨牙，然后沿着牙面那白色的光滑峭壁爬下去。在宽大的牙缝中，蚂蚁们开始用它们有力的双颚撕咬卡在那里的粉红色的蜥蜴肉。这时，霸王龙已经把指头搭到了上排牙上，后来的蚂蚁在持续不断地爬上去，然后进入牙缝中吃肉，这使得上牙的情景仿佛是下牙的镜像。在霸王龙的十几道牙缝中，有上千只蚂蚁在忙碌着。很快，牙缝中的残肉被剔得干干净净。

霸王龙牙齿间的不适感消失了，霸王龙还没有进化到能说"谢谢"的地步，它只是快意地长出一口气，一时间突然出现的飓风掠过两排巨牙，把所有的蚂蚁都吹了出去。蚁群像一片片黑色的灰尘纷纷从空中飘落，它们由于身体极轻，都安然无恙地降落在距霸王龙头部一米多远的地方。

饱餐一顿的蚂蚁们心满意足地向小镇的入口走去，而消除了齿间不适的霸王龙，又打了一个滚儿，回到凉爽的树荫里，舒适地睡去。

地球在静静地转动着，太阳无声地滑向西方，苏铁植物的影子在悄悄拉长，林间有蝴蝶和小飞虫在静静地飞着。在远方，远古大洋上的浪花拍打着冈瓦纳古陆的海岸……

没有人知道，在这宁静的一刻，地球的历史已被扭向另一个方向。

信息时代

时光飞逝，50000年过去了。

恐龙和蚂蚁的相互依存关系一直延续下来，两个物种一同创造了白垩纪文明，跨越了石器时代、青铜时代、铁器时代、蒸汽机时代、电气时代、原子时代，现在进入了信息时代。

恐龙在各大陆上建起了巨大的城市，这些城市中有上万米高的大楼，站在它们的楼顶向下看，就像坐在我们的高空飞机上鸟瞰一样，可以看到云层几乎贴着大地。这些巨楼站立在云海之上，下面的云很密时，总是处于万里晴空之中的顶层的恐龙就会打电话问底层的门卫，下面是不是在下雨，以决定它们下班回家时要不要带伞。它们的伞也很大，像我们马戏团的顶棚。它们的汽车，每一辆都有我们的一幢楼房那么大，行驶时地面在颤动。恐龙的飞机像我们的巨轮那么大，飞行时如惊雷滚过长空，并在地面上投下大大的影子。恐龙还进入了太空进行探险，在地球同步轨道上运行着它们大量的卫星和飞船，这些航天器同样是庞然大物，在地面上就能看出其形状。恐龙的世界是由庞大而复杂的计算机网络连在一起的，它们的计算机键盘上的每一个键都有我们的计算机屏幕那么大，而它们的计算机屏幕像我们的一面墙那么宽。

与此同时，蚂蚁世界也进入了先进的信息时代。蚂蚁世界的能源动力与恐龙世界的完全不同，它们不使用石油和煤炭，而是采集风力和太阳能。在蚂蚁城市中，能看到大量的风力发电机，外形和大小与我们的孩子玩儿的纸风车相仿；城市的建筑表面都是一种光亮的黑色材料，那是太阳能电池。蚂蚁世界的另一项重要技术是通过生物工程制造的动力肌肉，这种动力肌肉外形像一根根粗电缆，注入营养液后就能够进行各种频率的伸缩以产生动力，蚂蚁的汽车和飞机都是由这种动力肌肉作为发动机的。蚂蚁也有计算机，它们都是米粒大小的圆粒，与恐龙的计算机不同，没有任何集成电路，所有的计算都是由复杂的有机化学反应完成。蚂蚁计算机没有显示屏，它用化学气味输出信息，这些极其复杂精细的气味只有蚂蚁能够分辨，蚂蚁的感觉器官可以把这些气味翻译成数据、语言和图像。这些粒状化学计算机同样联成了庞大的网络，只是它们之间的联网不是通过光纤和电波，而是通过化学气味，计算机之间用气味语言来交换信息。蚂蚁社会的结构与我们今天见到的蚁群结构大不相同，反倒更像我们人类。由于采用生物工程生产胚胎，蚁后在生殖繁衍后代中的作用已微不足道，所以它们在蚂蚁社会中没有今天这样的地位和重要性。

恐龙和蚂蚁两个世界间形成了一种相互依存的关系。四肢笨拙的恐龙依赖蚂蚁的精细操作技能：在恐龙世界的所有工厂中，都有大量的蚂蚁在工作，它们主要从事恐龙工人无法胜任的微小零件的制造，以及精密设备和仪器的操作、维护和维修等。蚂蚁在恐龙社会发挥重要作用的另一个重要领域是医学：恐龙的所有手术仍然由蚂蚁医师们进入它们那巨大的内脏来实施，蚂蚁拥有了许多精密的医疗设备，包括微小的激光手术刀、能够在恐龙的血管中行驶并清淤的微型潜艇等。

冈瓦纳大陆上的蚂蚁帝国最后统一了各个大陆上的未开化的蚂蚁部落，建立了覆盖整个地球的名叫"蚂蚁联邦"的蚂蚁世界。

与蚂蚁世界相反，原本统一的恐龙帝国却发生了分裂，罗拉西亚大陆独立，建立了另一个庞大的恐龙国家——罗拉西亚共和国。后来经过上千年的扩张，冈瓦纳帝国占据了原生印度、原生南极和原生澳大利亚，而罗拉西亚共和国则把自己的版图扩张至原生亚洲和原生欧洲两块大陆。冈瓦纳帝国主要由霸王龙组成，而罗拉西亚共和国的主要龙种是特暴龙，双方在领土扩张的漫长历史中不断爆发战争。但在最近的 200 年，随着核时代的到来，战争却停止了。这完全是核威慑的结果，两个大国都存贮了大量的热核武器，战争一旦爆发，这些核弹会使地球变成一个没有生命的放射性熔炉。正是对共同毁灭的恐惧，使白垩纪地球维持了这针尖上的可怕和平。

随着时间的流逝，恐龙社会在地球上急剧膨胀，它们的人口迅速增加，各个大陆变得拥挤起来，环境污染和核战争两大威胁变得日益严重。蚂蚁和恐龙两个世界间的裂痕再次出现，白垩纪文明笼罩在一层不祥的阴云之中。

在刚刚闭幕的本年度龙蚁峰会上，蚂蚁世界要求恐龙世界采取断然措施——销毁所有核武器，保护环境和限制人口增长。在要求被拒绝后，白垩纪世界中的所有蚂蚁全体罢工。

蚂蚁罢工

冈瓦纳帝国首都，在高耸入云的皇宫中的一间宽阔的蓝色大厅中，达达斯皇帝躺在一张大沙发上，用大爪捂着左眼，不时痛苦地呻吟一声。围着它站着几头恐龙，它们是国务大臣巴巴特、国防大臣洛洛加元帅、科学大臣尼尼坎博士、医疗大臣维维克医生。

维维克医生欠身看着皇帝，说："陛下，您的左眼已经发炎了，急需手术，但现在找不到动眼科手术的蚂蚁医生，只能用抗生素药物暂时缓解。这样下去，您的这只眼睛有失明的危险。"

"见鬼！"皇帝咬牙切齿地说，接着问医生，"全国的医院都没有蚂蚁医生了吗？"

维维克点点头："是的，陛下。现在因大量需要手术的病人得不到治疗，已经引起了一定的社会恐慌。"

"大概更大的恐慌不是来自于此吧。"皇帝说着，转向国务大臣。

巴巴特欠一下身，说："当然，陛下。现在，全国有三分之二的工厂已经停工，有几个城市还停电了。罗拉西亚共和国的情况也比我们好不到哪里去。"

"那些恐龙能够操纵的机器和生产线也停下来了吗？"

"是的，陛下。在制造业，比如汽车制造之类，如果精细的小部件造不出来，那些恐龙能够生产的大部件也无法装配成能够使用的成品，所以也都停止生产了。在另外一些工业部门，如化工厂和发电厂，蚂蚁罢工刚开始时还影响不大，但后来随着设备故障的增加，维修又跟不上，瘫痪的工厂越来越多。"

皇帝暴跳如雷："可恶！龙蚁峰会刚结束时，我就命令你们在全国范围内对恐龙产业工人进行紧急培训，以使它们能够逐步胜任原来由蚂蚁从事的精细操作。"

"陛下，这几乎是一件不可能的事。"

"对于伟大的冈瓦纳帝国而言，没有什么是不可能的！在帝国漫长的历史上，冈瓦纳恐龙经历过比这次大得多的危机，有多少次敌众我寡的血战，多少次扑灭覆盖整个大陆的森林大火，多少次在大陆板块运动后岩浆横流的大地上生存下来……"

"但，陛下，这次不同……"

"有什么不同？只要勤学苦练，恐龙也能拥有一双灵巧的手！我们的世界不会因此而屈服于那些小虫子的要挟！"

"我将让您看到，这是一件多么困难的事……"巴巴特说着，张开它的大爪，把两根红色的电线放到沙发上，"陛下，您能试着做一个维修机器设备最基本的操作——把这两根导线接起来吗？"

达达斯皇帝的大爪每根指头都有半米长，比茶杯还粗，那两根直径 3 毫米的电线，在它看来比我们眼中的头发丝还细。它费了很大劲儿，蹲在那里把两眼紧凑在沙发上，试图把那两根电线捏起来，爪子粗大的锥形指甲像几颗小炮弹般光滑，夹起的电线最终都滑落下去，剥开电线的胶皮进行连接更是谈不上了。皇帝叹了口气，不耐烦地一挥爪子把电线扫到地上。

"就算是您最终练就了这接线的细功夫，还是无法进行维修工作，因为我们这粗大的手指不可能伸进那些只有蚂蚁才能钻进去的精密机器中。"

"唉——"科学大臣尼尼坎长叹一声，感慨地说，"早在800年前，先皇就看到了恐龙世界对蚂蚁细微操作技能的依赖所产生的危险，并做出了巨大的努力——研究新的技术和设备以摆脱这种依赖。但恕我冒昧，在包括陛下在位的这两个世纪，这种努力几乎停止了，我们舒适地躺在蚂蚁服务的温床上，忘记了居安思危。"

"我没有躺在谁的温床上！"皇帝举起两只大爪愤怒地说，"事实上，先皇看到的那种危险也无数次在我的噩梦中出现，"它用一根粗指头抵着尼尼坎的前胸，"但你要知道，先皇做出的为摆脱对蚂蚁技能依赖的努力是因为失败而停止的，在罗拉西亚共和国也一样！"

"是这样，陛下！"国务大臣巴巴特点点头，指指地上的电线对尼尼坎说，"博士，您不可能不知道，要想让恐龙顺利地完成接线操作，这两根电线必须有10至15厘米粗！即使具有这样大的形体，我们也不可能想象一部内部盘着像小树那么粗的电线的移动电话，或者同样的一台计算机。与此类似，要想由恐龙操作和维护，有一半的机器设备必须造得比现在要大百倍甚至几百倍，这样，资源和能源的消耗也将相应地是现在的几百倍，这是恐龙世界的经济根本无法承受的！"

尼尼坎点点头，承认了上面的说法："是的，更要命的是，有些设备的部件是不可能大型化的，比如光学和电磁波通信设备，包括光波在内的电磁波的波长，决定了调制和处理它们的部件一定是微小的。没有微小部件，怎么可能想象会有计算机和网络？在分子生物学和基因工程的研究和生产方面也是类似的。"

医疗大臣维维克说："我们的医疗也离不开蚂蚁，没有它们，恐龙的外科手术无法想象。"

科学大臣尼尼坎总结道："龙蚁联盟是大自然在进化中的一项选择，它的意义是十分深远的，没有这种联盟，地球上的文明根本不可能出现，我们绝不能容忍蚂蚁破坏这个联盟。"

"可现在我们怎么办呢？"皇帝摊开双爪看看大家问。

一直沉默的国防大臣洛洛加元帅说话了："陛下，蚂蚁联邦固然有它们的优势，但我们也有自己的力量，蚂蚁世界的城市比我们娃娃的积木玩具还小，我们撒泡尿就能把它冲垮！帝国应该使用这种力量。"

皇帝点点头，对洛洛加说："好吧，你命令总参谋部制定一个行动方案，毁灭几座蚂蚁城市，给它们一个警告！"

"元帅，"国务大臣巴巴特拉住正要离去的洛洛加说，"关键是要与罗拉西亚协调好。"

"对！"皇帝点点头，"要与它们同时行动，以防让多多米做好人，把蚂蚁联邦拉到罗拉西亚那边去。"

最后的战争

"在我们的那三座城市被摧毁后，为避免更大的损失，蚂蚁联邦已经暂时结束罢工，恢复在恐龙世界的工作。现在的事实已经很清楚：要么蚂蚁消灭恐龙，要么整个地球文明一起毁灭！"蚂蚁联邦最高执政官卡奇卡在议会讲坛上对议员们说。

"我同意最高执政官的看法。"蚂蚁参议员比卢比在自己的座位上挥动着触角说，"照现在的趋势发展下去，地球生物圈只有两种命运：或者被恐龙大工业产生的污染完全毒化，或者在冈瓦纳和罗拉西亚两个恐龙大国间的核战争中被完全毁灭！"

它们的话在蚂蚁议员们中引起了强烈反响：

"对，是做最后抉择的时候了！"

"消灭恐龙，拯救文明！"

"行动吧！行动吧！"

"请大家冷静一下！"蚂蚁联邦的首席科学家乔耶博士挥动触角平息了喧哗，"要知道，蚂蚁和恐龙的共生关系已经延续了 50000 多年，龙蚁联盟是地球文明的基础，当然也是蚂蚁文明的基础。如果这个联盟突然消失，并且其中的一方——恐龙文明被消灭，蚂蚁文明真的能够独自存在下去吗？大家都知道，在龙蚁联盟中，恐龙从蚂蚁这里得到的东西一直是很明确、很具体的，而蚂蚁从恐龙那里得到的，除基本的生活物资外，还有一些无形的东西，那就是它们的思想和科技知识。对于蚂蚁文明来说，后者显然是更重要的，蚂蚁也许能够成为出色的工程师，但永远也成不了科学家！因为蚂蚁大脑的生理结构决定了我们永远也不可能拥有恐龙的两样东西：好奇心和想象力。"

比卢比参议员不以为然地摇摇头："好奇心和想象力？喷

喷，博士，您以为这是两样好东西吗？正是这两样东西，使恐龙成为一种神经兮兮的动物，使它们情绪变幻不定，喜怒无常，整天在胡思乱想的白日梦中浪费时光。"

"但，参议员，正是这种变幻不定和胡思乱想，才使灵感和创造成为可能，才使以探索宇宙最深层规律为目的的理论研究成为可能，而后者是技术进步的基础。"

"好了，好了——"卡奇卡不耐烦地打断乔耶博士的话，"现在不是进行这种无聊的学术讨论的时候。博士，蚂蚁世界现在面临的问题只有一个：是消灭恐龙，还是与它们一起毁灭？"

乔耶无言以对。

卡奇卡转向若列，点头示意。

若列元帅走上讲坛："我想让大家看一样小东西，这也是我们不依赖恐龙老师而进行的技术发明中的微不足道的一项。"

在若列的示意下，有两只蚂蚁拿上来两小条薄薄的白色片状物，像两片小纸屑。若列介绍说："这是蚂蚁最传统的武器——雷粒的一种最新型号。这种片状的雷粒，是联邦的军事工程师们专为这场终极战争研制的。"它挥了一下触角，又有四只蚂蚁抬上来两小段导线，就是在恐龙的机器中最常见的那种，一段是红色的，另一段为绿色。它们把这两段导线放到一个支架上，然后把那两片白色的小条分别缠到两段导线的中部，小条紧紧地贴在导线上，像在上面缠了两圈白胶布。但接下来神奇的事情发生了：那两圈小白条突然开始变色，分别变成与它们所缠的导线一样的颜色，一条变红，一条变绿。很快，它们就与所缠的导线融为一体，根本无法分辨出来。卡奇卡说："这就是联邦的最新武器：变色雷粒。它们一旦安装到位，恐龙是绝对无法发现的！"约两分钟后，雷粒爆炸，"啪啪"两声脆响后，两段导线都被齐齐切断。

"届时，联邦将出动由一亿只蚂蚁组成的大军，它们中的一部分是目前正在恐龙世界工作的蚂蚁，另一部分则正在潜入恐龙世界。这支大军将在恐龙的机器内部的导线上安装两亿颗变色雷粒！我们把这个行动称为'断线行动'。"

"哇，真是一个宏伟的计划！"比卢比参议员赞叹道，引发了议员们一阵由衷的附和声。

"同时进行的另一个行动也同样宏伟！联邦将出动另一支由 2000 万只蚂蚁组成的大军，潜入 500 万头恐龙的头颅，在它们的大脑主血管上安装雷粒。这 500 万头恐龙是地球上几十亿恐龙中的精英部分，它们包括国家领导层、科学家、关键岗位上的技术恐龙和操作恐龙等。这些恐龙一旦被消灭，整个恐龙世界就像失去了大脑，所以我们把这个行动称为'断脑行动'。"

"计划的最精彩之处是对恐龙世界打击的同时性！"卡奇卡接着说，"安放在恐龙世界机器中的那两亿颗雷粒，和布设在恐龙大脑中的 500 万颗雷粒，将在同一时刻爆炸！这一时刻的误差不会超过一秒！这使得恐龙世界的任何一部分都不可能得到其他部分的救援和替代，整个恐龙社会将像大洋中一艘被抽掉了船底的大船，飞快地沉下去！那时，我们就是真正的地球统治者了。"

"尊敬的卡奇卡执政官，能否告诉我们那一伟大时刻的具体时间？"比卢比问，它拼命抑制着自己的兴奋。

"所有雷粒的引爆时间，将设定在一个月后的午夜。"

蚂蚁们发出了一阵欢呼。

乔耶博士拼命地挥动触角，想让众蚂蚁安静下来，但欢呼声经久不息。它大喝了一声，才使大家安静下来把目光转向它。

"够了！你们都疯了？"乔耶大喊道，"恐龙世界是一个极其复杂的超巨型系统，这个系统如果在一瞬间全面崩溃，会产生我们难以预测的后果。"

"博士，除了恐龙世界的毁灭和蚂蚁联邦在地球上的最后胜利，您能告诉大家还会有什么别的后果吗？"卡奇卡问。

"我说过，难以预测！"

"又来了，乔耶书呆子，您那一套我们都厌烦了。"比卢比说。其他的议员对首席科学家扫了大家的兴也纷纷表示不满。

若列元帅走过来用前足拍拍乔耶——元帅是一只冷静的蚂蚁，也是刚才少数没有同大家一起欢呼的蚂蚁之一。"博士，我理解您的忧虑，其实这种担心我们也有过，我想恐龙的核武器失控算是最可能的一个后果吧。但不用担心，虽然两个恐龙大国的核武器系统都全部由恐龙控制，日常少量由蚂蚁进行的维护工作也在恐龙的严密监视之下，但对蚂蚁特种部队来说，进入其内部也不是一件难事。我们在核武器系统中安放的雷粒数量将比别的系统中的多一倍，当那一时刻过后，核武器系统会同其他系统一样全面瘫痪，不会造成很大的灾难。"

乔耶叹了口气："元帅，事情要复杂得多。问题的关键在于，我们真的了解恐龙世界吗？"

这个问题让所有的蚂蚁都愣了一下，卡奇卡看着乔耶说：

"博士，蚂蚁遍及恐龙世界的每一个角落，而且上万年来一直如此！您怎么能提出一个如此愚蠢的问题？"

乔耶缓缓地摇摇触角："蚂蚁和恐龙毕竟是两个差异巨大的物种，生活在两个完全不同的世界里。直觉告诉我，恐龙世界肯定存在着某些蚂蚁完全不知晓的巨大秘密。"

"如果您提不出什么具体的来，那就等于没说。"比卢比不以为然地说。

乔耶说："为此，我请求建立一个信息收集系统，具体的计划是，你们每向恐龙的大脑中布设一颗雷粒，同时也向它的耳蜗中安装一个窃听器。我将领导一个部门监听和分析这些窃听器发回的信息，以期能尽快发现一些我们以前不知道的东西。"

雷　粒

通信大厦是巨石城信息网络的中心，担负着首都同全国信息处理和交换的任务。在冈瓦纳帝国，共有上百个这样的网络中心，它们构成了帝国庞大信息网络的主干。

一支蚂蚁小分队已经进入了信息网络中心的一台服务器内部。小分队由上百只蚂蚁组成，在5个小时前沿着一根供水管潜入通信大厦，然后又从地板上一道极小的缝隙进入了服务器机房，最后由通风孔进入这台服务器内部。在恐龙巨大的建筑和机器中，蚂蚁是通行无阻的。听到有恐龙走来，蚂蚁们赶紧躲到比它们的城市中的足球场还大的主板下面。它们听到机柜的门打开来，透过主板上的小孔，看到一面放大镜遮住了整个天空，放大镜中扭曲地映出了恐龙工程师的一只巨大的眼睛。这时蚂蚁们胆战心惊，但最后恐龙并没有发现它们。恐龙工程师没有发现蚂蚁刚刚布设的几十颗雷粒，那些小小的薄片已与贴于其上的导线颜色浑然一体，根本不可能分辨出来。蚂蚁在十几根不同颜色和粗细的导线上都贴上了薄片雷粒。还有几颗薄片雷粒贴在电路板上，这些雷粒具有更高级的变色功能，它们能在不同的位置变出不同的颜色，与下面的电路板精确对应，天衣无缝，比贴在导线上的雷粒更难被发现。这种雷粒并不会爆炸，当到达设定的时间后，它们会流出几滴强酸，将电路板上的蚀刻电路熔断。

机柜的门关上后，服务器中的世界立刻进入夜晚，只有一个电源指示灯像一颗绿色的月亮挂在空中，冷却扇的嗡嗡声和硬盘嗒嗒的轻响反而更加衬托出这个世界的宁静。

不久，在信息网络中心的每台服务器中，都有一支蚂蚁小分队完成了雷粒的布设。

在广阔的外部世界，在各个大陆上，有上亿只蚂蚁正在恐龙世界的无数大机器中干着同样的事。

这天夜里，冈瓦纳恐龙帝国皇帝达达斯做了一个噩梦，它梦见黑压压的一大片蚂蚁从鼻孔爬进了自己的身体，然后又从嘴里呈长长的一列爬出来，出来的每只蚂蚁嘴里都衔着一块东西，那是自己被咬碎的内脏。蚂蚁们扔下碎块后又从鼻孔钻进去，形成了一个不停循环的大圈……

达达斯皇帝的梦并非完全没有根据，此时，真的有两只蚂蚁正在钻进它的鼻孔。这两只兵蚁在白天就潜入了它的卧室，藏在枕头下等待机会。在鼻孔呼吸大风的呼啸声中，它们很有经验地在纵横交错的鼻毛丛林间悬浮着行走，以免触发恐龙的喷嚏。它们很快通过了鼻腔，沿着以前在无数次手术中早已熟悉的道路来到了眼球后面。蚂蚁们顺着半透明的视觉神经前行，向着大脑进发。有时，薄薄的隔膜挡住了通路，它们就在上面咬出洞穿过它，那洞极小，恐龙感觉不到。两只蚂蚁终于到达了大脑，大脑静静地悬浮于脑液中，像一个神秘的独立生命体。蚂蚁们仔细寻找着，很快找到了那根粗大的脑血管，它是供应大脑血液的主要通道。一只蚂蚁打开了微小的头灯，很快找到了大脑的主血管，另一只蚂蚁把一颗黄色的雷粒贴在血管透明的外壁上。然后它们从大脑部分撤出，在潮湿黑暗的头颅中沿着另一条曲折的道路向斜下方爬行，很快到达耳部。来到耳膜前，有一丝亮光从半透明的耳膜透进来，经过耳蜗放大的外界微小的声音在耳膜上轰轰作响。两只蚂蚁开始在耳膜下安装窃听器。

达达斯皇帝的噩梦还在继续，梦中自己的内脏已被完全掏空，有更多的蚂蚁钻了进去，要用自己的身体当蚁穴……当它一身冷汗地醒过来时，那两只蚂蚁已经完成了自己的任务，无声无息地从鼻孔中爬出来，爬下床，从地板上撤出了卧室。

达达斯皇帝沉重地翻了个身，再次进入了仍然被噩梦困扰的睡眠。

海神和明月

在蚂蚁联邦统帅部，最高执政官卡奇卡和联邦军队总司令若列元帅正在指挥着毁灭恐龙世界的巨大行动。有两个大屏幕分别显示着"断线行动"和"断脑行动"的进展情况。

"看起来一切顺利。"若列对卡奇卡说。

这时，联邦首席科学家乔耶走了进来。卡奇卡对它打招呼说:"啊,乔耶博士,有一个星期没看见您了!一直在忙着分析窃听到的信息吗?看您那严肃的样子,好像真有什么惊人的秘密要告诉我们了?"

乔耶点点触角:"是的,我必须立刻和你们两位谈谈。"

"我们很忙,请您简短一些。"

"我想让二位听一段录音,是在昨天召开的冈瓦纳帝国和罗拉西亚共和国首脑会议上,我们窃听到的达达斯和多多米的对话。"

卡奇卡不耐烦地说:"这次会议有什么秘密可言?我们都知道两国在裁减核武器问题上又谈崩了,冈瓦纳和罗拉西亚之间的战争一触即发,这更证明了我们行动的正确,必须在恐龙世界的核大战爆发之前消灭它们。"

乔耶说:"您说的是新闻公告,而我要你们听的是它们秘密进行的会谈的细节,这中间,透露出一件我们以前不知道的事。"

录音开始播放。

......

多多米:"达达斯陛下,您真的认为蚂蚁会那么容易屈服吗?几乎可以肯定,它们回到恐龙世界复工只是缓兵之计,蚂蚁联邦一定在策划着针对恐龙世界的重大阴谋。"

达达斯:"多多米总统,您以为我愚蠢到连这么明显的事实都看不出来吗?但与罗拉西亚的'明月'进入负计时的事相比,蚂蚁的威胁,甚至你们的核威胁,都变得微不足道了。"

　　多多米："是的是的，比起蚂蚁的威胁和核战争的危险，'明月'和'海神'当然是地球文明更大的威胁，那我们就先谈这个问题吧：在'明月'的事情上指责我们是不恰当的，是'海神'首先进入了负计时！"

　　……

　　"停停停，"卡奇卡挥挥触角说，"博士，我听不明白它们在说什么。"

　　乔耶暂停了录音机后说："这段对话中有两个重要信息：它们提到的'明月'和'海神'是什么？负计时又是什么？"

　　"博士，恐龙高层领导者的谈话中常常出现各种古怪的代号，您干吗要在这上面疑神疑鬼？"

　　"从它们的谈话中可以听出，这是很危险的两样东西，能够对整个地球世界构成威胁。"

　　"从逻辑上说这是不可能的。博士，能够对整个地球构成威胁的东西一定是一个很大的设施，这样的设施如果存在，蚂蚁联邦不可能不知道。"

　　"执政官，我同意您的看法：地球上不可能有大的设施能瞒过蚂蚁而存在。但简单的规模较小的设施却有可能，它不需要蚂蚁的维护就能正常运行，比如一颗单独的洲际导弹，就可以在没有蚂蚁参与的情况下长期待命并随时可以发射。也许，'明月'和'海神'就是类似这样的东西。"

　　"要是这样就不必担心了，这种小设施是不可能对整个地球构成威胁的。我曾说过，即使能量最高的热核炸弹，要想毁灭地球也需要上万枚。"

乔耶有几秒没有说话，然后它把头凑近卡奇卡，它们触角交错，眼睛几乎撞在一起："这就是问题的关键了，执政官，核弹真的是目前地球上能量最高的武器吗？"

　　"博士，这是常识啊！"

　　乔耶缩回头来，点点触角："不错，是常识，这就是蚂蚁思维致命的缺陷。我们的思想只局限于常识，而恐龙则在时时盯着未知的新领域。"

　　"那都是些与现实无关的纯科学领域。"

　　"那我就提醒你们一件与现实有关的事：还记得3年前夜空中突然出现的那个新太阳吗？"

　　卡奇卡和若列当然记得，那件亘古未有的事给它们的印象太深了。那是一个寒冷的冬夜，南半球的天空中突然出现了一个新太阳，世界在瞬间变成白昼。那太阳的光芒十分强烈，直视它会导致暂时的失明。那个太阳大约亮了20秒就熄灭了，它辐射的热量使那个严冬之夜变得像夏天般闷热，突然融化的积雪产生的洪水淹没了好几座城市。这件事当时令蚂蚁们很震惊，它们去问恐龙是怎么回事儿，但恐龙科学家们也没有给出任何解释，缺乏好奇心的蚂蚁很快就把这件事忘了。

　　"当时，蚂蚁所进行的观测得到的唯一能确定的结果是：那个新太阳出现在太阳系内，距地球约一个天文单位。"

　　卡奇卡仍不以为然："博士，您所提到的事情仍然与现实无关，就算那种能量真的存在，您也无法证明恐龙已经把它弄到地球上来了，事实上这种可能性几乎不存在。"

　　"我以前也是这么想的，但……请你们接着听下面的录音吧。"乔耶说着，又启动了录音机。

......

达达斯："我们这场游戏太危险了，危险得超出了可以忍受的上限，罗拉西亚应该立刻停止'明月'的负计时，或至少将其改为正计时。如果这样，冈瓦纳也会跟着做的。"

多多米："应该是冈瓦纳首先停止'海神'的负计时，如果这样，罗拉西亚也会跟着做的。"

达达斯："是罗拉西亚首先启动'明月'的负计时的！"

多多米："可是，陛下，在更早一些的时候，也就是3年前的12月4日，如果冈瓦纳的飞船没有在太空中做那件事，'明月'和'海神'根本就不会存在！那样的话，那个魔鬼早已沿着彗星轨道飞出太阳系，与地球无关了！"

达达斯："那是为了科学研究的需要……"

多多米："够了！到现在您还在重复这种无耻的谎言！是冈瓦纳帝国把地球文明推到了悬崖边缘，你们这些罪犯没有资格对罗拉西亚提出任何要求！"

达达斯："看来罗拉西亚共和国是不打算首先做出让步了？"

多多米："冈瓦纳帝国打算吗？"

达达斯："那好吧，看来我们都不在乎地球的毁灭。"

多多米："如果你们不在乎，我们也不在乎。"

达达斯："呵呵，好的好的，恐龙本来就是对什么都不在乎的种族。"

......

乔耶停止了播放，问卡奇卡和若列："我想，二位已经注意到了对话中提到的那个日期。"

"3年前的12月4日？"若列回忆着，"就是那个新太阳出现的日子。"

"是的，把所有这一切联系起来，不知你们有什么感觉，但我感到毛骨悚然。"

卡奇卡说："我们不反对您尽力搞清这件事。"

乔耶叹了口气："谈何容易！搞清这个秘密的最好办法，是到恐龙的军事网络中查询，但蚂蚁的计算机与恐龙的在结构上完全不同，所以我们虽然能够随意进入恐龙计算机的硬件部分，却至今不能从软件上入侵，否则，怎么会用窃听这样的笨办法来搜集情报呢？而用这种方式，在短时间内揭开这个秘密是不可能的。"

"好吧，博士，我会提供您开展这项调查所需要的力量，但这件事不能影响我们正在进行的对恐龙的全面战争，现在唯一令我毛骨悚然的事就是让恐龙帝国继续存在下去。我觉得您一直生活在幻觉中，这对联邦正在从事的伟大事业是不利的。"

乔耶没再说什么，转身走了，第二天它就失踪了。

恐龙世界的毁灭

两只兵蚁悄悄地从冈瓦纳帝国皇宫大门的底缝中爬出，它们是负责在皇宫的计算机系统和恐龙的头颅中布设雷粒的3000只蚂蚁中最后撤出的两只。爬出门缝后，它们开始爬下那高大的台阶，就在第一级台阶笔直的悬崖上，它们看到了一个向上爬的蚂蚁的身影。

"咦，那不是乔耶博士吗？"一只兵蚁吃惊地对另一只说。

"联邦首席科学家？不错，是它！"

"它怎么会到这里来？我怎么看它怪怪的？"一只兵蚁看着乔耶爬进门缝后说。

"事情有些不对，你的对讲机呢？快向长官报告！"

达达斯皇帝正在主持一个由帝国主要大臣参加的会议，一个秘书走进来通报：蚂蚁联邦首席科学家乔耶博士紧急求见皇帝。

"让它等一等，开完会再说。"达达斯一挥爪说。

秘书出去不长时间又回来了："它说有极其重要的事情，坚持要立即见您，并且要求国务大臣、科学大臣和帝国军队总司令也在场。"

"可恶，这个小虫虫怎么这么没礼貌？让它等着，要不就回去！"

"可它……"秘书看了看在座的大臣们，附到皇帝耳边低声说，"它说自己已从蚂蚁联邦叛逃。"

国务大臣巴巴特插话说："乔耶是蚂蚁联邦领导层的重要成员，它的思维方式似乎也与其他蚂蚁不太一样，它这样做，可能真有什么紧急重要的事。"

"那好，就让它到这里来吧。"达达斯指指会议桌宽大的桌面说。

"我为拯救地球而来。"乔耶站在会议桌光滑的"平原"

上，对周围高山似的恐龙说。翻译器把它的气味语言译成恐龙语，由一个看不见的扩音器播放出来。

"哼，好大的口气，地球现在很好嘛。"达达斯冷笑了一声，说。

"您很快就不这么认为了。我首先要各位回答一个问题：'明月'和'海神'是什么？"

恐龙们顿时警觉起来，互相交换着目光，乔耶周围的"高山"一时陷入沉默中。过了好一会儿，达达斯才反问："我们凭什么要告诉你呢？"

"陛下，如果它们真是我预料的那种东西，我也会向你们透露一个关系到恐龙世界生死存亡的超级秘密，你们会认为这种交换是值得的。"

"如果它们不是你预料的那种东西呢？"达达斯阴沉地问。

"那我就不会告诉你们那个超级秘密，你们也可以杀死我或者永远不让我离开这里，以保住你们的秘密。不管怎样，大家都没有什么损失。"

达达斯沉默了几秒，对坐在会议桌左边的帝国科学大臣尼尼坎点点头："告诉它。"

在蚂蚁联邦统帅部，若列元帅放下电话，神色严峻地对卡奇卡执政官说："已经发现了乔耶的行踪，看来我们的预测是对的，这家伙叛逃了。"

"雷粒的布设行动进行得怎么样了？"

"'断线行动'已完成了92%，'断脑行动'也完成了90%。"

卡奇卡转向显示着世界地图的大屏幕，看着闪烁着五光听完了几位恐龙大臣的叙述，震惊使乔耶头昏目眩，一时站立不稳，更说不出话来。

"怎么样，博士？您是否可以按照刚才的承诺，告诉我们您的那个秘密？"达达斯问。

乔耶如梦初醒："这太……太可怕了！你们简直是魔鬼！不过，蚂蚁也是魔鬼……快，立刻给蚂蚁联邦最高执政官去电话！"

"您还没有回答……"

"陛下，没有时间公布什么秘密了！它们已经知道我到这里来，随时都会提前行动，恐龙世界的毁灭已是千钧一发，整个地球的毁灭将紧跟其后！相信我吧，快打电话！快！"

"好吧。"达达斯皇帝拿起会议桌上的电话。乔耶心急如焚地看着它的粗指头一个一个地按动着电话机上那硕大的按键，随后从达达斯爪中的话筒中隐约听到了接通的信号声。几秒后信号声停止，乔耶知道卡奇卡已在另一端拿起了那小如米粒的电话，话筒中很快传来了它的声音："喂，谁呀？"

达达斯对着话筒说："是卡奇卡执政官吗？我是达达斯，现在……"

正在这时，乔耶听到周围响起了一阵细微的咔嗒声，像是许多钟表的秒针同时走动了一下，它知道，这是从恐龙们的头颅中传出的雷粒的爆炸声。所有的恐龙同时僵住了，这一刻的现实像被定格了。达达斯爪中的话筒重重地摔在距乔耶不远处的桌面上，发出一声惊天动地的巨响，然后，所有的恐龙都轰然倒下，桌面平原晃动了几下。那些恐龙高山消失后，地平线处显得空旷了。乔耶爬上电话的耳机，里面仍在传出卡奇卡的声音："喂，我是卡奇卡，您有什么事吗？喂……"

耳机的音膜在这声音中振动着，使站在上面的乔耶浑身发麻，它大喊："执政官！我是乔耶！"与刚才不同，它发出的气味语言没有被转化成声音，因而也无法被线路另一端的卡奇卡听到，皇宫的翻译系统已经被雷粒破坏了。

乔耶没有再说话，它知道说什么都晚了。

接着，大厅内所有的灯都灭了，这时已是傍晚，这里的一切陷入昏暗之中。乔耶向着最近的一个窗子爬去，远处城市交通的喧哗消失了，一切都陷入一片死寂之中，很像刚才恐龙倒下前的僵滞状态。当乔耶越过会议桌的边缘向下爬时，外面开始有种种不和谐的声音传进来：先是远远的恐龙的跑动声和惊叫声，乔耶知道这声音来自皇宫外面，因为皇宫内肯定已经没有活着的恐龙了，它们都死于自己头颅中的雷粒；然后，远处的城市有警报声，断断续续地持续了不长时间就消失了；当乔耶在地板上向着窗子爬过一半路程时，远处开始传来隐约的爆炸声。它终于爬上了窗子，向外看去，巨石城尽收眼底。傍晚的城市笼罩在一片黑暗中，可以看到几根细长的烟柱升上还没完全黑下来的天空，后来更多的烟柱出现了，在某些烟柱的根部出现了火光，城市的轮廓在火光中时隐时现。起火点越来越多，火光透过窗子，在乔耶身后高高的天花板上映出跳动的暗红色光影。

终极威慑

"我们成功了!"若列元帅看着大屏幕上红光闪烁的世界地图兴奋地喊道,"恐龙世界已彻底瘫痪,它们的信息系统已经完全中断,所有的城市都已断电,被雷粒破坏的车辆已堵死了所有的道路,火灾正在到处出现和蔓延。'断脑行动'已经消灭了 400 多万恐龙世界的重要领导成员,冈瓦纳帝国和罗拉西亚共和国的首脑机构已不存在,这两个恐龙大国已陷入没有大脑的休克状态,整个社会一片混乱。"

"这还只是开始,"卡奇卡说,"所有的恐龙城市已经断水,存粮也将很快被这些食量很大的居民吃光,那时候真正致命的时刻才到来。大批恐龙将弃城而出,在没有交通工具和道路堵塞的情况下,它们不可能在短时间内真正疏散开来,它们的食量太大了,至少有一半的恐龙将在找到足够的食物之前饿死。其实,在恐龙弃城之际,它们的技术社会就已经彻底崩溃,恐龙世界已退回到低技术的农业时代了。"

"两个大国的核武器系统怎么样了?"有蚂蚁问。

若列回答:"正如我们预料的那样,恐龙的所有核武器,包括洲际导弹和战略轰炸机,都在我们大量雷粒的破坏下成了一堆废铁,没有发生任何意外的核事故或核污染。"

"好极了,这真是一个伟大的时刻,我们只需等待恐龙世界自行灭亡就可以了!"卡奇卡兴高采烈地说。

正在这时,有蚂蚁报告,说乔耶博士回来了,急着要见卡奇卡和若列。

当疲惫不堪的首席科学家走进指挥中心时,卡奇卡愤怒地斥责道："博士，你在最关键的时刻背叛了蚂蚁联邦的伟大事业，你将受到严厉的审判！"

"当你们听完我已得知的一切时，就明白到底谁该受到审判了。"乔耶冷冷地说。

"你到冈瓦纳皇帝那里去干什么了？"若列问。

"我从它那里知道了'明月'和'海神'到底是什么。"

博士的这句话使蚂蚁们亢奋的情绪顿时冷静了下来，它们专注地把目光集中在乔耶身上。

乔耶看看四周，问："首先，这里有没有谁知道反物质是什么？"

蚂蚁们沉默了一会儿，卡奇卡说："我知道一些。反物质是恐龙物理学家们猜想中的一种物质，它的原子中的粒子电荷与我们世界中的物质相反。反物质一旦与我们世界的正物质相接触，双方的质量就会全部转化为能量。"

乔耶点点触角，说："现在大家知道有比核武器更厉害的东西了，在同样的质量下，正反物质湮灭产生的能量要比核弹大几千倍！"

"但这和那神秘的'明月''海神'有什么关系？"

"请听我接着说。还记得 3 年前那个在南半球的夜间突然出现的新太阳吗？那次闪光是从一个沿彗星轨道进入太阳系的小天体上发出的，那个天体直径还不到 30 千米，只是飘浮在太空中的一个小石块。但它是由反物质构成的！它在经过小行星带时，与一块陨石相撞，陨石与反物质发生湮灭爆发出巨大的能量，产生了那次闪光。当时，罗拉西亚和冈瓦纳都发射了探测器，也都得到了同样的结果。这次湮灭产生了许多大大小小的反物质碎片，这些碎片都飞散到太空之中。恐龙天文学家很快定位了几块碎片，这并不是很困难，因为在小行星带以内，太阳风中的正粒子会与反物质产生湮灭，使那些碎片表面发出一种特殊的光。那时正值罗拉西亚和冈瓦纳军备竞赛的高峰期，于是两个恐龙大国同时产生了一个极其疯狂的想法：采集一些反物质碎片带回地球，作为一种威力远在核弹之上的超级武器威慑对方……"

"等等，等等，"卡奇卡打断了乔耶的话，"这里有一个明显的逻辑错误：既然反物质与正物质接触后会发生湮灭，那它们用什么容器来存贮它，并把它带回地球呢？"

乔耶接着说："恐龙天文学家发现，那个反物质天体的相当大一部分是反物质铁，它们在太空中定位的碎片也都是反物质铁。反物质铁与我们世界的铁一样，能受到磁场的作用，这就为解决存贮问题提供了可能，这使得恐龙有可能制造一种容器，容器的内部为真空，并产生一个强大的约束磁场，能把要存贮的反物质牢牢约束在容器的正中，避免它与容器的内壁相接触，这样就可以对反物质进行存贮，并能够将它运送或投放到任何地方。当然，这种想法最初只是一种理论上的可能，要想用这种容器将反物质带回地球，则是一个极其疯狂和危险的举动。但疯狂是恐龙的本性，称霸世界的欲望战胜了一切，它们真的那么做了！

"是冈瓦纳帝国首先走出了这通向地狱的第一步。它们设计并制造了磁约束容器。它是一个空心球，在采集反物质碎片时，这个空心球分成两个半球，分别被固定在飞船的两只机械臂上。飞船缓慢地接近反物质碎片，机械臂举着两个半球极其小心地向碎片合拢，最后将碎片扣在空心球中。在两个半球合拢的同时，球内由超导体产生的约束磁场开始工作，将碎片约束在球体正中，然后，飞船就将这个球体带回了地球。

"冈瓦纳飞船载着球体容器进入地球大气层，那块碎片重达45吨，如果在大气层内湮灭，将使90吨的正反物质在大气层内转化为纯能，这巨大的能量将毁灭地球上的一切生命。罗拉西亚恐龙当然不想与冈瓦纳帝国玉石俱焚、同归于尽，所以它们眼巴巴地看着那艘飞船降落在海面上。

"接下来发生的事情使疯狂达到了巅峰：冈瓦纳飞船降落后，在海上将那个球体容器转载到一艘大货轮上，这艘船叫'海神'号，以后恐龙也就将它所运载的反物质碎片称为'海神'了。这艘大船不是驶回冈瓦纳，而是驶向罗拉西亚大陆，最后停泊在罗拉西亚最大的港口上！在整个航程中，罗拉西亚不敢对这艘毁灭之船进行任何拦截，只能听之任之，这艘船进入港口如入无龙之境。'海神'号停泊后，船上的恐龙乘直升机返回冈瓦纳，把船遗弃在港口。罗拉西亚恐龙对'海神'号敬若神明，不敢对它有任何轻举妄动，因为它们知道，冈瓦纳帝国可以遥控球体容器，随时关闭容器内的约束磁场，使那块反物质与容器接触而发生湮灭。如果这事发生，整个世界的毁灭在所难免，但最先毁灭的是罗拉西亚大陆，大陆上的一切将在海岸出现的一轮'死亡太阳'的烈焰中瞬间化为灰烬。那真是罗拉西亚共和国最黑暗的日子，而冈瓦纳帝国手握地球的生命之弦，变得无比猖狂，不断地向罗拉西亚提出领土要求，并命令其解除核武装。

"但这种一边倒的局面并没有持续多久，冈瓦纳的'海神行动'后仅一个月，罗拉西亚就采取了同样的行动，用同样的技术从太空中将第二块反物质碎片带回地球，并做了与冈瓦纳帝国同样的事：将其装载到一艘叫‘明月’号的货轮上，运到了冈瓦纳大陆最大的港口。

"于是，恐龙世界再次形成了平衡，这是终极威慑下的平衡，地球已被推到了毁灭的边缘。

"为了避免世界性的恐慌，‘海神行动’和‘明月行动’都是在绝密状态下进行的，即使在恐龙世界，也只有极少数的恐龙知道它们的底细。这两个行动都使用了不惜成本的高可靠性设备，同时使用可替换的模块结构，系统的规模不大，所以完全不需要蚂蚁的维护，蚂蚁联邦也就至今对此一无所知。"

乔耶的叙述使统帅部所有的蚂蚁都极为震惊，它们从胜利的巅峰一下子跌入了恐惧的深渊。卡奇卡说："这不只是疯狂，是变态！这样以整个世界共同毁灭为代价的终极威慑，已完全失去了任何政治意义和军事意义，这是彻底的变态！"

"博士，这就是您所推崇的恐龙的好奇心、想象力和创造力产生的结果。"若列元帅讥讽地说。

"别扯远了，还是回到世界面临的极度危险中来吧。"乔耶说，"我要谈到两个恐龙大国元首曾提到的‘负计时’了。为了避免在对方这种先发制人的打击下无还手之力，两个恐龙大国几乎同时对‘海神’和‘明月’采取了一种新的待命方式，这就是所谓‘负计时’。这以后，本土遥控站不再用于对反物质容器发出引爆信号，相反，它发出的是解除引爆的信号；而球体容器则每时每刻都处于引爆倒计时状态，只有在收到本土遥控站的解除信号后，它才中断本次倒计时，重新复位，从零开始新的一轮倒计时，并等待着下一次的解除信号。每次的解除信号由冈瓦纳皇帝和罗拉西亚总统亲自发出。这样，当某一方遭受对方先发制人的打击而陷入瘫痪后，解除信号就无法发出，球体容器就会完成倒计时，引爆反物质。这种待命方式使先发制人的打击等于自杀，使得敌人的存在成为自己存在的必要条件，同时也使地球面临的危险上升了一个等级。'负计时'是这场终极威慑中最为疯狂，或用执政官的话说，最为变态的部分。"

统帅部再次陷入死寂之中。卡奇卡首先打破沉寂，它的气味语言发出的声音有些颤抖："这就是说，'海神'和'明月'现在都在等待着下一个解除信号？"

乔耶点点触角："也许是两个永远不会发出的信号。"

"您是说，冈瓦纳和罗拉西亚的遥控站已经被我们的雷粒破坏了？"若列问。

"是的。达达斯告诉了我冈瓦纳遥控站的位置，也告诉了我它们侦察到的罗拉西亚遥控站的位置。我回来后在'断线行动'的数据库中查询，发现这是两个很小的信号发射站，由于其用途不明，我们只在其中的通信设备里布设了很少的雷粒——冈瓦纳遥控站中布设了 35 颗，罗拉西亚遥控站中布设了 26 颗，总共切断了 61 根导线。虽然数量不多，但足以使这两个遥控站的信号发射设备完全失效。"

"每次倒计时有多长时间？"

"不到三天时间，66 小时。罗拉西亚和冈瓦纳的倒计时几乎是同时开始的。一般解除信号是在倒计时开始后的 22 小时发出的，这次倒计时已过去 20 小时，我们还有不到两天的时间。"

若列说："如果我们知道解除信号的具体内容，就能够自己建立一个发射台，不停地中断'海神'和'明月'的倒计时了。"

"问题是我们不知道，也不可能知道！恐龙没有告诉我信号的内容，只是说那个信号是一个十分复杂的长密码，每次都在变化，其算法只存储在遥控站的计算机中。我想，现在已没有恐龙知道了。"

"这就是说，只有这两个遥控站能够发出解除信号了？"

"我想是这样。"

卡奇卡迅速思考了一下，说："我们能够做的，就是尽快修复它们了。"

遥控站战役

冈瓦纳帝国发射解除信号的遥控站位于巨石城远郊的一片荒漠之中。这是一幢顶端有复杂天线的不大的建筑，看上去像个气象站似的毫不起眼。遥控站的守卫很松懈，只有一个排的恐龙在把守，而这些守卫者主要是为了防止偶尔路过的本国恐龙无意中闯入，并不担心敌国的间谍和破坏分子。因为，比起冈瓦纳来，罗拉西亚更愿意保证这个地方的安全。

除去守卫者外，负责遥控站日常工作的只有五头恐龙，包括一名工程师、三名操作员和一名维修技师。它们同守卫者一样，对这个站的用途全然不知。

遥控站的控制室里有一个大屏幕，上面显示着一个倒计时，从 66 小时开始递减。但这个倒计时从未减到过 44 小时以下，每到这个时间（通常是早晨），另一个空着的屏幕上就会出现帝国皇帝达达斯的影像，皇帝每次只说一句简短的话：

"我命令，发信号。"

这时，值班操作员就会立正回答："是！陛下！"然后移动操作台上的鼠标，点击一下计算机屏幕上的"发射"图标，大屏幕上就会显示出如下信息：

解除信号已发出——收到本次解除成功的回复
信号——倒计时重置

然后，屏幕上重新显示出"66：00"的数字，并开始递减。

在另一个屏幕上，皇帝很专注地看着这一切的进行，直到重置的倒计时开始，它才像松了一口气似的离开了。从皇帝关注信号发出的眼神可以看出，这个信号极其重要，但这些普通恐龙操作员无论如何也不可能想到，这个信号每天都推迟了一次地球的死刑。

这一天，两年如一日的平静生活中断了，信号发射机出了故障。遥控站配备的是高可靠性设备，且有冗余备份，像这样包括备份系统在内的整个设备都因故障停机，肯定不是自然或偶然因素所致。工程师和技师立刻查找故障，很快发现有几根导线断了，而那些导线只有蚂蚁才能接上。于是它们立刻向上级打电话，请求派蚂蚁维修工来，这才发现电话已不通了。它们继续查找故障，发现了更多的断线，而这时，距皇帝命令发信号的时间已经很近了。恐龙们只好自己动手接线，但那些细线，它们的粗爪很难接上，五头恐龙心急如焚。虽然电话不通，但它们相信通信很快就会恢复，当倒计时减到44小时，皇帝一定会出现在那个屏幕上。两年来，在恐龙们的意识中，皇帝的出现如同太阳升起一般成了铁打不动的规律。但今天，太阳虽升起了，皇帝却没有出现，倒计时的时钟数码第一次减到了44以下，且还在以同样恒定的速度继续减少着。

后来恐龙们才知道，不可能再指望蚂蚁了，因为发射机就是它们破坏的。从巨石城逃出来的恐龙开始经过这里，从那些惊魂未定的恐龙那里，遥控站的恐龙们知道了首都的情况，知道了蚂蚁已经用雷粒破坏了恐龙帝国所有的机器，恐龙世界已经陷入瘫痪。

但在遥控站工作的都是尽心尽力的恐龙，它们继续试图接上已断的导线。但这是一项不可能完成的任务，机器中大部分断线所在的地方，恐龙粗大的爪子根本伸不进去，那几根露在外面的断线的线头在它们那粗笨的手指间跳来跳去，就是凑不到一起。

"唉，这些该死的蚂蚁！"恐龙技师揉揉发酸的双眼，骂了一声。

这时，工程师瞪大了双眼，它真的看到了蚂蚁！那是由百只左右的蚂蚁组成的小队伍，正在操作台白色的台面上急速行进，领队的蚂蚁对着恐龙高喊："喂，我们是来帮你们修机器的！我们是来帮你们接线的！我们是来……"

恐龙这时没有打开气味语言翻译器，因而也听不到蚂蚁的话。其实就是听到了，它们也不会相信，对蚂蚁的仇恨此时占据了它们的整个心灵。恐龙用它们的爪子在控制台上蚂蚁所在的位置拍着、碾着，嘴里咬牙切齿地嘟囔着："让你们放雷粒！让你们破坏机器……"白色的台面上很快出现了一片小小的污迹，这些蚂蚁都被碾碎了。

"报告执政官，遥控站内的恐龙攻击蚂蚁维修队，把它们消灭在控制台上了！"在距遥控站50米远的一棵小草下，从遥控站中侥幸逃回来的一只蚂蚁对卡奇卡说。蚂蚁联邦统帅部的大部分成员都在这里。

"执政官，我们必须设法与遥控站的恐龙交流，说明我们的来意！"乔耶说。

"怎么交流？它们不听我们说话，根本就不打开翻译器！"

"能不能打电话试试？"有蚂蚁建议。

"早试过了，恐龙的整个通信系统已被破坏，与蚂蚁联邦的电话网完全断开了，电话根本打不通！"

若列说："大家应该知道蚂蚁的一项古老的技艺，在蒸汽机时代之前的漫长岁月，先祖用队列排出字来与恐龙交流。"

"目前在这里已集结了多少部队？"

"10个陆军师，大约15万只蚂蚁。"

"这能排出多少个字来呢？"

"这要看字的大小了，为了让恐龙在一定的距离也能看清，最多也就是十几个字吧。"

"好吧，"卡奇卡想了一下，"就排出以下的字句：我们来帮你们修机器，这台机器能拯救世界。"

"蚂蚁又来了！这次好多耶！"

在遥控站的门前，恐龙士兵们看到有一个蚂蚁方阵正在向这里逼近，方阵三四米见方，随着地面的凸凹起伏，像一面在地上飘动的黑色旗帜。

"它们要攻击我们吗？"

"不像，这队形好奇怪。"

蚂蚁方阵渐渐近了，一头眼尖的恐龙惊叫起来："哇，那里面有字耶！"

另一头恐龙一字一顿地念着:"我、们、来、帮、你、们、修、机、器,这、台、机、器、能、拯、救、世、界。"

"听说在古代蚂蚁就是这样与我们的先祖交谈的,现在亲眼看见了!"有头恐龙赞叹说。

"胡闹!"少尉一摆爪子说,"不要中它们的诡计,去,把热水器中所有的热水都倒到盆里端来。"

恐龙士兵七嘴八舌地议论起来:"它们的话太奇怪了,这台机器怎么能拯救世界?""谁的世界?我们的还是它们的?""这台机器发出的信号想必是很重要的。""是啊,要不为什么每天都由皇帝亲自下命令发出呢?"

"蠢到家了!"少尉训斥道,"到现在你们还相信蚂蚁?就因为我们对它们的轻信,才让它们摧毁了帝国!它们是地球上最卑鄙、最阴险的虫虫,我们决不再上它们的当了!快,去倒热水!"

很快,恐龙士兵们搬出了五大盆热水,五个士兵每人端一盆,一字排开向蚂蚁方阵走去,同时把热水泼向方阵。滚烫的水花在弥漫的蒸汽中飞溅,地上的那行黑色字迹被冲散了,字阵中的蚂蚁被烫死了大半。

"与恐龙交流已不可能,现在唯一的选择,就是强攻遥控站,将其占领后修好机器,我们自己发出解除信号。"卡奇卡看着远处腾起的蒸汽说。

"蚂蚁强攻恐龙的建筑?"若列像不认识似的看着卡奇卡,"这在军事上简直是发疯!"

"没办法,这本来就是一个疯狂的世界。这个建筑规模不大,且处于孤立状态,短时间内得不到增援,我们集结可能集结的最大力量，是有可能攻下它的！"

"看远处那是些什么？好像是蚂蚁的超级行走车！"

听到哨兵的喊声，少尉举起望远镜，看到远方的荒原上果然有一长排黑色的东西在移动，再细看，那确实是哨兵所说的东西。蚂蚁的交通工具一般都很小，但出于军事方面的特殊需要，它们也造出了一些与它们的身体相比极其巨大的车辆，这就是超级行走车。每辆这样的车约有我们的三轮车大小，这在蚂蚁的眼中无疑是庞然大物，与我们眼中的万吨巨轮一样。超级行走车没有轮子，而是仿照蚂蚁用六条机械腿行走，所以能够快速穿越复杂的地形。每辆超级行走车可以搭载几十万只蚂蚁。

"开枪，打那些车！"少尉命令。恐龙士兵用它们仅有的一挺轻机枪向远处的行走车射击，一排子弹在沙地上激起道道尘柱。走在最前面的那辆车的一条前腿被打断了，一下子翻倒在地，剩下的五条机械腿仍在不停地挥动着。从打开侧盖的车厢里滚出许多黑色的圆球，每一个有我们的足球那么大，那是一团团的蚂蚁！这些黑球滚到地面后很快散开来，就像在水中溶化的咖啡块一样。又有两辆行走车被击中停了下来，穿透车厢的子弹并不能杀死多少蚂蚁，黑色的蚁团纷纷从车厢中滚落到地面。

"唉，要是有门炮就好了！"一名恐龙士兵说。

"是啊，有手榴弹也行啊。"

"火焰喷射器最管用！"

"好了，不要废话了，你们数数有多少辆行走车！"少尉放下望远镜，指着前方说。

"天啊，足有二三百辆啊！"

"我看蚂蚁联邦在冈瓦纳大陆的超级行走车都开到这里了。"

"这就是说，这里集结了上亿只蚂蚁！"少尉说，"可以肯定，蚂蚁要强攻遥控站了！"

"少尉，我们冲过去，捣毁那些虫虫车！"

"不行，我们的机枪和步枪对它们没有多少杀伤力。"

"我们还有发电用的汽油，冲过去烧它们！"

少尉冷静地摇摇头："那也只能烧掉一部分。我们的首要任务是保卫遥控站，下面，听我的安排……"

"执政官，元帅，前方空军观察机报告，恐龙们正在挖壕沟，以遥控站为圆心挖了两圈壕沟。它们正在引来附近一条小河的水灌满外圈壕沟，还搬出了几个大油桶，向内圈的壕沟中倒汽油！"

"立刻发起进攻！"

蚁群开始向遥控站移动，黑压压一片，仿佛是空中的云层在大地上投下的阴影。这景象让遥控站中的恐龙们胆战心惊。

蚁群的前锋到达已经注满水的第一道壕沟边，最前边的蚂蚁没有停留，直接爬进了水中，后面的蚂蚁踏着它们的身体爬进稍靠前些的水中。很快，水面上形成了一层厚厚的黑色浮膜，这浮膜在迅速向水壕的内侧扩展。恐龙士兵们都戴上了密封头盔以防蚂蚁钻进体内，它们在水壕的内侧用铁锹向蚁群撒土，还大盆大盆地泼热水，但这些作用都不大，那层黑色浮膜很快覆盖了整个水面，蚁群踏着浮膜如黑色的洪水般涌了过来，恐龙们只得撤到第二道壕沟之内，并点燃了壕沟中的汽油。一圈熊熊烈火将遥控站围了起来。

蚁群到达火沟后，在沟边堆叠起来，形成了一道蚁坝。蚁坝不断增高，最后高达两米多，在火沟外面形成一堵黑色的墙。接着，蚁坝整体开始向火沟移动，它的表面在火光中蠕动着，仿佛是一条黑色的巨蟒。在烈火的烘烤中，蚁坝的表面冒出了青烟，空气中充满了刺鼻的焦味，蚁坝表面被烤焦的蚂蚁不停地滚落下去，掉进火沟烧着了，在火沟的外缘形成了一圈奇异的绿火。蚁坝的表面则不断地被一层新蚂蚁代替，整个蚁坝仍坚定地站立在火沟边上。这时，大批蚂蚁从蚁坝的另一侧登上顶端，聚成了一个个黑色的大蚁球，其大小与一小时前从超级行走车上滚下的那些相当，每个蚁球包含了一个师的蚂蚁兵力。这些黑色的球体从蚁坝的顶端滚下去，有一些被大火吞没了，但大部分借着冲力滚过了火沟，到达沟的另一侧。在穿越烈火的过程中，这些蚁球的外层都被烧焦了，但那无数只蚂蚁仍互相紧抓着不放，在蚁球外面形成了一层焦壳，保护了内层的蚂蚁。滚到火沟对岸的蚁球很快达到了上千个，它们外部的焦壳很快裂开，球体溶散成蚁群，黑压压地拥上遥控站的台阶。

守卫遥控站的恐龙士兵们的精神完全崩溃了，它们不顾少尉的阻拦，夺门而出，绕到建筑物后面，沿着正在包围遥控站的蚁群尚未填充的一条通道狂奔而去。

蚁群拥入了遥控站的底层，然后拥上楼梯，进入控制室。同时，蚁群也爬上了建筑的外墙，由窗户进入，一时间这幢建筑的下半截变成了黑色的。

控制室中还有六头恐龙，它们是少尉、工程师、维修技师和三名操作员。它们惊恐地看着蚂蚁从门、窗和所有的缝隙进入这个房间，仿佛整幢建筑都被浸在蚂蚁之海中，黑色的海水正在从各处渗进来。它们看看窗外，发现这蚂蚁之海真的存在，目力所及之处，大地都被黑色的蚁群所覆盖，遥控站只是这蚂蚁海洋中的一个孤岛。

蚁群很快淹没了控制室的大部分地板，在控制台前留下了一个空圈，六头恐龙就站在空圈中。工程师赶紧取出翻译器，打开开关时立刻听到了一个声音：

"我是蚂蚁联邦的最高执政官，已没有时间向您详细说明一切，您只需要知道，如果遥控站不能在10分钟之内发出信号，地球将被毁灭。"

工程师向四周看看，黑压压的全是蚂蚁，按照翻译器上的方向指示，它看到控制台上有三只蚂蚁，刚才的话就是其中的一只说出的。它对那三只蚂蚁摇摇头："发射机坏了。"

"我们的技工已经接好了所有的断线，修好了机器，请立即启动机器发信号！"

工程师再次摇头："没电了。"

"你们不是有备用发电机吗？"

"是的，自从外部电力中断后，我们一直用汽油发电机供电，但现在没有油了，汽油都倒进外面的壕沟中点燃烧光了……世界真的会在10分钟后毁灭吗？"

翻译器中传出了卡奇卡的回答："如果发不出信号，是的！"

卡奇卡看看窗外，发现外面的火已经灭了，这证实了少尉的话，壕沟中也没有剩油了。它转身问若列："倒计时还剩多长时间？"

若列一直在看着表，它回答说："还剩5分钟30秒，执政官。"

乔耶说："刚刚接到电话，罗拉西亚那边已经失败了，守卫遥控站的恐龙在蚂蚁军队的进攻中炸毁了遥控站，对'明月'的解除信号已不可能发出，5分钟后它将引爆。"

若列平静地说："'海神'也一样，执政官，一切都完了。"

恐龙们并没有听明白这三位蚂蚁联邦的最高领导者在说什么，工程师说："我们可以到附近去找汽油，距这里5000米有一个村庄，快的话，20分钟就能回来。"

卡奇卡无力地挥了挥触角："去吧，你们都去吧，想去哪儿就去哪儿。"

六头恐龙鱼贯而出，工程师在门口停下脚步，问了刚才少尉问的同一个问题："几分钟后地球真的会毁灭吗？"

蚂蚁联邦的最高执政官对它做出了一个类似微笑的表情："工程师，什么东西都有毁灭的一天。"

"呵，我第一次听蚂蚁说出这么有哲学意味的话。"工程师说完，转身离去。

卡奇卡再次走到控制台的边缘，对地板上黑压压一片的蚂蚁军队说："迅速向全军将士传达我的话——遥控站附近的部队立刻到这幢建筑的地下室隐蔽，远处的部队就地寻找缝隙和孔洞藏身。蚂蚁联邦政府最后告诉全体公民的话是：世界末日到了，大家各自保重吧。"

"执政官，元帅，我们一起去地下室吧！"乔耶说。

"不，您快去吧，博士。我们犯了文明史上最大的错误，已没有资格再活下去了。"

"是的，博士，"若列说，"虽然不太可能，可还是希望您能把文明的火种保存下去。"

乔耶同卡奇卡和若列分别碰了碰触角，这是蚂蚁世界的最高礼仪，然后它转身混入了控制室中正在快速离去的蚁群。

蚂蚁军队离开后，控制室内一片宁静，卡奇卡向窗子爬去，若列跟着它。两只蚂蚁爬到窗前时，正好看到了一幅奇景：此时是夜色将尽的凌晨，天空中有一轮残月。突然，月牙的方向在瞬间转动了一个角度，同时亮度急剧增强，直到那银光变得如电弧般刺目，把大地上的一切，包括正在疏散的蚁群，都照得毫发毕现。

"怎么回事儿？太阳的亮度增强了吗？"若列好奇地问。

"不，元帅，是又出现了一个新太阳，月球在反射着它的光芒。那个太阳在罗拉西亚出现，正在把那个大陆烧焦。"

"冈瓦纳的太阳也该出现了。"

"这不是嘛，来了。"

更强的光芒从西方射来，很快淹没了一切。在被高温汽化之前，两只蚂蚁看到一轮雪亮的太阳从西方的地平线上迅速升起。那太阳的体积急剧膨胀，最后占据了半个天空，大地上的一切瞬间燃烧起来。反物质湮灭的海岸距这里有上千千米，冲击波要几十分钟后才能到达，但在这之前，一切都早已在烈火中结束了。

这是白垩纪的最后一天。

漫漫长夜

寒冬已持续了 3000 年。

在一个稍微暖和一些的正午，冈瓦纳大陆中部，两只蚂蚁从深深的蚁穴中爬到地面。在没有生机的灰蒙蒙的天空中，太阳只是一团模糊的光晕，大地覆盖在厚厚的冰雪下，偶尔有一块岩石从雪中露出，黑乎乎的，格外醒目。极目望去，远方的山脉也是白色的。

蚂蚁 A 转过身来，打量着一个巨大的骨架。这种大骨架在大地上到处都有，由于也是白色的，同雪混在一起，从远处不易看到，但从这个角度看，在天空的背景上显得格外醒目。

"听说这种动物叫恐龙。"蚂蚁 A 说。

蚂蚁 B 转过身来，也凝视着天空中的骨架："昨天夜里你听它们讲那个关于神奇时代的传说了吗？"

"听了，它们说在几千年前，蚂蚁有过辉煌的时代。"

"是啊，它们说，那时的蚂蚁不是住在地下的洞穴中，而是生活在地面的大城市里，它们也不是由蚁后来生育。那真是一个神奇的时代。"

"那个传说里面说，那个神奇时代是蚂蚁和恐龙一起创造的：恐龙没有灵巧的手，蚂蚁就为它们干细活儿；蚂蚁没有灵活的思想，恐龙就想出了神奇的技术。"

"那个神奇的时代啊，蚂蚁和恐龙造出了许多大机器，建造了许多大城市，拥有了神一般的力量！"

"你听懂传说中关于那个世界毁灭的部分了吗？"

"听不太懂，好像很复杂的：恐龙世界里爆发了战争，蚂蚁和恐龙之间也爆发了战争……再到后来，地球上出现了两个太阳。"

蚂蚁 A 在寒风中打着抖："唉，现在要是有个新太阳该有多好啊！"

"你不懂的！那两个太阳很可怕，把陆地上的一切都烧毁了！"

　　"那现在为什么这么冷呢？"

　　"这很复杂，好像是这么回事儿：那两个新太阳出现以后的一段时间内，世界上确实很热，据说太阳附近的大地都熔成岩浆了！但后来，新太阳爆炸时激起的尘埃在空中遮住了旧太阳的阳光，世界就变冷了，变得比那两个太阳出现前还冷得多，也就是现在这个样子。恐龙那么大个儿，在那可怕的时代自然都死光了，但有一部分蚂蚁钻到地下，活了下来。"

　　"听说就在不久前蚂蚁还识字的，现在，我们都不认识字了，那些古代留下来的书谁也读不了了。"

　　"我们在退化。照这样下去，蚂蚁很快就会退化成什么都不知道、只会筑穴觅食的小虫子了。"

　　"那有什么不好？在这艰难时代，懂得少些就舒服些。"

　　"那倒也是。"

　　……

　　"会不会有那么一天，世界又温暖起来，别的什么动物又建立起一个神奇时代？"

　　"有可能，我觉得那种动物应该既有足够大的大脑，又有灵巧的双手。"

　　"是的，但不能像恐龙这么大，它们吃得太多，生活会很难。"

　　"也不能像我们这么小，脑子不够大。"

　　"唉，这种神奇的动物怎么会出现呢？"

　　"我想会的，时间是无穷无尽的，什么都会出现，我告诉你吧，什么都会出现的。"

（左侧竖排）人类思想实验室　刘慈欣 中短篇小说集